黎兆勋词编年校注

（清）黎兆勋 著

向有强 校注

2016年贵阳学院专业综合改革试点项目
——「汉语言文学」专项资金资助

西南交通大学出版社
·成都·

图书在版编目（CIP）数据

黎兆勋词编年校注 /（清）黎兆勋著；向有强校注. --成都：西南交通大学出版社，2024.3
ISBN 978-7-5643-9768-5

Ⅰ. ①黎… Ⅱ. ①黎… ②向… Ⅲ. ①黎兆勋–词（文学）–诗词研究 Ⅳ. ①I207.23

中国国家版本馆 CIP 数据核字（2024）第 058435 号

Li Zhaoxun Ci Biannian Jiaozhu
黎兆勋词编年校注

（清）黎兆勋 著　　向有强 校注

责 任 编 辑	李欣
封 面 设 计	原谋书装
出 版 发 行	西南交通大学出版社 （四川省成都市金牛区二环路北一段 111 号 西南交通大学创新大厦 21 楼）
发行部电话	028-87600564　028-87600533
邮 政 编 码	610031
网　　　址	http://www.xnjdcbs.com
印　　　刷	成都蜀通印务有限责任公司
成 品 尺 寸	160 mm×230 mm
印　　　张	17.5
字　　　数	251 千
版　　　次	2024 年 3 月第 1 版
印　　　次	2024 年 3 月第 1 次
书　　　号	ISBN 978-7-5643-9768-5
定　　　价	100.00 元

图书如有印装质量问题　本社负责退换
版权所有　盗版必究　举报电话：028-87600562

珮零環明蟾冷抱芳心死怕重來不識孤山悄東風如
夢如癡莫倚闌干 從他竹舞青鸞一枝斜更好忍付
苔斑骨冷香銷而今倍覺神寒餘酸縱解雷青于更誰
能重訪湖邊意難忘一幅生綃疏影重圓

浪淘沙

江岸印景

糊岸鹽痕等日暖烟明兒童笑語隔江生潤碧沙隱調
馬地新漲橋平 前度送人行柳短溪清幾時螺汁染
西城一桁毵毵樓閣影燕語鶯聲

菩薩蠻

道光本《葑烟亭詞》書影《遵義叢書影印本》

余少長遵義交鄭子尹既冠言詩乃因以交其內兄綮
伯庸歲率三四唱和往來而塤篪亦旁及焉顧子尹詞
舊兼工七八年前已自編集日經巢寱語曾為序之以
存伯庸與余則皆未涉其藩園芥嘗試云年既伯庸秋
試累躓余亦春官數困牢迕人事幽憂無聊乃復相與
上下五季兩末逮 木朝鉅公之製準玉田翁論以相
切劘余雖稍窺門徑而才不副意寥寥成篇而伯庸所
詣駸駸軼而上沁京師兼工之子尹巳瞠其後矣竊
論近日海內言詞率有二病質獷於藏園氣實於彊人

同治敦復堂刻本《葑烟亭詞鈔》書影

蒪煙亭詞卷第一

遵義　黎兆勳　伯庸

南樓令

城上

人倚石樓東雲沈大壑風遙看天影落長虹斜日晚山煙靄裏搖暮色一聲鐘　迴首問征鴻音塵幾日通悵南天萬朵芙蓉碧到夜郎城畔路秋欲暝思無窮

臨江仙

禹門山絕頂納涼

日腳蹋雲雲欲墜羣山如馬東來青天萬里白雲堆祇

光緒黎氏家集本《蒪烟亭詞》書影

黔圖本《蒪烟亭詞鈔》書影

序言

清词跨越史称"中衰"的明词低谷而攀上词体创作的又一高峰，与宋词遥相呼应，故词史上号称"中兴"。在这两三百年间，词坛上流派纷纭，群体蜂起，且明显呈现出地域化的趋势。贵州地处大西南万山丛中，古代交通闭塞，开发较晚，文化交流不畅，长期处于不发达状态。就拿诗歌创作来说，要到明代宣德、正统之后才慢慢发展起来。词的创作则更晚，依据现存史料，贵州人有词集传世者，自清康熙二年（1663）贵阳举人江闿始，其词集名《春芜词》，存词凡143首。江闿之后，鲜有作者。直至晚清道光、咸丰以后，随着贵州交通条件的改善，商品经济的发展，世俗享乐风气的流行以及域外文化的输入，贵州词坛才逐渐活跃起来，涌现出了一大批词人，如唐树义、郑珍、黎兆勋、莫友芝、陈钟祥、石赞清、章永康、黎庶蕃、莫庭芝、邓潜、姚华等人，可谓名家迭出，创作繁盛，大有后来居上之势。叶恭绰《全清词钞》选录黎兆勋、郑珍、莫友芝等17家贵州籍词人词作，严迪昌编著《近代词钞》时选入黎兆勋、莫友芝、章永康、黎庶蕃4家词共64首[1]，可见晚清贵州词体创作已引起学界重视。后刘扬忠先生撰文讨论"贵州词人群体"时，又将其分为四个亚群体：贵阳词人群、黔北词人群、黔南词人群和黔西北词人群[2]，黎兆勋便是黔北词人群的代表作家。

遵义沙滩黎氏自清代乾、嘉以来逐渐成为黔北书香门第，代有族人考取功名，诗词古文作家辈出，有文集传世者20余人。就诗词而论，黎氏一族中成就最高的当推黎兆勋。黎兆勋与当时闻名全国诗坛的"西南巨儒"郑珍、莫友芝为莫逆之交，三人年岁相仿，时人目为"黔南三杰"[3]，晚清名臣潘祖荫则目三人为"黔之通人"[4](P4)，陈田《黎州判兆勋传证》也认为他"驰骤于二君之间，虽成就各有不同，才名颇与之埒"[5](P560)。黎兆勋著有诗集《侍雪堂诗钞》和词集《葑烟亭词》单独行世，又著《石镜斋诗略》《词林心醉》等作品。他的诗虽逊于郑珍和莫友芝，但他的词在黔"为开先倚声者"[6](P582)，其"成就超过郑、莫，跻身全国词坛名家之林"[7]，具有很高的艺术成就和词学史地位。

一、黎兆勋的生平事迹

黎兆勋（1804—1864），字伯庸，又字柏容、伯容、伯颜，号树轩，一号檬村，晚号涧门居士，是沙滩黎氏入黔始祖黎朝邦的九世孙，"沙滩文化"奠基者黎安理（1751—1819）之孙，黎恂（1785—1863）之子，黎恺（1788—1842）之侄。黎恂举嘉庆十九年（1814）进士，官至云南东川府巧家厅同知，有《蛉石斋诗钞》《千家诗注》《运铜纪程》《四书纂义》《读史纪要》等著作。黎恺，举人，官终开州训导，著有《石头山人遗稿》。黎恂育有五子：兆勋、兆熙、兆祺、兆铨、兆普；黎恺育有四子：庶焘、庶蕃、庶昌、庶诚。九个兄弟中，除兆普所著为医学外，皆有诗词文集传世，可见黎氏家族诗书传家的风气。

黎兆勋少负文名，志向高远，为人自信清狂。九岁时，便能写作五七言诗戏赠同辈，令长辈们惊叹不已；稍长，又先后随祖父黎安理和父亲黎恂在山东、浙江做官。[8](P1)青少年时期，黎兆勋与表弟郑珍（1806—1864）"共砚席者七八年"，探讨学问，切磋诗艺，友谊深笃。二人锐志求通于古而趣向不同：郑珍酷好经史，立志做一位通儒；兆勋则"尚力于诗，上起风骚、迄于嘉道，无不讽味，以为诗者性情之极则也，治之六七年，而业日以精进"[4](P4)。由于潜心诗词,黎兆勋对科举不甚用心,二十岁尚"不肯役志帖括,世父亦雅不欲强之"[4](P4),故他的功名之路走得非常坎坷:

> 二十三出应童子试,不售,归乃取坊塾时艺揣摩之,以为不足学,弃去。比逾岁,再试,遂以古学第一补诸生。学使钱唐许尚书乃普负知人鉴,得兄卷,惊异之,未深信;于覆试日面以温飞卿诗句命题,令独赋,兄顷刻成五言八韵四首。尚书披吟移晷,谓曰:"子他日必以诗鸣,第品骨近寒,恐禄位不及才名耳。"[8](P1)

黎兆勋24岁才得以中秀才,仕途功名上可说是毫无优势可言的,虽然此次应试得到贵州提学使许乃普(1787—1866)的赏识,后官至吏部尚书的许氏预言他将来必定成为诗人,只是诗的风格清峭寒瘦,恐怕才名高悬却沉沦下僚。许氏一语成谶,黎兆勋此后"十试于乡,不得志于有司"[4](P4)。

道光二十九年(1849)秋,黎兆勋第十次参加乡试,落第,时年已46岁,遂援永昌军例报捐教职,署石阡府教授。对于这个代理学官,黎兆勋做得并不开心,其《春晚思归盼代者不至》云:"折腰真愧尉,箝尾不如丞。愁杀羁栖客,情同退院僧。"[9](P70-71)俯仰迎合,屈身事人,对初入官场的黎兆勋来说有点难受。据其所作诗歌系事,他在石阡任上时间不长,当在咸丰元年(1851)秋离开石阡赴贵阳选官。

客寓贵阳选官期间,黎兆勋拜访过唐树义(1793—1855)、承龄(1814—1865)等黔中政坛名流,周旋多时,运作多方,直到咸丰三年(1853)秋方得以补授黎平府开泰县训导。对贵阳谋差这段经历,黎兆勋的两位从弟庶焘、庶昌在《行状》与《墓表》中都没有提及,盖当时两弟尚小,不明其中原委,抑或有意隐讳。今据集中诗歌考索,其谋官历程颇为艰辛，探赜抉隐，可知清代普通士子在仕途跋涉上的艰难与困顿。如其《送从弟计偕北上》(咸丰二年冬)其四有云：

> 纷吾重修能，采芳佩兰杜。麋鞈歌尧天，置缶空击鼓。追思畴昔怀，百怪栖肺腑。既钻屈觳瓠，屡折明夷股。今年贵阳游，此计更无补。[9](P78)

"纷吾"以下六句写自己怀才不遇，内心五味杂陈，后四句以大瓠被钻比喻出仕，以明夷卦爻辞比喻求仕屡挫不顺，而"今年贵阳游"更是于事无补，徒增郁闷。不久，好友莫友芝由贵阳进京赴礼部试兼侯大挑，黎兆勋以《送郘亭莫五入都》诗相赠："皇舆多风尘，英灵满山泽。林栖怅时事，带甲荡心魄。兹行谁使然？栖栖自筹画。"诗写国家多难，而人才沦落草莱；但士人的担当促使莫友芝惆怅时事，自谋功业，于是北上京师。黎兆勋见此不免又追怀昔日才志，更想起当下处境：

> 缅怀畴昔游，自命必词伯。愁歌宝剑篇，气轹金闺籍。胡为联古欢，廿载滞山宅？我穷闲学仙，君发亦近白。相怜时世文，笔势变新格……吾党多放言，众口攻其隙。自非科第荣，物论已先疙。[9](P80)

有才华并不意味着得志，何况二十多年的场屋困顿，壮志早已消磨。滞留山宅，苦挨岁月，闲来学仙，却仍放不下书生意气、士人情怀；但平居放言时政，却要受舆论的批评攻击！诗人反思遭到如此对待的原因，不过是没有科举功名！于是只好再次踏上艰难求仕的旅途。

稽考诗集中《山程》《十月十五贵定旅舍寄家人书题后》《都江放船下古州》诸诗所留线索，知黎兆勋咸丰三年（1853）秋安置完家事，便由遵义出发，南下经贵定后东南折向都江（今三都），再放船下古州（今榕江）至黎平。在开泰任上，黎兆勋兢兢业业干好本职工作，管理县学，祭祀孔子，教化百姓："被以弦歌，泽以文藻，士习为之一变。"[8](P1)他还抽时间收集资料编纂了两部书：重编黎平府先贤董三谟《莲花山墓纪略》，及蒐辑明末贞臣逸士零章断句为《黎平诗系》。同时，因唐树义的召集，他与莫友芝等准备共同编纂《黔诗纪略》。比起文治教化，黎兆勋此时更加忧虑太平天国运动和黔中各地的民族起义。咸丰四年（1854）三月，独山杨元保率领布依族民众起义，拉开了贵州咸同起义的序幕。失败后，贵州各地受杨元保及太平天国运动影响，爆发了更大规模的起义。咸丰四年（1854）八月，桐梓县斋教领袖杨龙喜、舒光富领导的农民起义军先后攻占桐梓、仁怀，又大举进攻遵义府城，建立根据地，对黎兆勋家乡造成很大的破坏，后经滇黔川官军围剿，至咸丰五年（1855），杨、舒主力方被歼灭，余部则坚持到咸丰九年（1859）。另外，咸丰五年张秀眉、包大度等领导的黔东南苗民起义则直接威胁到黎平，黎兆勋虽作为黎平府开泰县学官，但"生平喜事，好奇计"[10](P525)的他，终于受黎平知府之命委办南路团练（即古州），"出入蛮乡瘴岭间，濒危者屡矣"[8](P2)，有《高微山寨旅夜》等诗纪戎旅。

在黎平府开泰任上，黎兆勋的思想和心态是复杂的，有对战争造成的民生凋敝的同情，有杀敌立功、忠君报国的意愿，有对满清腐朽专制统治的批判，更有怀才不遇的嗟叹和归隐家园的无奈。咸丰六年（1856），黎兆勋在开泰县任事已届三年，多有谋划而不见信用，颇感怀才不遇，其诗《三月十六日柬胡子何学博》云："五岳寻仙辞不借，三年服药待当归。"莫友芝《送黎柏容之鹤峰州判》亦为他的遭际鸣不平："黎生困儒官，阴符豁胸次。一朝跨鞍马，便有幽并气。镡岭何纠盘，盗弄方得志。迅雷飞一旅，往往剪其翅。惜哉所筹策，十不用一二。"[11](P338)此外，黎兆勋诗集中《由宰蒿泛带练勇逐贼至平定堡晓行大雾中因忆鲍明远"腾沙郁黄雾，翻浪扬白鸥"之句遂用其字为韵》组诗及《病起率书》《羁客吟》《肩舆行罗里山中闻松声而作》《夜梦东溪晓起杂感二首寄舍弟少存》

《归兴四首》诸诗，皆在官言隐，颇有归去之念。是冬，因患疮毒居家调养，次年夏，又因腹疾卧病黎平；不久，因军功擢湖北鹤峰州州判。

咸丰七年（1857）腊月，黎兆勋自遵义出发北行，经凤冈北上重庆，沿长江舟行东下，应该在过年前抵达武昌。[12]湖北巡抚胡林翼（1812—1861）是黎兆勋在黎平时的长官，"以兄才士，又黎平故吏也，留居省垣摄藩照磨"[8](P2)，即署理湖北承宣布政使司照刷磨勘，具体职责是检查官府文件有无稽迟、失错、遗漏、规避、埋没、违枉等情弊，有则限期改正；后又兼任盐库大使，职掌库藏籍帐等事务。换言之，黎兆勋并未赴鹤峰州判任，而是留在湖北布政使司当了一名僚佐。

胡林翼系湘军重要首领，襄助曾国藩平定太平天国运动，战功赫赫。除了军事才能，胡林翼的协调能力和理财能力同样突出。抚鄂期间，他整饬吏治，举荐了左宗棠、李鸿章、阎敬铭等名臣，善于调节各方关系，《清史稿》本传说"使无其人，则曾国藩、左宗棠诸人失所匡扶凭藉，其成功且较难"[13]。他另一重要贡献是在湖北大力筹饷，解决对太平军作战的军费开支，以厘金、盐课为主，兼行各种捐输——黎兆勋主要参与了这方面工作。如此来看，黎兆勋的办事能力是得到胡林翼认可的。到武昌不久，胡林翼就安排黎兆勋到安陆府（治钟祥）筹饷，"钟祥，太守治所也，黎君以藩署参军奉檄来司，馈饷捐输事"[14](P6)；咸丰九年（1859），黎兆勋又被派往新堤（今洪湖市）——雍正七年（1729）安陆府通判署迁往新堤，咸丰七年（1857）湖广总督在新堤设立海关，专征长江过往关税。这个差事，黎兆勋竟然一干就是七年。这七年中，他往返于武昌、钟祥、新堤之间，帮助朝廷和胡林翼筹集军饷。

胡林翼将黎兆勋留在布政使司担任照磨兼盐库大使，虽算不得提拔，却也给了他上升的机会和展示的舞台。然而七年时间，黎兆勋在仕途上原地踏步，其内心很是纠结。官场经营，有权势者的引荐和提拔本是强有力的敲门砖，黎兆勋有胡林翼做靠山，"人咸谓守令可旦夕致，而兄不肯趋伺长官，故每值迁调，忌者多以简傲见阻"[8](P2)。黎兆勋未能在仕途上百尺竿头更进一步，的确与他清高傲慢的心性是有关系的。

据《行状》《墓表》所载：宦鄂期间，黎兆勋平居所交接的主要是仕途上与他一样不太顺遂的湖北本地文士及流落湖北的外籍文士，其中较有名望者有：监利王柏心，林则徐目之为"国士"，曾国藩、左宗棠、胡林翼等人亦曾延请其为幕僚；中江李鸿裔，为"蜀中三李"之一，曾投曾国藩幕下参与机要，有军功，仕至江苏按察使；此外，还与监利龚昌运、阳湖徐华廷等往来酬唱。

同治二年（1863）秋，黎兆勋结束了七年停滞不前的藩署生活，出调随州州判。[15]恰于是时，父亲黎恂去世。接到讣告时，已是同治三年（1864）春，黎兆勋旋从隋州奔丧返里。年过六十的他一路水陆并行数千里，旅途劳顿，饮食失节，到家后又哀伤过度，丧事完毕后感染时疫，体弱难支，于是年八月二十日与世长辞，享年61岁。

二、黎兆勋词的题材内容与创作特点

据今传两种四卷本《葑烟亭词》（一种称《葑烟亭词钞》），黎兆勋词今存140余首，内容颇为丰富，具有较高的艺术成就和词史地位。其词多以征行羁旅、山水纪游、怀古咏史、赠答送别、乡情离愁及题咏等为题材。

其征行羁旅之作，多述其旅途所历和跋涉之劳，有的是青壮年时为博取功名奔赴贵阳参加乡试而作，如《台城路·南望山中遇风雨》《柳梢青·贵阳旅夜》等，是其赴任乡试途中跋涉的羁愁及其不第后内心茫然惆怅的写照。有的是青壮年时多次侍父宦游云南往返旅途中所作，如《浣溪纱·马上遣怀》《江神子·呈贡旅馆》《百字令·秋夜纪事》《喝火令·嶅峨晓发》《淡黄柳·高桥夜泊》《百字令·六里箐山行》《丑奴儿令·宿白水河》《八声甘州》（碧寥寥断响落云天），还有的是北上川渝征行途中所作，如《木兰花慢·秋江晓望》《满江红·泸州晓发》《望海潮·渝城返棹先寄家人》等，这些词多写羁旅愁怀和别情乡愁。而晚年为谋生计，薄宦湖北，亦有《桂枝香·中秋夜泊湖头月下有怀》《忆王孙·江皋晚望》等抒发羁旅情怀之词，感叹离乡远行，误入官场，内心寂寞，形容憔悴。

　　黎兆勋词集中的山水纪游之作，亦多与其征行有关，但偏重在征行中留心眼前风光，带有游赏色彩。这些词或歌咏异地山水名胜，或纪游黔中山水景观。歌咏异地山水名胜的词，以写壮年侍父游宦云南时所漫游之滇中名胜最多，如《满江红·滇池秋泛》《望海潮·大观楼望海》《台城路·阅水亭感赋》《解连环·碧鸡关晚望》《解花语·昆明池上早春》等；其纪游黔中山水之作，则有《百字令·谪仙楼秋晚》《八声甘州·贵阳城上》《满江红·贵阳谒南将军庙》《霜叶飞·白水河观瀑》《迈陂塘·白水河观瀑时大寒后三日》等。这些山水纪游之词，往往从眼前之关塞、湖海、亭楼、庙宇、瀑布等景写入，气象壮丽瑰伟，境界磅礴壮阔。乔亿《剑溪说诗》中说文人远行，"道途跋涉之苦，山水奇崛之区，所感非一，情不能已。至若绝塞边徼，辀轩不到，人物异形，草木殊状，过其地者，莫不悄焉动容，因之慨然成咏，不特抒怀，亦云纪异也"[16](P1052)。此处"抒怀""纪异"之说，揭示了文人在其纪行游历之作中抒写的多是远离日常生活经验的新鲜感受，因而往往成为其作品中最引人注目的亮点，黄万机先生亦以为黎兆勋的山水纪游之词最有特色，"弥补了山水词中西南地域的空白，在全国词坛上，可领一席之地"[17](P140)。

　　黎兆勋词集中还有相当一部分征行、纪游之作与特定地域的历史联系在一起，使读者在欣赏景观的同时，凭吊古迹，追寻历史，往往借古讽今，有所寄托，可称为怀古咏史之词。如《水调歌头·五华山武侯祠下作》写游历昆明武侯祠，重点在咏叹诸葛亮一生功业，揭示他有心兴复汉室而壮志未酬的悔恨，词末"天意真难识，悔不卧南阳"提出人生出处问题，表达了词人入世与归隐的矛盾思想。又如《百字令·蜀中怀古》，上片铺写蜀中兴衰治乱历史，点出蜀中变乱与中原的关系；下片着笔于蜀地繁华，而往日杀劫惨象及顺逆无常观念使人透过眼前歌舞升平景象的外表，觉察出社会的腐朽糜烂，并预感祸患将发，表现了对时局的隐忧。又《八归·李王祠下夜泊》通过李王祠凭吊所祭祀的李冰父子，歌颂了他们修筑都江堰的功绩，寄寓着词人的事功理想和情怀。又《一萼红·谪仙楼感赋》则为唐代诗人李白"招魂"，表达了知音难觅的情思。《宴清都·雪堂怀古》于黄州咏怀苏轼，悲叹"风流总被雨打风吹去"。《木兰花慢·访重重梵宫》纪游湖北钟祥元佑宫，咏明嘉靖帝即位前后之事，揭示了"一朝天子一朝臣"的历史规律。《百字令·咏古》二首作于咸丰十年（1860），其中"汉阳城远"一首立足"黄鹄矶头"，咏东晋名将陶侃的丰功伟业，"是何年少"一首面对"长江天堑"，叹息三国名将孙策若非英年早逝，天下"焉肯三分专一"，发出"萧条吴下人物"之感，二首皆怀古伤今，慨叹当朝无大将而坐使天下分裂，表达了对时局的担忧。以上所举各词，或凭吊遗迹，览历史之兴亡；或纵论今古，抒怀古之幽思，往往具有理性的历史反思和现实批判色彩。

  黎兆勋词集中还有大量的赠答送别之作，叙写朋友之间的真挚感情，毫无敷衍应酬之态。这些"朋俦赠答之篇，隐然抒其愤懑慷慨，而终寄托遥深，譬喻微婉，令读者从言外挹之"[14](P6)。如写给两位莫逆之交郑珍、莫友芝的词，情真而意切。《百字令·怀邵亭》四首以莫友芝为知己，感叹他学识渊博却只能靠校书谋生，同时又向莫氏言道："咄咄怪事书空，殷生非浩，此意谁知那？"倾吐了自己流寓江湖，老大穷困，怀才不遇的悲愤。《百字令·寄子尹》四首情感表现复杂，既表达了郑珍赴任古州厅学训导后自己和莫友芝对他的思念和企羡；又自道自己老大不小尚在家务农，自警为人子者当出仕为官以尽孝道；又向郑珍倾诉了自己仕途不通而决意归隐，仰屋著书，却无奈困于流俗，受人嘲笑，故又心有不甘、内心纠结的苦衷。此外，《江神子·送友人之兰州》中的"友人"文武全才，却"而今身世等飞蓬"，最后只得脱离尘世去访仙求道。《临江仙·喜王郎至》中的友人"王郎"是词人眼中不多许的"奇才"，可惜"酒酣仍拔剑"，不得志于时。《凤凰台上忆吹箫·吹玉屏箫》叹蜀客朋友虽有"腰下剑、风雨龙吟"，可惜"关山戎马，空换得、身世飘零"。《百字令·送监利龚子贞学博罢官归里》的赠送对象是湖北僚友龚昌运，他"宦绩名场尘海梦，付与荆南山色"的背后隐藏着的，何尝不是经历仕宦不偶的痛苦后看淡名利的无奈！由于功名蹭蹬，黎兆勋偶尔也会在这些赠别之作中激发共鸣，为自己不得展露才华而怨愤，如赠友人郭让泉《八归·尊酒相逢》一首：

尊酒相逢，溧阳老尉，依旧苦吟愁句。去年月黑蛮溪瘴，闻道风干鸣镝，先催强弩。大树论功期第一，竟博得将军骄怒。笑射虎、李广无功，且短衣归去。

我亦雄心暗激，封侯奇梦，曲唱邯郸儿女。董大琵琶，申胡觱篥，诉尽平生心绪。慨连营画角，吹不散边关风雨。更何人、横戈草檄，怒发萧梢，五更趋战鼓？

郭氏是一位沙场建功的军人，八年之后再见，他"依旧苦吟愁句"，尽管"大树论功期第一，竟博得将军骄怒"，只能"笑射虎、李广无功，且短衣归去"，词人由此联想到自己年轻时也和友人一样，做着"横戈草檄"的"封侯奇梦"，到此皆被现实击破，化为虚幻泡影。这些作品既为朋友不偶于时鸣不平，也在词中倾诉自己的怀才不遇，正如黎庶昌所言："肝胆豁露，多不平之鸣，盖才人不得志于时者之所为也。"[4](P4)

黎兆勋词集中还有一些题咏诗卷画册的文人词，各有姿态意旨，兼具学人本色。如《迈陂塘·题罗鹿游〈明日悔集〉诗后》致意清初遵义文化代表人物罗兆甡，《解连环·自题〈秋林驻马图〉》借题画铺写自己奔走江湖的尘容，《满江红·钟馗听鬼吹箫图》以赋笔铺写天师钟馗身世遭际，其中"暗吹残、进士十年心，无人识"二句慨叹其怀才不遇，至"皤腹尽容群鬼闹，英雄耻乞吹箫食。笑闻根、又堕野狐禅，为君惜"，又可见词人苏世独立的操守。《百字令·友人以〈葛洪移家图〉属题》题咏晋代葛洪移家于罗浮山炼丹故事，论及乱世之下的人生出处问题。《百字令·书田雪樵先生画册后》称颂甘老林泉的乡前辈田溥画技高超，而感叹自己零落栖迟，悔不当初。《锁窗寒·墨竹真传》一首对胡叟的"湖州竹派"画技给予了高度评价。《八声甘州·读义山诗笺意》则揭示出李商隐作诗陶镕六代却"名除朝籍"，后世因人废言，李诗中一片忠爱之心无人表出。

  黎兆勋词集中也有少部分以伤春悲秋、思妇闺情、离愁别恨为题材内容的作品。如《霜天晓角·秋人》《菩萨蛮·寄远》《朝中措·别意》《菩萨蛮·代赠》《梅子黄时雨·秋夜雨窗咏竹》等，主要写女子的离情别恨，这一类"代人设言"之作与前述自写羁旅愁思之作不同。《菩萨蛮·书恨》《虞美人·那人》《虞美人·愁思》《声声慢·江山闻笛有怀》《燕山亭·遥情》《青玉案·曲池》等则多写闺情相思，其中《沁园春·南园感事》写才子佳人旅途邂逅后的绵长遗恨，近似艳情，情意缠绵。《绮罗香·春雨用史邦卿韵》《一剪梅·却寄》等作品，似又于伤春悲秋中有所寄托。要之，以上词作多为"男子作闺音"之代言体，本事多不可知。但其中《南乡子·乡思》《鹧鸪天·梦影》《鬲溪梅令·忆南坞梅花》等数首，可视为思念妻妾之作，语意缠绵含蓄。如《鬲溪梅令·忆南坞梅花》：

  坞南一树隐茅茨。念娇姿。旧种江梅春色、早垂垂。别来谁护持？

  可能花好似当时。小红枝。月解怜花花定、诉相思。怨侬归去迟。

  "南坞"是黎氏家居之所，此词上片忆旧日梅花娇姿，下片设想而今花容或似旧时好，但笔锋突然转写"月解怜花花定、诉相思。怨侬归去迟"，这便将梅花在人别去后无人护持的情状和盘托出，从而在花影中透视出黎兆勋妻妾的倩影。此词表面忆梅花，实则忆妻妾，词中赋予了梅花无限的柔情和哀怨，这种拟人化的表现手法别致新颖，意在言外，寄托遥深，韵味隽永。

综上所言，可知黎兆勋词具有两点鲜明的创作上的特征。

第一，在题材上较少设写男女恋情，更多以山川景物、交游酬酢、社会现状及其生平遭际等为题材，且具有一定的贵州地域文化色彩。如上所述，黎兆勋词多为征行羁旅、山水纪游、咏史怀古、赠答送别及题咏之作，内容丰富；又其词多用标题或词序，交代创作时间、地点、人物、事件或创作缘由，表明这些作品多叙写他的人生经历，多有本事可寻，与其人生遭际重合。这正如汪文学指出的，黔中词人"在题材上较少涉及风月情色和男女恋情，更多是以人生际遇、山川景物、民俗风情和社会现状为题材"[18](P321)。

刘熙载《艺概·词曲概》中说："词贵得本地风光。"[19]清代词人经常深情地歌咏身边的山水风物，将当地的风俗人情纳入笔下，使词具有浓郁的乡土气息。已有研究者指出，陈钟祥、黎兆勋、黎庶蕃、莫友芝等黔中代表作家的词"具有极为鲜明的黔中地域文化特色"，它体现在三个方面：一是"对黔中奇山秀水和历史人物的赞颂描写"，二是"对黔中农业生产、民众生活与风俗民情的生动反映"，三是"对黔中少数民族风情的浓墨重彩的描绘"。[2](P240-244)详检黎兆勋词集，确有部分词作涉及贵州山水人物：如写白水河瀑布（黄果树瀑布）的有《霜叶飞·白水河观瀑》《迈陂塘·白水河观瀑时大寒后三日》《丑奴儿令·宿白水河》三首；写旧遵义府城湘山北面桃源山上谪仙楼的有《百字令·谪仙楼秋晚》《一萼红·谪仙楼感赋》二首。又如《临江仙·禹门山绝顶纳凉》《水龙吟·葑烟亭月下观梅》《潇湘夜雨·葑烟亭漫兴》《卖花声·过青田山舍呈邵亭芷升》《卖花声·溪山作》《齐天乐·游桃溪归来明日赋此阕呈邰亭》《木兰花慢·天池荷花》《鬲溪梅令·忆南坞梅花》等，所涉皆黔北山水人文景观；而《八声甘州·贵阳城上》《满江红·贵阳谒南将军庙》《台城路·南望山中遇雨》则关涉贵阳山水人文景观。另有《湘月·答李眉生驾部所问》一首，歌咏南宋播州（今遵义）绥阳著名文士冉琎、冉璞兄弟帮助四川安抚制置使兼重庆知府余玠修筑钓鱼城抵御蒙军南侵一事，充满自豪感。至于反映黔中农业生产、生活和民俗的词作也有两首：《风入松·陪族祖夜话》反映黔北民不聊生的社会生产和生活，揭露了"旧说官租减薄，而今赋米难尝。残山剩水尽征粮"的社会现实，表达了对官府横征暴敛的愤慨。《天香·云子炊香》一首则写遵义的酿酒习俗。由此可见，黎兆勋与清代其他地域的许多词人一样，善于表现本土风物。

　　第二，在抒情方式上多为自言体，即以自传性抒情为主，多抒写真人真事真情，表现了丰富多彩的思想情感。自晚唐五代以来，词坛上非常普遍的现象是"男子作闺音"，词风温婉柔媚。清词虽然也有类似现象，但更多的是延续金元词呈现出来的发展趋势："词体的基本性能已完成了由传统的应歌娱人向言志自娱方面的迁移，词体疏离了歌场，词人创作时也就不必再考虑如何代人言情和取媚听众，很自然词人主体精神的表现便成了创作最重要的内容。"[20]上述已知，黎兆勋词多写与其人生经历相关的题材，言男女相思、离别之情、流连光景、伤春悲秋之作不多，这便跳出了正统婉约词的情感表达。换言之，黎兆勋的词以自传性抒情为主，多以真山真水、真人真事入词，其题材之真又决定了其艺术表现之真。较之其挚友莫友芝的《影山词》"大多局限于描写男女相思、离别之情，或与亲友的唱和酬答，表现怀才不遇的感慨或在闲适自得的生活中流连光景、伤感时序的感情。一般来说，未能突破'词为艳科'的藩篱"[21]的创作倾向，黎兆勋的词与词体写作传统，即词用于书写男女情事，表达柔情恨意不同，"男子作闺音"的"代人设言"之作在黎兆勋词集中很少，故而几乎没有香软绮艳之作。

换言之，黎兆勋的词和他的诗在内容表现和情感表达上并无清晰的界限。他的词和他的诗一样，题材丰富，如交游唱和、怀古咏史、人生志趣、山水记游、咏物纪事、田园风光等皆可入词，反映的社会面广。其词抒发的情感也很丰富，或歌颂祖国江山的雄奇瑰玮和田园风光的旖旎多姿，如《霜叶飞·白水河观瀑》《满江红·滇池秋泛》《齐天乐·游桃溪归来明日赋此阕呈邺亭》等；或反映民生，表露忧国忧民的情怀，如《风入松·陪族祖夜话》《百字令·蜀中怀古》《东风第一枝·残雪犹莹》等；或抒写自己的羁旅乡愁，如《望海潮·渝城返棹先寄家人》《百字令·六里箐山行》《玲珑四犯·一岁行踪》等；或抒发怀才不遇的愤怨，如《江神子·送友人之兰州》《卖花声·溪上作》《八归·尊酒相逢》等；或表现出处的矛盾无奈，如《水调歌头·五华山武侯祠下作》《霓裳中序第一·归思》《风入松·桐林郁郁带晨霞》等；或表现朋友之间的深厚情谊，如《水龙吟·葑烟亭月下观梅》《庆功春·春满瑶阶》《金缕曲·寄子尹》四首、《百字令·送监利龚子贞学博罢官归里》等。由此可见，其词与诗之间的文体界限已被打破。

三、黎兆勋的性情抱负、词学渊源与艺术风格

黎兆勋词的艺术风格及其渊源问题，黄万机先生曾撰文予以讨论。他指出，黎兆勋填词早年学辛弃疾、刘克庄[22]，晚年学周邦彦、姜白石，造诣较高，具有多重艺术风格。豪放的词风，乃学习辛、刘所得；其风格婉丽的作品，"与婉约派的周邦彦、秦观、姜夔等相近"，"黎氏广泛学习各家而形成自己的特色，词风犷[旷]放清婉，刚柔相济"。[17](P140-143)黄万机先生的论断可信，但对黎兆勋的词学渊源缺乏深入具体的分析和讨论。若结合黎兆勋一生的学词经历及其个人遭际，可以更加全面深入地

认识其艺术风格的形成与其艺术渊源之间的关系。

前文提到刘扬忠先生所论的"黔北词人群",该群体理论代言人莫友芝曾在《〈菿烟亭词〉序》中谈到黎兆勋的学词经历、词学渊源和艺术风貌等问题:

> 既伯庸秋试累踬,余亦春官数困,牵迁人事,幽忧无聊,乃复相与上下五季、两宋,逮本朝巨公之制,准玉田绪论以相切劘。余虽稍窥门径,而才不副意,寥寥成篇;而伯庸所诣,骎骎轶南渡而上汴京,即兼工之子尹,已瞠其后。窃论近日海内言词,率有三病:质犷于藏园,气实于谷人,骨屑于频伽。其偶然不囿习气,溯源正宗者,又有三病:服淮海而廓,师清真而靡,袭梅溪而佻。故非尧章骚雅,划断众流,未有不撷粗遗精,逐波忘返者也。伯庸少近辛、刘,繙然自嫌,严芟痛改,低首周、秦诸老,而引出以白石空凉之音。所谓前后三病既无从阑入,顾犹不自信,见面必出所得相质证。余每持苛论,即一字清浊小戾于古,必疵乙之。而伯庸常以为不谬,日锻月炼,不尽善不已。近则每变愈上,虽子建好人讥谈,人亦何所置其喙?昔吴尺凫为词在中年以后,故寓托深而揽撷富;宋牧仲虚怀讨论,其词可上拟北宋。伯庸兼之,宜其幽宕绵邈,使人意消。为之不已,于长水、乌丝、珂雪间参一坐,岂不可哉?[23]

莫友芝这段话追述了当年他和黎兆勋由于科举考试不顺内心郁闷、"幽忧无聊"之际借学词消遣的经历,二人取法晚唐五代、两宋至清朝诸大家,广泛学习前贤创作经验,最后服膺张炎(号玉田),将其《词源》奉为圭臬。他又说黎兆勋词先学南宋辛弃疾、刘过,觉其粗豪有余而沉厚不足,故转而济之以北宋周邦彦、秦观之婉约,最后以姜夔为典范,词风达到了"空凉"的境界,且词律精严,音韵谐和,在不断进步中又兼有了清代吴焯、宋荦词的优点，内容丰富，寄托深刻，幽宕绵邈，具有感人的力量，假以时日，可追步清词大家朱彝尊（长水）、陈维崧（乌丝）和曹贞吉（珂雪）。作为黎兆勋的同窗词友和莫逆之交，莫友芝对黎兆勋的学词经历、词学渊源和艺术风格的概括，当然是值得相信的，也基本上是准确的。但莫友芝显然对黎兆勋词学辛、刘二人颇有微词，而他此文的另一意图，是要借作序的机会表达自己的词学主张，因而实际上与黎兆勋本人的词学观念、创作和艺术渊源不尽相同。

黎兆勋早年作词取径颇广，但主要师法辛弃疾、刘过，故词风超迈豪旷，这还与其出身边鄙有关，更与其为人相称。

清代黔人陈法《黔论》论及黔人性格"五病"："曰陋，曰隘，曰傲，曰暗，曰呆。闻见不广，陋也；局量褊狭，隘也；任性使气，傲也；不通世务，暗也；不合时宜，呆也。陋者宜文之，隘者宜扩之，傲者宜抑之，暗者宜通之。而惟呆则宜保之，不可易以巧滑也……若夫呆者，朴实而不知变诈，谨饬而不敢诡随。此黔人之本色天真之可保守而不失。由其生长溪山穷谷之中，无繁华靡丽之习可以乱其性，故其愿易足；无交游声气之广以滑其智，故其介不移。"[24]民国《贵州通志·艺文志》亦载陈夔龙语曰："吾黔僻处万山中，去上京绝险远，风气号为陋嗇，士生其间，率皆质直沉静，不屑屑走声逐影，务以艺鸣于绮靡浮器之世。"[25]汪文学据此总结："'僻处万山'的生存环境不仅培育了黔人傲岸质直的性格，亦涵育出黔人安足凝滞之心态……阅读黔中士子的传记，可以发现他们家居闲处时，更多表现出安足凝滞的一面，大多数人纵情山水，怡情自然，闲适恬淡；而在面临大是大非的问题时，或者在仕途上，则多半以傲岸质直著称。"[18](P89)

黎兆勋生长于黔北山区边僻之地，的确具有黔人傲岸质直的典型性格。这从其从弟黎庶焘、黎庶昌的记载中可以印证。黎庶焘《从兄伯庸黎府君行状》说他"倜傥有大志，不屑为乡曲谀儒，人或目为狂"；又说他"天性高旷""性豪爽,重交游"与遵义知府平翰为布衣交,深受平翰器重,"升堂抗礼,忘其势分之相悬","然文章诗酒外,绝不及公私一语","不肯趋伺长官,故每值迁调,忌者多以简傲见阻"。[9](P1-2)黎庶昌则在《从兄伯庸先生墓表》说他"俊迈有奇气",并引当时"蜀中三李"之一李鸿裔的话赞其兄"天机活泼,洒落尘埃"。[9](P4-5)

成长于黔中边僻之地形成的狂傲质直的性格、高远的抱负、悲抑不偶的人生遭际,使他在学词的过程中自然就贴向了以豪旷沉郁著称的辛弃疾和刘过。南宋词人辛弃疾,字幼安,号稼轩,一生以恢复为志,以功业自许,却备受当权者排挤,壮志难酬,遂将满腔激情和对国家兴亡、民族命运的关切忧虑寄寓于词作之中,风格沉雄豪迈又不乏细腻柔媚之处。刘过,字改之,号龙洲道人,四次应举不中,流落江湖,布衣终身,曾为陆游、辛弃疾所赏,其词多抒发抗金抱负,风格狂逸俊致,与辛弃疾相近。民国陈德谦便指出黎兆勋词中的"浑灏"之作正是因性分相近而学辛弃疾、刘过所得:

> 今观伯庸先生词曰"葑烟亭"者,凡四卷,中如《百字令·怀邵亭》《金缕曲·寄子尹》诸阕,《霜叶飞·白水河观瀑》,以及薄游昆明诸作,诚如莫偲老所云,于稼轩、龙洲为近。其浑灏而不沦于粗犷,非善学者不能到。固不仅虎贲之似中郎,洵永师之能临逸少者矣。至如《水龙吟·月下闻渔歌》,寄兴深遥,碧山、玉田入林把臂,知其于南渡诸家皆曾三致拳拳,又不徒以善学辛、刘为能事也。大抵名家为词,初不妨专致力于一二古人,求其与性分之所近、环境之相同者,精研而殚思之,然后傍及别家,纵横探赜,镕于心而入于手,郁结喷薄而出之,初不能以一二古人之作衡之也。昌黎所谓"务去陈言",东坡所谓"我书意造",《巢经巢诗》云"言必是我言,字是古人字",其墨守一派,规规一先生之说者,乌足语此?邵亭称伯庸先生

不为习气所囿，斯可以卓然自树也乎……黔人为词者，本甚寥寥，亦无派别之可言。为之专且善，允推伯庸先生。[26]

这种浑厚沉郁之作，除上引所举十数首，黎兆勋词集中尚有《临江仙·禹门山绝顶纳凉》《台城路·南望山中遇雨》《江神子·送友人之兰州》《八归·李王祠下夜泊》《满江红·钟馗听鬼吹箫图》《迈陂塘·白水河观瀑时大寒后三日》《摸鱼子·唐子方方伯》二首、《水调歌头·日落戍楼悄》《凤凰台上忆吹箫·吹玉屏箫》《百字令·咏古》二首、《湘月·冬日有怀郭南村处士》《湘月·答李眉生驾部所问》等，尤其中晚年之作，将忧世伤生之心、仕宦困顿之痛、羁旅江湖之感和千里怀乡之情并入词中，多豪中呈郁，有一种英雄不偶的悲壮苍凉之美。同时，陈德谦亦指出：黎兆勋为词先"求其与性分之所近，环境之相同"的辛刘豪放一派，"精研而殚思之，然后傍及别家"，其词集中《水龙吟·月下闻渔歌》这种寄兴深遥之作，乃得之于南宋王沂孙（号碧山）、张炎（号玉田）等词家。

其实，黎黎兆勋与莫友芝同学作词，时相切磋，对莫氏推崇之张炎、姜夔等人，早有沉潜把玩。因此，黎兆勋拓宽作词取径，由师法辛、刘而秦、周、姜、史，必有莫友芝的影响，但也是他本人的词学素养及渊源之必然趋向，当然更与当时词坛风尚之转变及其颠沛于乱世中的人生遭际密切相关。换言之，是以上各种因素共同促成了黎兆勋转益多师，从而使其词形成了旷放清空、幽宕绵邈的艺术风格。

黎、莫二人同学作词，但取径并不相同。莫友芝曾在《〈莳烟亭词〉序》中自道二人学习"本朝巨公之制"，所谓"本朝巨公"，从现存黎兆勋、莫友芝二人词集来看，主要是指清初词坛领袖陈维崧和朱彝尊。黎兆勋盖由清初阳羡词派领袖陈维崧入手，同时上溯至南宋辛弃疾、刘过，今其词集中《喝火令·嶍峨晓发》一首，正用陈维崧体。[27]其他如《霜叶飞·白水河观瀑》《望海潮·大观楼望海》《八归·李王祠下夜泊》诸阕，把历史故实、眼前新事、画面景色、作者胸臆全都摄纳词中，气势浑茫磅礴，神思飞扬腾跃，情致酣畅淋漓，正可见陈维崧、辛弃疾、刘过诸家痕迹。陈维崧（1625—1682），字其年，号迦陵，性豪迈，自负才情，诗、骈文皆工，尤擅填词，词宗苏、辛，风格刚健清豪，别有一种独异的霸悍之气和巨大的冲击力。其词虽以豪放为主，亦有清真娴雅之作，陈廷焯《白雨斋词话》卷三评其《沁园春·题徐渭文〈钟山梅花图〉同云臣南耕京少赋》词为"情词兼胜，骨韵都高，几合苏、辛、周、姜为一手"[28](P3842)。这说明陈维崧能将不同风格冶于一炉，抒写自如。因此，黎兆勋由陈维崧、辛弃疾、刘过而转入"秦、周、姜、史"，除取法多元，本亦有词学上的渊源关系。

莫友芝论词则以婉约派为词体正宗，以清初浙西词派领袖朱彝尊为创作范式，标举"清空"的艺术风格："莫友芝的词创作是以宋代秦观、周邦彦、姜夔、张炎、吴文英等婉约词人为取法对象，又以清代朱彝尊为代表的浙西词派提倡的清空醇雅为创作范式。"[29](P90)莫氏词学朱彝尊，取法南宋格律词派，乃学界共识。受莫友芝的影响，黎兆勋对朱彝尊词亦深有研究，这可由贵州省博物馆藏莫友芝《影山词》稿本（孤本）得到印证。这部手稿比其他各种版本《影山词》多出14首，且其中很多首词都做了反复修改，又有多首是与黎兆勋同作或唱和之作，更珍贵的是它的天头或空白处有诸多黎兆勋所题批语[30]。这些现象不仅印证了莫友芝在《〈葑烟亭词〉序》中所道二人一起精研词艺，"日锻月炼，不尽善不已"的事实，而且从这些批语中可见二人之词学渊源。

黎兆勋所题批语，主要涉及两宋诸家及清代朱彝尊。其中涉及朱彝尊的有：

《影山词》卷一《鹊桥仙·题画》词下朱批："气味极类竹垞。"

《影山词》卷二《江城子·山家滋味》天头朱批："得毋钻仰小长芦师耶？"

《影山词》卷二《渡江云·外舅夏辅堂先生暨外姑姜孺人八十寿言》天头署名墨批："二词气息大类竹垞，柏容。"

《影山词》卷二末与《影山词外集》之间有一便笺，上有："东来时能携竹垞文一补漫漶否？"

《影山小词外集》之《生查子·自别欢时》天头墨批："'留赠'四句太与竹垞《卜算子》犯。"

《影山小词外集》之《洞仙歌》十首首阕天头朱批："《洞仙歌》诸作方有词家风味。"（作者按：此十阕学朱彝尊《洞仙歌》）

《影山小词外集》之《洞仙歌》十首末尾天头署名朱批："《洞仙歌》十阕，其大旨似与竹垞相类，词秾意婉，是作者坛场，他人为之终不能到，柏容。"

朱彝尊（1629—1709），字锡鬯，号竹垞，又号醹舫，晚号小长芦钓鱼师，博通经史，著述宏富，与陈维崧一起开创清词新格局。朱彝尊宗法南宋词，尤尊崇其时格律派词人姜夔、张炎，提出"世人言词，必称北宋，然词至南宋始极其工，至宋季而始极其变。姜尧章氏最为杰出"[31]，故标举姜词之"清空""醇雅"以矫明词气格卑弱、语言浮薄之弊，为浙西词派领袖，天下翕然风从，其势力笼罩了康熙至道光五朝近二百年词坛[32](P104)。手稿中黎兆勋批语提到朱彝尊出现七次，其他清代词家蒋世铨（字心余）、尤维熊（号二娱）二人，每人仅一次。由此可见，不唯莫友芝作词深受朱彝尊的影响，黎兆勋对朱彝尊词亦极有一番研究。这表明："浙西词派对深处偏僻之乡的道咸时期的莫友芝、黎兆勋的词创作有着深远影响。"[29](P90)此外，手稿中黎兆勋所涉两宋词家批语还有：

《影山词》卷二《千秋岁·渐东方白》天头朱批："深入南

宋门径。"

《影山词》卷二《高阳台·和黎柏容落梅》天头朱批："清空婉约。"

《影山词》卷二《高阳台·横笛高楼》词后墨批："'明蟾'二语，得白石之神。"

《影山词》卷二《卖花声·青田山庐答柏容》天头朱批："极似玉田。"

《影山词》卷二《蝶恋花·留别柏容》天头朱批："（暗度、黄昏）二句极似秦七。"

《影山词》卷二《迈陂塘·春晚饮李仪轩家大醉作歌》天头朱批："大似龙洲道人。"

《影山词》卷二《迈陂塘·问此身何从来也》天头朱批："于宋似辛稼轩，于近代心余（蒋世铨）亦能办此。"

《影山小词外集》之《瑶花·安江眉印》天头朱批："意甚曲折，笔力足以达之。"

《影山小词外集》之《贺新郎·系马樱桃树》天头朱批："颇嫌南宋诸人咏莲词多滞气，似此洒洒脱脱方是作家。"

以上批语涉及两宋姜夔、张炎、秦观、刘过、辛弃疾诸家，既可见黎兆勋对这些词人把玩之深，又可见黎、莫二人在词学上转益多师，互相影响。而莫友芝《影山词》卷二《百字令·答柏容》四首其三有云："新编诧我，道秦、周、姜、史，近添生活。嚼徵含宫南北宋，脱口一炉冰雪。"[11](P529)这首词约作于道光二十五年（1845），莫氏此时对黎兆勋转入与其性情不类的"秦、周、姜、史"一派是诧异的。由此可证，黎兆勋学词从"辛、刘"转向"秦、周、姜、史"，由沉潜把玩到付诸创作，当在道光二十五年（1845）左右。而在其转向中，本身就包含有其本人的词学素养及词学渊源。

四、词坛风尚、人生遭际与艺术风格

黎兆勋清旷绵邈词风的形成，除了艺术上转益多师，也与当时词坛风尚之转变及他在咸同乱世中颠沛困顿的人生遭际密切相关。

嘉道以来，笼罩词坛的浙西词派剽拟因袭太过，缺乏新意真意，逐渐沾染纤丽空滑的江湖气息，引起词学界的批评，如谭献在《复堂词话》中说："以浙派洗明代淫曼之陋，而流为江湖。"[28](P3999)况周颐《蕙风词话附录》说："乾嘉时词，号称学稼轩、白石、玉田，往往满纸皆此等呼唤字，不问其得当与否，遂成滑调一派。"[28](P4592)胡念修《蔗畦词序》亦云："吾浙词派力救明季阐缓之病，特尚清灵……后或流于饾饤，至以佻滑之音，染江湖之习……皆不善学之蔽也。"[33]均指出嘉道以后浙派词肩架狭窄，学问浅薄，语句轻圆，其清空的追求逐渐流向圆滑的弊病。莫友芝对此亦有清醒认识，前引《〈莳烟亭词〉序》中说："其偶然不囿习气，溯源正宗者，又有三病：服淮海而廓，师清真而靡，袭梅溪而佻。故非尧章骚雅，划断众流，未有不摅粗遗精，逐波忘返者也。"所谓"正宗者"，当指学张炎、姜夔之浙西词派路径。即便如此，结集于道光末年的《影山词》已受此风气影响，贵州博物馆藏《影山词》手稿本黎兆勋批语中可见一斑，如《影山小词外编》之《生查子·杏乳柿霜》天头墨批"过片太滑"，又《影山小词外编》之《人月圆·墙东一角》天头墨批"要改过片"等，均是《影山词》露俗滑之弊的表现。

为了跳出浙派藩篱以求新变，浙西词派内部如郭麐、沈祥龙、吴衡照、蔡宗茂、蒋敦复等开始兼采南北宋词。同时，常州词派也开始登上清代词坛，其理论代言人张惠言、周济提出师法北宋，以与浙派师法南宋相抗衡。至咸同时期，兵事日起，世事日亟，常州词派直面社会、强调"身世之感""家国之恨"[34]、提倡"比兴寄托""意内言外"的词学主张逐渐"为词坛所普遍接受并予以实践，由浙入常乃至浙常融通成为时代的一大趋势"[35]。在战争中不能独善其身的清代词人们也走进社会，感时览物，托寓微至，将平生志行融入词中，演为"哀世之音"，不再追求"空中语"[32](P104)，词坛审美风尚遂由欢娱转向沉郁。

黎兆勋的个人命运亦在战火频仍、风雨飘摇的王朝末世中龃龉前行。道光二十九年（1849），他第十次乡试落第，遂报捐馆职，署石阡府教授，不久离职，大概在咸丰三年（1853）秋赴黎平府开泰县训导任。是时受太平天国运动的影响，自咸丰四年（1854）至同治十一年（1872），贵州全省爆发了大规模的民族起义，各路起义军不断与官军及各乡寨团练发生军事冲突，桐梓县斋教领袖杨龙喜、舒光富起义军攻占了桐梓、仁怀及遵义城，黎兆勋家乡遵义沙滩也遭到战争的破坏："当是时，群寇如毛，干戈四塞，县中百余寨屠破几尽，其幸存者悉沦于贼。独禹门龂龂其间，势孤援绝，郡县吏亦汲汲不自保。"[3]而黔东南张秀眉、包大度等人领导的"古州苗变，浐扰黎平"，黎兆勋厕身其间，奉黎平知府之命委办南路团练，跃马疆场，"出入蛮乡瘴岭间，濒危者屡矣"[8](P2)。咸丰六年（1856）冬，黎兆勋因防御黔东南苗民反动之功，擢任湖北鹤峰州州判，未及赴任，为湖北巡抚胡林翼留为省垣摄藩照磨兼盐库大使，负责为湘军镇压太平军筹集粮饷。

在鄂之初，黎兆勋颇有用世之心，这反映在他的词中，如《水调歌头》：

日落戍楼悄，月出古城头。夜氛遥辨蛮戽，明灭使人愁。长恨黄州哀角，不放参旗井钺，星彩焕南州。风紧柝声急，河汉欲西流。

莽离合，痕惨淡，黯凝眸。青山明月，问此时孰拥貔貅？郑侠图成难上，益信君门万里，南斗共沉浮。迢递思归客，情思两悠悠。

此词写太平天国战事。词序云："月下望城上夜山，柝声四起，慨然感赋。"柝声之中，词人所愁乃在难辨的"蛮虏"，因而想念像貔貅一样勇猛的战士，又发出"郑侠图成难上，益信君门万里，南斗共沉浮"的感叹，盖欲对上有所陈而无进献之路。然而，由于清高傲慢的心性，黎兆勋七年因守一官，仕途顿滞不前："留居省垣摄藩照磨，人咸谓守令可旦夕致，而兄不肯趋伺长官，故每值迁调，忌者多以简傲见阻。"[9](P2) 咸丰九年（1859），他曾在赠别好友龚昌运《别子贞三首》其二中透出被同僚排挤欺侮的信息："我往本贫贱，谬志入官府。徒邀丈人嗔，颇累群儿侮。"[9](P149)同治元年（1862）《永夜》诗也有"劳真能老我，壮本不如人。一砚磨寒月，三年感积薪"[9](P194)之句，化用《庄子·大宗师》及《汉书·汲黯传》典故，言岁月使人老而后来者居上，隐约道出新人上位，仕途迁转无望之情状。

  事实上，官场中的尴尬处境和进退之间的纠结在他的此期诗词中多次呈现，如："吾徒窃微禄，揽辔增慨慷。愿假华山石，壁立汉水旁。更需泰宗雪，千尺埋遗蝗。竭来牛马走，自识须鬓苍。平生实多难，不复怜行藏。惟忧岁华晚，独滞天一方。妻子且勿惜，自惜生颓光。百年长若此，尘鞅愁人肠。"[9](P125)又："去亦不能得，住亦不能得。心在天南身在北，何人假我乘风翼？脂吾车，秣吾马；行路难，石城下。"[9](P126)一边是归隐的内心夙愿，一边是窘迫的现实生计，现实裹挟理想，只好勉为其难奔向困顿落寞的仕途："我行落拓伤迟暮，书剑年深叹如故。四海兵戈杜甫愁，一官事业邯郸步。"[9](P128)"我岂飘零者？皇皇徒尔为。男儿重迟暮，风雨阻归期。林鸟依依息，山云黯黯移。劳生堪自笑，莫遣物华知。"[9](P138)词则如《百字令·送监利龚子贞学博罢官归里》："葛令移家，幼安过海，予意烦君决。遂初能赋，几人帆挂江月？"将仕或隐的选择权交给自己的好友，可见其出处之间的内心矛盾。又《湘月·冬日有怀郭南村处士》："涩茧抽丝，饥蝉咽露，我亦堪投老。"自谓到了告老还乡的年龄。这些诗词皆奔向仕途又背向官场，做出不如归去的姿态，呼唤独立的人格。黎兆勋羁旅鄂疆的七年薄宦生活情状与心态，多作如是观。

综上，从生活体验来看，黎兆勋走出贵州，尤其是跃马滇南、羁旅鄂疆的生活，扩大了他的生活面和朋友圈，加深了对社会现实的认识，开拓了他心胸视野，增长了他的才识学问，反映在词作中，便使其词题材摆脱了黔地地域限制。同时，长期漂泊不偶的人生遭际，压抑着他豪放的性情和高远的抱负，使他深感无奈又心有不甘，奔向官场又回望田园，这种身世之感被他打并入词，其自序云："迫宦游武昌，久客无憀，每值事情感触，实有不能尽遏者，长笺短纸，时抒所怀，歌咏之作，由此复成。"[23]如《凤凰台上忆吹箫》："叹登楼王粲，极目伤心。应念关山戎马，空换得、身世飘零。"就将忧生念乱之怀、牢落坎壈之遇写入词中，其天性中的豪杰之气便不能不有所收敛，进而转向常州词派之沉郁。

从艺术渊源上看，黎兆勋先师法辛弃疾、刘过，道光后期转向格律词派，这与其豪放不羁的性格相关，更与其词学渊源及当时主导词坛风尚的常州词派相关。黎兆勋在词学渊源上"服膺辛、刘、周、秦为多"[8](P2)，而"周、秦两家，实为南宋导其先路"[28](P3825)，其中的关捩便是姜夔。姜夔是清初浙西词派领袖朱彝尊确立的写作典范，莫友芝、黎兆勋作词莫不受其影响。姜夔一生困踬场屋，只好浪迹江湖，广为交游，其词源于辛弃疾，又上承周邦彦，作词讲究章法、音律，力求醇雅，下开南宋格律词派。贵州省博物馆藏《影山词》稿本卷一《庆宫春·庚子除夕》天头有黎兆勋朱批："稍改瘦老便是。"便可稍窥黎兆勋受姜夔词以江西派的清劲瘦硬之笔来改造晚唐以来温、韦、柳、周靡曼软媚的作风，创造出一种清劲、拗折、隽淡、峭拔境界的影响。

黎兆勋盖由朱彝尊而姜夔，而后纵横上下，对史达祖、王沂孙、张炎等进行揣摩，又上窥周邦彦、秦观，正如莫友芝《〈葑烟亭词〉序》所说："伯庸所诣，骎骎轶南渡而上汴京。"[23]这一词学渊源亦与当时词坛风尚有关。常州词派在道光后期已确立词坛地位,其直面社会、强调"身世之感""家国之恨""比兴寄托""意内言外"的词学主张在咸同时期更是深入人心,而词坛审美风尚亦由欢娱转向沉郁。如黎兆勋学习王沂孙,王氏词风接近周邦彦,含蓄深婉;其清峭处,又颇似姜夔,其词章法缜密,而朱彝尊尤推重其咏物词善于体会物象以寄托感慨。又如他学张炎,张氏早年学周邦彦,后深受姜夔影响,注重格律、形式技巧,长于写景咏物,格调凄清,情思婉转,音律协洽,句琢字炼,雅丽清畅。可知王、张二人都学周邦彦,又深受姜夔影响。检阅黎兆勋词集中学习王沂孙、张炎的词,主要有《淡黄柳·高桥夜泊》《忆旧游·怅年华递换》《水龙吟·咏蕲州竹簟》《汉宫春·咏腊梅》数首。黎兆勋学习王沂孙,不唯其咏物词贯穿着对骚雅格律的提倡,更重在其基调,正如《张惠言论词》中所说:"碧山咏物诸篇,并有君国之忧。"[28](P1616)而他"于南渡诸家皆曾三致拳拳",除辛、刘、王、张四人,其集中学习南宋陈与义、史达祖、吴文英、蒋捷、周密等人之作皆有迹可循,但师法最多的还是姜夔,词集中《玲珑四犯·一岁行踪》《庆功春·春满瑶阶》等皆标明"用白石体",《百字令·故都乔木》《湘月·冬日有怀郭南村处士》二首等亦有白石风韵。

  而后黎兆勋由姜夔而学周邦彦、秦观,除了艺术渊源,还当与其身世之感相关。秦观词擅长把仕途失意之痛融入对女子思念的艳情里,真实反映身处逆境的各种感受,感情真挚,意象优美,情辞得兼,合乎音律,尽深婉之能事。周邦彦填词重法度而长于慢词,集词艺之大成,开南宋格律派先河,尤其是富艳精工的咏物词将身世飘零之感、仕途沦落之悲、情场失意之苦与所咏之物融为一体,为后世咏物词开启了门径。黎兆勋的词尤其是游宦鄂疆所作之词,多承载着"身世之感""家国之恨",如《玲珑四犯》:

    一岁行踪,五移吟榻,孤怀长伴灯影。楚天云雨梦,不是羁人恨。今宵又当细省。怪乡愁、欲眠难稳。破壁呼风,冻云巢月,人与鹤同醒。

　　壮时喜歌幽夐。怅峥嵘岁暮,垂老才尽。席无豪士赋,酒谢胡姬饮。迷离蝶梦庄生笑,争留得、寒光生枕。情黯淡,翠衾外、瑶窗夜永。

词序标明"用白石体",将羁旅江湖、英雄迟暮、思乡怀远、人生如梦的身世之感打入词中,以"空凉"之音发出。另一首同用"白石体"的《庆宫春》下片云:"情知龙性难驯,豹隐求深,道心坚卓。空伤吟侣,尘劳自误,也学扬州骑鹤。梅圮松岑,又还是、襟期淡泊。萧条人事,儒老乾坤,君应念着。"羡慕"道心坚卓"的郑珍隐居不仕,而自己却不甘困顿"学扬州骑鹤",最终落得个"尘劳自误""萧条人事,儒老乾坤"的下场。《百字令·咏古》二首、《菩萨蛮·纪事》《卜算子·感怀》《小重山令·送李眉生赴安庆军中》等数首,则寄寓着"家国之恨"。这些词关注国运和现实民生,抑或饱含苍凉的身世之感,抑或咏古伤今,悲悯时艰,慨叹当日战事,颇有寄托,而引出以姜夔"空凉"之音,往往豪中呈郁,实际上已经从朱彝尊确立的姜夔一体中脱拔出来,与常州词派一脉相承。

　　这样的词,具有旷放清空、幽宕绵邈的风格特征。所谓"旷放清空":一是词中情志多属文人志士的豪烈情怀,少有世俗的香艳繁杂;二是有寄托,表现上多追求言外之意和空灵的神韵,避免质实粗重的笔触;三是词中意象偏向高雅清绝而非鲜艳华贵,语言明丽清净,语气爽快利落,表现出清旷的一面。所谓"幽宕绵邈",主要指其词意境幽宕,含意深远。[36]尤其是薄宦羁旅鄂疆,置身动荡乱离的时局中,经历着人事寥落的生活,死生离合,穷郁悲忧感其中,而事物是非接其外,颇多酸情幽怀,遂以词曲折达意,寄托遥深,感人至深。

此外，陈田《黎州判兆勋传证》中说他"为诗选词隽颖，摆脱凡近，晚岁尤极深沉之思。游楚而后，格律益进"[37]。莫友芝《陈息凡〈香草词〉序》则说："近则黎伯庸、郑子尹、黄子寿、章子和、张半塘诸君子，颇复讲求，伯庸尤自信，已有初集问世，然当以慢、近擅场。"[11]586杨恩元《〈弗堂词〉跋》说："溯黔中自明设省，三百年间，诗人接踵，专集颇多，惟词则阒焉寡闻。清代词家，始有江辰六显于康熙之际。延至中叶，倚声渐盛，而附载各家集中者，要皆篇幅寥寥，略备一格。其有妙偕声律，专精此道，以黎伯庸之《葑烟亭》为最。"[38]可知黎兆勋词以长调慢词著称，妙偕声律，格律谨严。

总而言之，黎兆勋的词在艺术渊源上广泛取法前贤，其始因个性相近，学词从辛弃疾、刘过入手，亦曾学习当朝词学领袖陈维崧。同时，他受莫友芝影响，对清朝词学领袖朱彝尊沉潜较深，这为他进而转师张炎、姜夔、史达祖、王沂孙等词家奠定了基础。道咸以后，国家多难，兵事时起，讲究兴寄的常州词派理论逐渐主导词坛，黎兆勋在创作中便同时受浙西词派和常州词派影响，由南宋而上溯至北宋秦观、周邦彦诸家，在词作中将羁旅宦游的身世之感打入词情，情韵兼胜，讲究寄托而出以姜夔"空凉"之音，因而在艺术风格上兼有旷放、清空的特点。其词在艺术形式上则以长调慢词著称，词律精严，音韵谐和；意境幽宕，情意绵邈，具有感人的力量，这一点与郑珍、莫友芝重视学问为词不同。这些创作特征，主要与他的个性抱负、身世遭际、学养襟抱和词学渊源有关，亦是时代风会的产物。要之，黎兆勋在学词的道路上转益多师，不墨守一人一派，不为习气所囿，因而能"卓然自树"，成为词坛名家。

向有强
二〇二三年二月廿八日于贵阳鱼梁河畔

注释

[1] 其中黎兆勋13首、莫友芝26首、章永康12首、黎庶蕃13首，黎兆勋词皆出《葑烟亭词》卷一、二，盖严氏所据词集为道光二卷本《葑烟亭词》，若其见光绪黎氏家集本《葑烟亭词》，选入当为更多。

[2] 刘扬忠：《清代贵州词人群体述论》，《词学》（第二十三辑），2010年第1期。

[3]〔清〕黎兆祺诸子：《先府君家传》，黎兆祺《息影山房诗钞》，光绪九年（1883）日本使署刻本。

[4]〔清〕黎庶昌：《从兄伯庸先生墓表》，黎兆勋著，向有强校注《〈侍雪堂诗钞〉编年校注》，吉林大学出版社，2022年。

[5]〔清〕莫庭芝、黎汝谦采诗，陈田传证，张明、王尧礼点校《黔诗纪略后编》，贵州人民出版社，2020年，第560页。

[6]〔清〕莫友芝：《〈葑烟亭词草〉序》，张剑、陶文鹏、梁光华编辑校点《莫友芝诗文集》（增订版），人民文学出版社，2013年。

[7] 黄万机：《"沙滩文化"概述》，《贵州文史丛刊》，2017年第3期，第2页。

[8]〔清〕黎庶焘：《从兄伯庸黎府君行状》，〔清〕黎兆勋著，向有强校注《〈侍雪堂诗钞〉编年校注》，吉林大学出版社，2022年。

[9]〔清〕黎兆勋著，向有强校注：《〈侍雪堂诗钞〉编年校注》，吉林大学出版社，2022年。

[10]〔清〕郑珍著，黄万机、黄江玲校点：《巢经巢诗文集》，上海古籍出版社，2016年。

[11]〔清〕莫友芝著，张剑、陶文鹏、梁光华编辑校点：《莫友芝诗文集》（增订版），人民文学出版社，2013年。

[12] 按：黎庶焘《行状》说他"丙辰秋赴鄂"，"丙辰"为咸丰六年；黎

庶昌《墓表》不言赴鄂时间。今详莫友芝《送黎柏容之鹤峰州判》及郑珍《送柏容之鹤峰州州判任二首》均系于咸丰七年冬；又黎兆勋赴任前曾至贵阳拜谒贵西道承龄，有《上承尊生观察》，时令在冬季；又检诗集中《三度关旅夜》《七星关晓发》《晓雪山行》《腊月十八夜舟行大江风剧不能泊岸》诸诗，可知黎兆勋于腊月赴任湖北。又黎庶蕃《椒园诗钞》卷一《晚步鹦鹉洲遂登晴川阁追忆伯庸从兄二首》其二诗句"薄宦淹留近八年"下自注云："兄以咸丰七年至鄂。"综上可知，黎兆勋赴任湖北当在咸丰七年冬。

[13] 赵尔巽等撰：《清史稿》，中华书局，1977年，第11935页。

[14]〔清〕龚昌运：《〈侍雪堂诗钞〉序》，黎兆勋著，向有强校注《〈侍雪堂诗钞〉编年校注》，吉林大学出版社，2022年。

[15]《行状》云："癸亥，调补随州州判。""癸亥"为同治二年。《墓表》则载"同治元年，调补随州州判"，误。据黎兆勋《喜从弟莼斋自都门来武昌》诗，有"我官武昌不得尔消息"句。据考：同治元年（1862）黎庶昌（字莼斋）因战乱自遵义赴应天府参加乡试，不第；是年七月二十八日，慈禧太后下诏求言，庶昌以诸生献万言策，陈述变法十五条，切中时弊，获朝廷重视，以知县发往曾国藩大营查看委用。是年十二月二十一日，曾国藩接到上谕，有《黎庶昌请留江苏候补片》。同治二年（1863）初春，黎庶昌由北京启程，经由武昌，三月到达曾国藩安庆大营。故知此诗与《送从弟莼斋从军曾节相大营》均作于同治二年春。又据黎兆勋《出汉阳门渡江感怀》诸诗，可证同治二年秋以前黎兆勋均在武昌。故黎兆勋出判随州，必在同治二年秋。

[16] 郭绍虞编选，富寿荪校点：《清诗话续编》，上海古籍出版社，1983年，第1052页。

[17] 黄万机：《黎兆勋〈葑烟亭词〉初探》，《贵州文史丛刊》，1985年第

4 期，第 140 页。

[18] 汪文学：《边省地域与文学生产——文学地理学视野下的黔中古今代文学生产和传播研究》，上海古籍出版社，2015 年。

[19]〔清〕刘熙载撰，袁津琥校注：《艺概注稿》，中华书局，2009 年，第 568 页。

[20] 赵维江：《金元词论稿》，中国社会科学出版社，2000 年，第 35 页。

[21] 刘之霞、熊易农评莫友芝《影山词》，转引自王红光主编《贵州省博物馆藏珍稀古籍汇刊·影山词》，广西师范大学出版社，2015 年，第 364 页。

[22] 刘克庄：当为刘过。南宋辛弃疾与刘过为词友，二人词风相近，并称"辛刘"。

[23]〔清〕黎兆勋：《葑烟亭词钞》，清同治四年（1865）敦复堂刻本，中国国家图书馆藏。

[24]〔清〕陈法：《黔论》，贵州人民出版社，2008 年，第 133 页。

[25] 陈夔龙：《含光石室诗草序》，冯楠总编《（民国）贵州通志·艺文志》卷十七，贵州人民出版社，1989 年，第 786 页。

[26] 陈德谦：《〈葑烟亭词〉跋》，黎兆勋《葑烟亭词》，《黔南丛书》第四集第六册，贵阳文通书局铅印本。

[27]《喝火令》调首见北宋黄庭坚《山谷琴趣外编》，清康熙时陈廷敬、王奕清等奉敕撰《钦定词谱》中亦仅录一体，无他首可校，故为正调：双调六十五字，前段五句三平韵，后段七句四平韵。黎兆勋《喝火令·嶍峨晓发》双调六十三字，前段第四句比正调少二字，仅见陈维崧《喝火令·偶忆》词，黎词与之相同。

[28] 唐圭璋编：《词话丛编》，中华书局，1986 年。

[29] 李朝阳：《莫友芝〈影山词〉稿本的发现及其文献价值》，《贵州工程应用技术学院学报》，2017 年第 1 期，第 90 页。

[30] 凌惕安《影山词跋》有云:"展阅之下,见其中朱墨斑斓,密披浓抹,多系柏容手笔。有乙而复存,存而复涂者;亦有豫空字句,几经钻研,乃复谱入,前后字墨不类者。当日谐律之专精,诚可叹服。"载莫友芝《影山词》,《黔南丛书》第四集第五册,贵阳文通书局铅印本,1936年。

[31] 〔清〕朱彝尊:《词综·发凡》,〔清〕朱彝尊等《词综》,上海古籍出版社,2005年,第10页。

[32] 刘深:《论清代嘉道词风之新变》,《南京大学学报》(哲学·人文科学·社会科学版),2011年第5期,第104页。

[33] 金石:《蔗畦词》,光绪二十八年会稽金氏刻本。

[34] 周济:《宋四家词选》,尹志腾点校《清人选评词集三种》,齐鲁书社,1988年,第274页。

[35] 刘深:《论清代咸同之际的词坛变局》,《词学》(第四十六辑),2021年第2期。

[36] 清代杨夔生在其《续词品》中论"绵邈"风格云:"秋水楼台,澹不可画。时逢幽人,载歌其下。明星未稀,美此良夜。惝恍从之,梦与烟借。荷香沉浮,若出云罅。油油太虚,一碧俱化。"

[37] 陈田:《黔诗纪略后编·黎州判兆勋传证》,〔清〕黎兆勋《葑烟亭词》,《黔南丛书》第四集第六册,贵阳文通书局铅印本。

[38] 杨恩元:《〈弗堂词〉跋》,姚华《弗堂词》,《黔南丛书》第四集第十册,贵阳文通书局铅印本。

凡例

一、本书以清光绪十五年（己丑，1889年）日本使署刊刻黎氏家集四卷本《葑烟亭词》为底本，以清道光二卷本《葑烟亭词》（校记中简称"道光本"）、清同治四年（乙丑，1865年）敦复堂刻四卷本《葑烟亭词钞》（校记中简称"同治本"）及贵州省图书馆藏"黔图本"《葑烟亭词钞》四卷进行通校，并采黔南丛书本《葑烟亭词》、莫友芝《影山词》等文献所辑黎兆勋词以资参校。

二、上述各版本均无目录，本书目录乃据正文及附录增编。

三、本书采用分首校注方式，将校注文字置于各首词之后。对底本连续排列若干首同调之词，从第二首起统以"前调"标之。如系联章，则从第一首起，以"其一""其二"等依次标示，亦分首校注；原文标题或序文的校注置于第一首词校注中。原文中的双行小字夹注改为单行仍保留原处。

四、本书校勘以校是非为主。底本有夺文或衍文者据校本补足或删除，底本确有误者径行订正，凡补足、删改、订正处均出校记；疑底本有误而订立根据尚欠充足，及意可两通的有参考价值的异文，均不改动底本，仅出校记说明。校记列于每首词文本之后，用"【校记】"标示，校记序号以【一】【二】【三】……标明。

五、本书对能够确定写作确切时间或写作时段的词予以系年，用"【编年】"标示，或做必要考证，置于【注释】之上。

六、本书注释以疑难字词、人名地名、典故、史实、引语、典章制度、化用他人诗句、词句为主，力求注明出处、简明精确，关键之处亦作适当引证和阐释。注释列于"校记"之后，用【注释】标示，注释序号以[1][2][3]……标明。生僻字注出读音，典故、史实、引语尽量引用原文。查阅不到而需作注的人物、事迹，则标以"其人其事不详""事迹待考"等，存疑而无确证的内容，则标以"当作某""当指某"，力求严谨。

七、本书词之正文，依《词谱》《词律》断句；与谱、律不合者，参酌词意断句；谱、律未载者，亦按词意定其句读。正文标点援《全宋词》成例，韵脚用句号"。"，句用逗号"，"，读用顿号"、"。

八、本书以简体横排刊印，繁体字一律改为简化字；底本异体字（包括古体字、俗体字、或体字等）一般改为通用字；常见通假字予以保留，特殊情况出校并说明；避讳字改回本字，一般不出校；形近致误字径改本字，一般不出校，如己、已、巳之类；凡底本改后有违作者原意或易产生歧义的字不改，人名不改。原文空缺及字迹模糊不能辨清者，均以"□"出之。

目录

序言　1

凡例　1

莳烟亭词序　1

序　9

莳烟亭词卷第一

南楼令·城上　12

临江仙·禹门山绝顶纳凉　12

霜天晓角·秋人　13

菩萨蛮·忆峨眉　13

百字令·谪仙楼秋晚　13

金缕曲·步月　14

高阳台·落梅用梦窗韵　15

浪淘沙·江岸即景　18

菩萨蛮·寄远　18

风入松·陪族祖夜话　18

八声甘州·贵阳城上　19

满江红·贵阳谒南将军庙　21

迈陂塘·题罗鹿游《明日悔集》诗后　23

沁园春·南园感事　24

水龙吟·月下闻渔歌　26

天香　27

扫花游·却寄　28

台城路·忆惜　29

蝶恋花·秋夜听蛩鸣作　30

南歌子·旅夜　31

朝中措·别意　32

菩萨蛮·代赠　32

前调·书恨　33

虞美人·那人　34

台城路·南望山中遇风雨　34

柳梢青·贵阳旅夜　36

江神子·送友人之兰州　36

虞美人·愁思　38

八声甘州　39

霜叶飞·白水河观瀑　40

水调歌头·五华山武侯祠下作　41

满江红·滇池秋泛　43

望海潮·大观楼望海　45

浣溪沙·马上遣怀　46

江神子·呈贡旅馆　46

台城路·阅水亭感赋　47

百字令·秋夜纪事　48

喝火令·嵋峨晓发　49

淡黄柳·高桥夜泊　50

祝英台近·春尽日咏柳絮　51

明月引・寄友　51

疏影・落叶　52

氏州第一・归云　53

霓裳中序第一・归思　54

莳烟亭词卷第二

绮罗香・春雨用史邦卿韵　58

归朝欢・春夜闻鹃声　60

琵琶仙・送方仲坚还白下　61

疏影・池莲　63

解连环・自题《秋林驻马图》　64

声声慢・江上闻笛有怀　65

百字令・蜀中怀古　65

八归・李王祠下夜泊　67

木兰花慢・秋江晓望　69

东坡引・泸阳江上见鹤　70

浣溪沙・江楼望晚　71

满江红・泸州晓发　71

望海潮・渝城返棹先寄家人　72

沁园春・秋夜遣怀　74

水龙吟・莳烟亭月下观梅　75

满江红・钟馗听鬼吹箫图　76

临江仙・喜王郎至　78

卖花声・过青田山舍呈邵亭芷升　79

前调·溪上作　80

蝶恋花·以词草就正邵亭　80

满庭芳·示小腾侄　82

百字令·怀邵亭　83

金缕曲·寄子尹　89

齐天乐·游桃溪归来明日赋此阕呈邵亭　94

木兰花慢·天池荷花　95

更漏子·莫五斋中偕赵大芝园夜话　96

金蕉叶·怡轩对雨　97

忆旧游　98

迈陂塘·白水河观瀑，时大寒后三日　99

百字令·六里箐山行　100

临江仙·大姚署中偕山阴许厚斋夜话感赋　101

八归　102

解连环·碧鸡关晚望　103

解语花·昆明池上早春　104

丑奴儿令·宿白水河　105

八声甘州·寄王子煦　106

贺新凉·送介亭弟之大姚　107

葑烟亭词卷第三

风入松　110

一萼红·谪仙楼感赋　111

潇湘夜雨·葑烟亭漫兴　114

梅子黄时雨·秋夜雨窗咏竹　115

花犯　116

满江红　117

百字令·友人以《葛洪移家图》属题　118

凤凰台上忆吹箫·题薛素素画册　120

燕山亭·遥情　122

淡黄柳·月夜步至江皋登桥亭怀子尹　123

南乡子·乡思　124

小重山·斋中咏兰　125

宴清都　126

百字令·书田雪樵先生画册后　128

声声慢·江头客思　130

瑞鹤仙　131

一剪梅·却寄　132

摸鱼子　133

祝英台近　137

八声甘州·喜胡子何长新进士来贵阳　139

百字令　140

水调歌头　141

凤凰台上忆吹箫　142

莳烟亭词卷第四

十六字令　146

法驾导引·拟陈简斋三阕　146

桂枝香·中秋夜泊湖头月下有怀　148

八声甘州·读义山诗笺意　148

宴清都·雪堂怀古　150

木兰花慢　151

东风第一枝　153

百字令·送监利龚子贞学博罢官归里　154

忆王孙·江皋晚望　157

鹧鸪天·梦影　157

鬲溪梅令·忆南坞梅花　158

点绛唇·别意送客　158

锁窗寒　159

玲珑四犯　161

庆宫春　162

百字令·咏古　163

前调·咏古　164

菩萨蛮·纪事　165

青玉案·曲池　166

三姝媚　167

水龙吟·咏蕲州竹簟　169

前调·咏绿毛龟　170

汉宫春·咏腊梅　171

湘月·冬日有怀郭南村处士　173

前调·答李眉生驾部所问　174

蝶恋花·城东　177

小重山令·离愁　177

浪淘沙·小楼　178

卜算子·感怀　178
小重山令·送李眉生赴安庆军中　179
补　　遗　181
卖花声·送行作　181

附录一：黎兆勋词集版本源流考　182
附录二：民国以前黎兆勋研究资料　196
 1. 黎庶焘《从兄伯庸黎府君行状》　196
 2. 黎庶昌《从兄伯庸先生墓表》　198
 3. 龚昌运《〈侍雪堂诗钞〉序》　200
 4. 黎兆祺《〈侍雪堂诗钞〉后序》　201
 5. 黎庶昌《遵义沙滩黎氏家谱·十世长房之长》　202
 6. 陈田《黔诗纪略后编·黎州判兆勋传证》　203
 7. 陈德谦《〈葑烟亭词〉跋》　204
 8. 莫友芝《〈石镜斋诗略〉序》　206
 9. 凌惕安《影山词跋》　207
 10. 莫友芝《陈息凡〈香草词〉序》　208
 11. 杨恩元《〈弗堂词〉跋》　209
 12.《续遵义府志·黎兆勋传》　211

附录三：黎兆勋年谱简编　212

参考书目　223

后　　记　230

莐烟亭词序[一]

余少长遵义，交郑子尹[1]，既冠言诗，乃因以交其内兄黎伯庸[二]，岁率三四，唱和往来[三]，而填词亦旁及焉。顾子尹词旧兼工，七八年前已自编集，曰《经巢瓿语》，曾为序之以存。伯庸与余则皆未涉其藩，卤莽尝试云尔[四]。既伯庸秋试累蹶，余亦春官数困，牵连人事，幽忧无聊，乃复相与上下五季、两宋，逮本朝巨公之制，准玉田绪论以相切劂。余虽稍窥门径，而才不副意，寥寥成篇；而伯庸所诣，骎骎轶南渡而上汴京，即兼工之子尹，已瞠其后。

窃论近日海内言词，率有三病：质犷于藏园[2]，气实于谷人[3]，骨屑于频伽[4]。其偶然不囿习气，溯源正宗者，又有三病：服淮海而廓[5]，师清真而靡[6]，袭梅溪而佻[7]。故非尧章骚雅，划断众流，未有不摭粗遗精，逐波忘返者也[8][五]。伯庸少近辛、刘[9]，幡然自嫌[10]，严芟痛改，低首周、秦诸老，而引出以白石空凉之音。所谓前后三病，既无从阑入，顾犹不自信，见面必出所得相质证。余每持苛论，即一字清浊小戾于古，必疵乙之。而伯庸常以为不谬，日锻月炼，不尽善不已。近则每变愈上，虽子建好人讥谈[11]，人亦何所置其喙？昔吴尺凫为词在中年以后[12]，故寓托深而揽撷富；宋牧仲虚怀讨论[13]，其词可上拟北宋。伯庸兼之，宜其幽宕绵邈，使人意消。为之不已，于长水、乌丝、珂雪间参一坐[14]，岂不可哉？

今年夏，编其《莐烟亭词》二卷[六]，将付雕，而属余序。余不文，又不深此，唯伯庸为之之甘苦不可不述。而又窃叹伯庸诗十倍词功而顾遁以自见，与子尹遂于经而行将假诗以鸣，皆士不得志于时无可如何之变计。然而吾黔自君采、滋大破诗之荒[15]，渔篁、鹿游、白云、端云诸老继之大昌[16]，独未有为开先倚声者。今使伯庸挟其所为，掉臂海内歌场酒队间，谅未肯遽作三舍避。则他日后进数南中乐章别子[17]，必将曰

1

伯庸先生，则虽长才短驭，或亦可无憾与？

道光二十六年丙午中夏，独山莫友芝[七][18]。

校记

【一】莳烟亭词序：道光本、黔南丛书本同，同治本作"序"，黔图本作"莳烟亭词钞序"，张剑等编辑校点《莫友芝诗文集》作"莳烟亭词草序"。

【二】伯庸：此序所涉凡十一处，道光本均作"柏容"。按：黎兆勋字伯庸，一字柏容。道光本《莳烟亭词》、张剑等编辑校点《莫友芝诗文集·莳烟亭词草序》通作"柏容"。

【三】岁率三四，唱和往来：张剑等编辑校点《莫友芝诗文集·莳烟亭词草序》作"岁率唱和，三四往来"。

【四】云尔：道光本、同治本、黔图本作"云耳"。

【五】服、袭、逐：张剑等编辑校点《莫友芝诗文集·莳烟亭词草序》中分别作专、服、随。

【六】《莳烟亭词》二卷：底本、黔南丛书本作"三卷"，误；据道光本、同治本、黔图本、《莫友芝诗文集》改。

【七】"道光"句落款文字：道光本、同治本、黔图本、黔南丛书本同，《莫友芝诗文集》作"道光丙午中夏"。

注释

[1] 郑子尹：指郑珍（1806—1864），字子尹，号子午山孩、五尺道人，晚号柴翁，贵州遵义人，与黎兆勋为姑舅老表，后娶黎兆勋姐为妻。先后师承程恩泽、莫与俦，道光十七年（1837）举人，此后四次会试均未中，依例选为大挑二等，以教职补用。道光二十五年（1845）任古州厅学训导，道光三十年（1850）先后往受威宁学正、权镇远府训导，咸丰四年（1854）补荔波县学训导，次年因战乱回遵义。

郑珍在学官任上，每届任期均不足一年，其间断断续续主遵义启秀、湘川两书院讲席，晚年长居遵义，培育出黎庶蕃、黎庶昌、郑知同、莫庭芝等一批俊彦。同治二年（1863）大学士祁寯藻荐于朝，特旨以知县分发江苏补用，郑珍辞谢不就。同治三年（1864）九月十七日，因咽喉溃穿而卒，葬于遵义禹门子午山。郑珍以经学驰名，李慈铭《越缦堂日记》云："子尹《经说》虽只一卷，而精密贯串，尤多杰见。"莫友芝称他"平生著述，经训第一，文笔第二，诗歌第三。而惟诗为易见才，将恐他日流传，转压两端耳"。其诗风格奇崛，时伤艰涩，张裕钊《国朝三家诗钞》中将他和施闰章、姚鼐并列为清代三大诗人。著述宏富，有《巢经巢经说》一卷、《仪礼私笺》八卷、《轮舆私笺》二卷，《凫氏为钟图说》一卷、《亲属记》一卷、《说文逸字》二卷《附录》一卷、《说文新附考》六卷、《汉简笺正》八卷，以及《深衣考》《老子注》《辑论语三十七家注》《说文大旨》《说文谐音》《转注考》《释名证读》《说隶》，诗文集有黄万机、黄江玲校点本《巢经巢诗文集》，词集《巢经巢囈语》已亡佚，后从其墨迹中辑得9阕，附刊于《巢经巢全集》诗集之后。书画造诣亦高。

[2] 藏园：指蒋士铨（1725—1784），字心余、苕生，号藏园，又号清容居士，晚号定甫，江西铅山人，祖籍浙江长水。乾隆二十二年（1757）进士，有一段短暂的官宦生涯，因不肯俯仰事人而辞官讲学，一生秉性刚直，磊落嶔崎，为清代著名戏曲家、文学家，诗与袁枚、赵翼合称"乾隆三大家"，其词隔代私淑陈维崧，笔墨恣肆，自是奇才，有"独绝"之誉，著《铜弦词》二卷。此句莫友芝谓蒋世铨的词质朴粗犷。

[3] 谷人：指吴锡麒（1746—1818），字圣征，号谷人，钱塘人。乾隆四十年（1775）进士，授编修，官至国子监祭酒。能诗，尤工倚声，诗笔清淡秀丽，在浙派诗人中，能继朱彝尊、杭世骏、厉鹗之后自成一家。骈文亦颇著称，与邵齐焘、洪亮吉、刘星炜、袁枚、孙星衍、

孔广森、曾燠并称"清代中期骈文八家"。著有《有正味斋全集》七十二卷，其中词八卷。此句莫友芝谓吴锡麒的词气韵质实，不够空灵。

[4] 频伽：指郭麐（lín）（1767—1831），字祥伯，号频伽、邃庵居士、苎萝长者，晚号复翁。江苏吴江人，后迁居浙江嘉善。少有神童之称，一眉莹白如雪，故又自号"白眉生""郭白眉"。诸生，负才不遇，长期客游江淮间，于江苏淮安为馆幕多年。曾从姚鼐学古文辞，尤为阮元所赏识。工词章书画，善篆刻，为浙西词派末期人物，得"浙派殿军"之称。著有《灵芬馆全集》，包括诗、文、日记、诗话、词话等。词有《蘅梦》《浮眉楼》《忏馀绮语》《爨语》四种，合称《灵芬馆词》。他论词跳出分正变、尊姜（夔）张（炎）的樊篱，提出摅写性灵，其词也"屡变"求异，开放门户，融会众长，振起浙派式微的处境。惜当时正值常州张惠言以治经方式说词，词风丕变，故难以扭转没落的命运。此句莫友芝谓郭麐的词风骨孱弱。

[5] 淮海：指北宋秦观（1049—1100），字少游，一字太虚，别号邗沟居士，学者称淮海居士。秦观少从苏轼游，以诗见赏于王安石，但一生仕途坎坷，善诗赋策论，尤工词，为北宋婉约派重要作家。其词高古沉重，含蓄蕴藉，寄托身世，感人至深。此句谓专学秦观词而内容空洞浮泛。

[6] 清真：指周邦彦（1056—1121），字美成，号清真居士，北宋浙江钱塘人。官至大晟府提举，为朝廷制礼作乐，其词奉婉约为正宗，重法度，集词艺之大成，多有创调，长于慢词，有"词家之冠""词中老杜"之称。此句谓学习周邦彦词只得其靡丽。

[7] 梅溪：史达祖（1163—1220？），字邦卿，号梅溪，一生未中第，早年任过幕僚，韩侂胄执政时，他是最亲信的堂吏，负责撰拟文书。韩北伐失败后被牵连，受黥刑，死于困顿。其词以咏物为长，其中不乏身世之感，是南宋婉约派重要词人。本句谓学习史达祖词而只得其轻佻。

[8] 尧章：姜夔（约1154—约1221），字尧章，号白石道人，南宋江西饶州鄱阳人，少年孤贫，屡试不第，一生转徙江湖，靠卖字和朋友接济为生。他多才多艺，精通音律，能自度曲，其词格律严密，以空灵骚雅著称。划断众流：比喻识见玄远，超情越识。语出《五灯会元·云门偃禅师法嗣·德山缘密禅师》："我有三句语示汝诸人：一句函盖乾坤，一句截断众流，一句随波逐浪。"按莫友芝论词推崇浙西词派，清初浙西词派领袖朱彝尊等崇尚姜夔、张炎，倡导清空骚雅词风。

[9] 辛、刘：南宋词人辛弃疾和刘过。辛弃疾（1140—1207），字幼安，号稼轩，生于金国，后抗金归宋，曾任江西安抚使、福建安抚使等职。辛弃疾一生以恢复为志，以功业自许，却命运多舛、备受排挤、壮志难酬，遂将满腔激情和对国家兴亡、民族命运的关切、忧虑寄寓于词作之中。其词艺术风格多样，以豪放为主，风格沉雄豪迈又不乏细腻柔媚之处。刘过（1154—1206），字改之，号龙洲道人，南宋吉州太和（今江西泰和县）人，四次应举不中，流落江湖间，布衣终身，曾为陆游、辛弃疾所赏，亦与陈亮、岳珂友善，其词多抒发抗金抱负，词风狂逸俊致，与辛弃疾相近。

[10] 幡然：又作翻然，迅速转变貌。

[11] 子建好人讥谈：曹植，字子建，其《与杨德祖书》云："世人之著述不能无病，仆常好人讥弹其文，有不善者，应时改定。"

[12] 吴尺凫：吴焯（1676—1733），字尺凫，晚号绣谷老人，清代钱塘（一说安徽歙县）人。好诗，毛奇龄执手称畏友；兼精古文，擅名东南；喜聚书，有藏书楼"瓶花斋"。著有词集《玲珑帘词》。

[13] 牧仲：指宋荦（1634—1713），字牧仲，号漫堂、西陂、绵津山人，晚号西陂老人、西陂放鸭翁，归德府（今河南商丘）人。曾为康熙侍卫，忠勇有谋，居官清廉，颇受恩宠，仕至江苏巡抚、吏部尚书，

笃学好交游，精通掌故，久有诗名，与王士祺、施润章等人同称"康熙年间十大才子"，著有《西陂类稿》五十卷等。

[14] 长水：指清初浙西词派领袖朱彝尊（1629—1709），浙江秀水（今嘉兴，春秋时名长水）人，字锡鬯，号竹垞，又号醧舫，晚号小长芦钓鱼师，别号金风亭长，康熙十八年（1679）举博学鸿辞科，博通经史，曾参与纂修《明史》，著有《日下旧闻》《经义考》《曝书亭诗文集》《曝书亭词》，编选《词综》《明诗综》等，他和陈维崧并称"朱陈"，执掌词坛牛耳，开创清词新格局。乌丝：指清初骈文家、阳羡词派领袖陈维崧（1625—1682），字其年，号迦陵。明亡后，长期处于穷愁潦倒、客游四方的境地。康熙十八年（1679）举博学鸿辞科，授职翰林院检讨，参修《明史》，三年后卒。性豪迈，自负才情，诗、骈文皆工，尤擅填词，生平所作1800余阕，词宗苏、辛，感时怀古，记游赠答，多牢落不平之气，词情激烈，骨力遒劲，陈氏早期词集名《倚声初集》，康熙七年（1668）又有《乌丝词》四卷问世，收词266阕，多怀旧悼往之词，后期词集自名《迦陵词》。珂雪：指清代著名诗词家曹贞吉（1634—1698），字升六，又字升阶、迪清，号实庵，康熙三年（1664）进士，官至礼部仪制司郎中，以疾辞湖广学政，归里卒。嗜书，工诗文，词尤有名，以南宋为宗，论词与朱彝尊旨趣相近，被誉为清初词坛上"最为大雅"的词家，有《珂雪词》二卷。

[15] 君采：谢三秀（1550—1624），字君采，晚年自号萍隐丈人，明朝贵州前卫（今贵州贵阳）人，为明末贵州第一奇才。善攻诗文，当时贵州巡抚郭子章，副史韩光曙都非常器重他，结为诗友，但屡试不第，只任过县学教谕，三年后谢职作万里游，曾得"后七子"之一吴国伦赏识指导，出游楚、浙、苏、闽时，与李维桢、王稚登、汤显祖、何白等名流交游唱和，令荆楚吴越诗人刮目相看，诗名大振海内。著有《雪鸿堂诗集》《远条堂诗集》，共收诗千余首，为黔中

之冠。《黔诗纪略》收录其诗188首,莫友芝评其诗"清雄宕逸,风格隽远"。滋大:指吴中蕃(1618—1695),字滋大,一字大身,晚年别号今是山人,明朝末年贵阳籍著名诗人。满清入关,他自命大明遗民,曾在南明永历年间入仕,后罢官隐居于党武龙山,不应清朝征辟。吴三桂镇守云南,派人寻访他,他曾到云南任总理部曹,不久又回到贵阳。康熙三十一年(1692),应贵州巡抚卫既齐之聘,曾主纂《贵州通志》。著有诗集《敝帚集》《响怀集》《断矶草》《断矶草二集》等,《黔诗纪略》录其诗395首,编为四卷。他奖掖造就了贵州新一代诗人,其中最出色的是誉满京华的周起渭。

[16] 渔篁:通作渔璜,指清初贵阳人周起渭(1665—1714),字渔璜,号桐埜。康熙三十三年(1694)进士,改翰林院庶吉士,仕至詹事府詹事。周起渭长期在京做官,交游广泛,诗名卓著,受到前辈诗坛名家田雯、王士禛、朱彝尊、宋荦、陈廷敬等人,以及同辈诗坛名家查慎行、郭元釪、史申义、姜宸英、高其倬、顾图河、王式丹、蒋廷锡、缪沅、毛奇龄等人的推许和赏识,是贵州清代诗人中成就最大、影响最大的诗人之一。其诗不集积习,自辟蹊径,讲求神韵,主张"于诗不多作,不苟作""不名一家",归于抒写性情。《清史稿》评价其"诗才隽逸,尤致力于苏轼、元好问、高启诸家。贵州自明始隶版图,清诗人以起渭为冠"。有《桐埜诗集》传世。鹿游:罗兆甡(1641—1702),字鹿游,康熙年间岁贡,系清初遵义文化代表人物"一罗三李"之首,祖籍湖广黄冈(今属湖北),其父罗以忠随明永历皇帝入黔,鼎革时,隐居遵义龙坪。兆甡师从陈启相,学问渊博,所作文、诗、词俱佳,胸怀抱负,极思用世,因怀才不遇,愤懑不平,嫉恶如仇,逐渐形成落拓不羁、倜傥傲世的性格。其诗沉雄郁挫,挥洒自如,以描写贵州山水为主。郑珍《播雅》录存其诗百首,称其"诗沉雄郁挫,挥洒自如……遵义诗人之冠冕也。为文雄峭朴雅,不规矩前人。词亦入苏、

辛之室"。白云：李专（1656—1737），字知山、知三、艺三、号白云居士，清朝贵州黄平人。有才气，工诗文，精书法。晚年参加府县考试，由廪膳生充岁贡。鄂尔泰总督云贵时，聘其议助军政，继而监修《贵州通志》和纂辑《四川通志》，最后移家遵义以终。著有《白云集》。郑珍《播雅》录其诗160首，《遵义府志》录其诗21首。端云：田榕（1686—1771），字瑞云，一字南村，贵州玉屏人，康熙五十年（1711）举人，历任保山、太平、安陆知县。诗书均有名于时，行历颇广，每所经涉，多有吟咏，诗风趋向王士禛，有神韵风致。他同潘淳是继周起渭之后引起诗坛瞩目的黔中诗人。

[17] 南中：古地区名，三国蜀汉以巴、蜀为根据地，将巴、蜀以南之地称为南中，其辖境相当于今四川省大渡河以南和云南、贵州两省。

[18] 莫友芝：（1811—1871），字子偲，自号郘亭，又号紫泉、眲叟，贵州独山人，13岁随父莫与俦迁居遵义，与郑珍、黎兆勋结为莫逆之交。道光十一年（1831）中乡试，后连岁奔走京师，皆未中第，朝贵争欲罗致。返遵期间主讲遵义湘川、启秀两书院，以教职谋生。咸丰十年（1860）下第后，次年南返，往从湖北胡林翼，为校刻《读史兵略》，既又客从曾国藩逾十年，通走江淮吴越间，尽识其魁儒硕彦。同治四年（1865），江苏巡抚李鸿章请州县吏于朝，有诏征用，卒不出。同治十年（1871）病卒于兴化舟中，年六十一。莫友芝是晚清金石学家、目录版本学家、书法家，宋诗派重要成员，笃治许、郑之学，与郑珍并称"西南巨儒"。著有《宋元旧本书经眼录》《知见传本书目》《恃静斋藏纪要》《韵学源流》《唐写本说文木部笺异》等，为目录版本学、声韵、训诂研究作出了贡献；又著《郘亭遗诗》八卷、《郘亭诗钞》六卷、《影山草堂学吟稿》二卷、《郘亭遗文》八卷、《影山词》三卷、《素阴杂记》一卷及《资治通鉴索隐》等。

序[一]

予壮岁草《菉烟亭词》二卷[二]，子尹以此规予，遂弃去，几近廿年不复为之。迨宦游武昌，久客无憀，每值事情感触，实有不能尽遏者，长笺短纸，时抒所怀，歌咏之作，由此复成。辛酉腊月，检理书簏，已戢戢如束笋，乃编录成卷，附于前钞之后[三]。若云新声漫赋，自当韵谐律吕，则仆病未能也。

咸丰辛酉腊八日，涧门黎兆勋。

校记

【一】序：此序作于咸丰十一年（1861），故道光本不载此序。同治本分上下册，上册录第一、二卷，下册录第三、四卷，此序置于下册首页。黔图本此序置于黎兆祺《后序》（实际上是黎兆勋诗集《侍雪堂诗钞》的"后序"）之后、第四卷之前。黔南丛书本称"自序"。

【二】草：黔南丛书本同，同治本、黔图本作"作"。二卷：底本、黔南丛书本作"三卷"，误；据同治本、黔图本改。

【三】前钞：同治本、黔图本作"诗钞"。按：本应作"诗钞"。同治本、黔图本《菉烟亭词钞》作"诗钞"保留其真；黎兆勋词集最早刻本道光本曰《菉烟亭词》而非"菉烟亭词钞"，故无"前钞"之说；其诗集名曰"诗钞"，可通。盖是时黎兆勋诗集《侍雪堂诗钞》已基本整理完毕，将要付梓，意欲将词卷（或已将早年刊行之道光本《菉烟亭词》二卷合并编录）附于诗钞之后刊行，不意因时疾去世。而黎庶昌光绪十五年（1889）刊刻《黎氏家集》时，为使兆勋诗集词集"各就各位"，遂改"诗钞"为"前钞"，虽不尊重历史，义却可通。

苕烟亭词卷第一

南楼令
城上

人倚石楼东。云沉大壑风。看遥天[一]、影落长虹[1]。斜日晚山烟霭里,摇暮色、一声钟。

回首问征鸿。音尘几日通。怅南天、万朵芙蓉。碧到夜郎城畔路[2],秋欲暝、思无穷。

校记

【一】看遥:底本、黔南丛书本二字互换,据道光本、同治本、黔图本及"南楼令"词体格律改。

注释

[1] 遥天:犹长空。阮籍《咏怀》之三二:"遥天耀四海,倏忽潜蒙汜。"

[2] 夜郎:秦汉时西南地区古国名,在今贵州省西北部及云南、四川二省部分地区。贵州遵义一带古属夜郎国。

临江仙
禹门山绝顶纳凉[1]

日脚踏云云欲坠,群山如马东来。青天万里白云堆。只堪擎赤日,莫去作风雷。

今夜月明来定早,横飙猎猎先催。此生何事望蓬莱。琳宫高爽处[2],狂饮亦佳哉。

注释

[1] 禹门山:在今遵义市新蒲新区新舟镇乐安江畔,旧名回龙山,黎氏家族居住地。

[2] 琳宫:仙宫,亦为道观、殿堂之美称。

霜天晓角
秋人[1]

秋风凉早。吹得秋人老。渺渺天涯离思，一片月、挂林杪。

不寐愁多少。别来吟兴好。落尽空山松子，猿啸处、峡天晓。

注释

[1] 秋人：本首词通篇化用唐韦应物《秋夜寄邱员外》诗意，诗云："怀君属秋夜，散步咏凉天。空山松子落，幽人应未眠。"

菩萨蛮
忆峨眉

佛光下罩尘沙界[1]，半轮月挂毫光外[2]。杖倚碧虚寒，千峰春雪残。

一龛弥勒宿，松火明深绿。为问白头僧，孤眠云几层。

注释

[1] 佛光：此指"峨眉宝光"。人背对太阳立于山顶，前方云层或雾层上出现的围绕人影的彩色光环，因峨眉山上最常见，故名。尘沙：犹尘世。

[2] 毫光：即白豪光，指佛光。沈佺期《红楼院应制》诗："红楼疑见白毫光，寺逼宸居福盛唐。"

百字令
谪仙楼秋晚[1]

苍烟落日，莽峰峦、一角孤城斜涌。清峭亭台，人倚槛、衣袂飘飘飞动。岸帻临风[2]，看山把酒，此地频留踵。寒涛呜咽，隔江横笛谁弄。

曾记黄耳音沉[3]，绿鬘春晓[4]，锦字通清梦[5]。无奈碧桃花落后，夜夜彩云飞洞[6]。红树吟秋[7]，碧溪弹月，独与沙鸥共。暮天无尽，飞鸿灭

没凄送[8]。

注释

[1] 谪仙楼：据（道光）《遵义府志·山川志》，旧在遵义府城湘山北面的桃源山上，清嘉庆中，知府赵遵律在桃源山巅建谪仙楼，并撰《谪仙楼记》，勒石于桃源洞口，录李白《白田马上闻莺》《赠徐安宜》二诗，并一时记咏。

[2] 岸帻：推起头巾，露出前额。形容态度洒脱，或衣着简率不拘。临风：迎风，当风。

[3] 黄耳音沉：喻不得书信。《晋书·陆机传》："初，机有骏犬，名曰黄耳，甚爱之。既而羁寓京师，久无家问，笑语犬曰：'我家绝无书信，汝能赍书取消息不？'犬摇尾作声。机乃为书，以竹筒盛之而系其颈，犬寻路南走，遂至其家，得报还洛。"后即以"黄耳"喻指信使。

[4] 绿鬓：乌黑发亮的发髻，泛指妇女美丽的头发。白居易《闺妇》诗："斜凭绣床愁不动，红绡带缓绿鬓低。"

[5] 锦字通清梦：语出宋代周端臣《清夜游》（越调）："家山信杳，奈锦字难凭，清梦无据。"锦字，即锦字书。本指前秦苏蕙寄给丈夫的织锦回文诗，后多用以指妻子写给丈夫寄寓思念的书信。

[6] "无奈"二句：化用晏几道《御街行》词句："碧桃花蕊已应开，欲伴彩云飞去。"

[7] 红树：指经霜叶红之树，如枫树等。唐代韦应物《登楼》诗："坐厌淮南守，秋山红树多。"

[8] "暮天"二句：指凄然目送飞鸿隐没在傍晚漫无边际的天空。

金缕曲
步月

淰淰流云净[1]。雨余山、光昇缺月，飞来松径。客子披衣行吟去，满

地淡黄凉映。又一片、暝阴欲迸[2]。仰视明河光渐缩，碧盈盈、几个疏星剩。秋淡远，影无定。

故人似隔瑶台镜[3]。怅云边、山长水远，旧游难问。夜尽松风吹人袂，我与晓星同醒。甚几日、略无吟兴。遐想半从虚夜驻，奈秋声、只有姮娥听。无限意，自持赠。

注释

[1] 淰淰（niǎn niǎn）：散乱不定貌。杜甫《放船》诗句："江市戎戎暗，山云淰淰寒。"仇兆鳌注引董斯张曰："淰淰者，状云物散而不定。"

[2] 暝阴：犹阴暗。宋祁《拟杜子美峡中意》诗句："惊风借壑为寒籁，落日容云作暝阴。"

[3] 瑶台镜：玉镜台，妆台的美称。刘禹锡《伤往赋》："宝瑟僵兮弦柱绝，瑶台倾兮镜奁空。"

高阳台
落梅用梦窗韵[1]

横笛高楼，声声怨起，五更月冷银湾[2]。缟袂人归，谁寻碎佩零环[3]。明蟾冷抱芳心死，怕重来、不识孤山[4]。悄东风，如梦如痴，莫倚阑干。

从他竹舞青鸾[一][5]。一枝斜更好，忍付苔斑[6]。骨冷香销，而今倍觉神寒。余酸纵解留青子[7]，更谁能、重访湖边。意难忘，一副生绡，疏影重圆。

校记

【一】底本、同治本、黔图本、黔南丛书本"鸾"下衍"罢"字，黔南丛书本《影山词》后附黎兆勋此阕亦衍"罢"字，据道光本及吴文英（号梦窗）《高阳台·宫粉雕痕》词词体改，吴词此句作"寿阳空理愁鸾"。此词既为"用梦窗韵"，则"罢"字为衍文无疑。莫友芝所作《高阳台·和

柏容〈落梅〉》《高阳台·又同用吴梦窗韵》此处亦各衍一字,见后所附莫词。

编年

当于道光二十四年甲辰(1844)冬,遵义沙滩作。按:莫友芝《影山词》卷二有《高阳台·和柏容〈落梅〉》《高阳台·又同用吴梦窗韵》二词,可知作于同一时。据莫友芝行踪:道光二十二年(1842)十二月,莫友芝葬父于遵义青田山,并建青田山庐守墓,此后数年与郑珍、黎兆勋三家往来频繁,相互砥砺诗艺学问。道光二十四年(1844)服除后,莫友芝为生计所迫,主讲遵义启秀书院;是年冬回青田山庐,与郑珍、黎兆勋等饱览青田、尧湾、檬村的山水风光,并与诸友谈古论今,把酒吟咏。莫祥芝《清授文林郎先兄邵亭先生行述》:"甲辰除丧,以余事为诗篇,与郑(珍)学博及遵义黎伯容别驾兆勋相唱和,一时知名之士闻风向往,黔中言风雅,自此称盛。"又莫友芝《影山词》卷二《渡江云》词题下注云:"(甲辰)冬杪过青田,因与黎柏容、郑子尹极十日山川诗酒之兴,将入城度岁,歌此留别。"甲辰为道光二十四年,《影山词》具备逐年编排体例,而《渡江云》词在《高阳台·和柏容〈落梅〉》词前一首,由此推知二词当作于一时,亦由此推知黎兆勋此词当作于道光二十四年冬。

注释

[1] 落梅用梦窗韵:南宋词人吴文英号梦窗,有《高阳台·落梅》(宫粉雕痕)词。

[2] 银湾:指银河。唐代李贺《溪晚凉》诗:"玉烟青湿白如幢,银湾晓转流天东。"

[3] 缟袂:白衣。亦借喻白色花卉,如梅花。苏轼《次韵杨公济奉议梅花诗》之一:"月黑林间逢缟袂,霸陵醉尉误谁何。"谁寻:何处寻

求。碎佩零环：破碎的"环佩"。环佩是古人所系的佩玉，后多指女子所佩玉饰。《礼记·经解》："行步则有环佩之声，升车则有鸾和之音。"郑玄注："环佩，佩环、佩玉也。"

[4] 明蟾：古代神话称月中有蟾蜍，后因以"明蟾"为月亮的代称。孤山：宋代隐士林逋隐居杭州西湖之孤山，孤山北麓有放鹤亭和梅林。

[5] 从他竹舞青鸾：形容落梅纷飞如歌妓曼舞。语本苏轼《水龙吟·小沟东接长江》："青鸾歌舞，铢衣摇曳，壶中天地。"青鸾，女子，多指歌妓舞女。

[6] 苔斑：苔藓丛生如斑点之状。

[7] 青子：指梅实。范成大《梅谱》："顷守桂林，立春梅已过，元夕则尝青子。"

附：

莫友芝《高阳台·和柏容〈落梅〉》：

修竹垂帘，清溪展镜，雪晴尚作轻寒。昔我来思，缟衣人在篱端。青禽不共东君语，乍窥臣、已是愁边。更谁堪，月落参横，有意无言。

林香竟被春风嫁，剩真珠旧井，双角空山。前度师雄，多情空索苔斑。青青掷遍相思豆，问前身、定是心酸。最伤怀，一片梨云，错认姗姗。

莫友芝《高阳台·又同用吴梦窗韵》：

试问江妃，何时羽化，孤亭自占云湾。几度巡檐，愁深碎珥零环。绿衣守定苔枝哭，把啼痕、换遍春山。梦迢迢，碧海青天，冷月阑干。

相逢客里江南路，记暗香私窃，几处苔瘢。画角无情，更堪风雨酸寒。留真尽有华光手，奈香魂、不在毫边。赚何郎，老却扬州，词笔空圆。

浪淘沙
江岸即景

柳岸堕风筝。日暖烟明。儿童笑语隔江生。润碧沙堤调马地，新涨桥平。

前度送人行。柳短溪清。几时螺汁染西城。一桁毵毵楼阁影，燕语莺声。

菩萨蛮
寄远

彩云绿雾团团结，江风啸雨吹山月。倦客伴枯禅，石楼吟暮天。

乡音知久隔，环佩愁遥碧[1]。一杵晓霜钟[2]，猿啼神女峰[3]。

注释

[1] 环佩：古人所系佩玉，多指女子所佩玉饰，故多以此借指美女。遥碧：遥远的碧空，谓远人所在。

[2] 霜钟：指钟或钟声。语本《山海经·中山经》："（丰山）有九钟焉，是知霜鸣。"

[3] 神女峰：又名望霞峰、仙女峰，巫山十二峰之最，相传巫山神女瑶姬居住在此处。陆游《入蜀记·神女峰》："然十二峰者不可悉见，所见八九峰，惟神女峰最为纤丽奇峭，宜为仙真所托。祝史云：'每八月十五夜月明时，有丝竹之音，往来峰顶，山猿皆鸣，达旦方渐止。'"

风入松
陪族祖夜话

遥观蜀道指吾乡[1]。云水白茫茫。同来八郡良家子，披荆棘、辛苦开荒。旧说官租减薄，而今赋米难偿。

残山剩水尽征粮。人事本无常。当时草草谋生计,纵留滞、亦悔南方。七裔犹存老屋[2],白头人暗悲伤。

注释

[1]"遥观"句:遵义沙滩黎氏在明末由四川省广安州渠江之金山里迁居遵义。黎庶昌《遵义沙滩黎氏家谱》:"朝邦迁遵义,是为入黔之初祖……始吾祖自蜀迁黔之龙里,已著籍为黔人,居十九年而徙遵义,还入于蜀。越百有二十六载,而当我朝雍正五年,世宗皇帝丁未之岁割遵义隶贵州,故又复为黔人也。"

[2]七裔:遵义沙滩黎氏自黎朝邦迁居遵义,至黎兆勋已历十世,兆勋为黎朝邦九世裔孙,称"七裔"者,指其"族祖"言。

八声甘州
贵阳城上

莽峰峦巅洞碧苍苍,深藏竹王城[1]。是蛮夷窟宅,西南锁钥,荒徼危程[2]。汉相旌旗何在,山绕夜郎青[3]。人代飘风速,铜鼓无声[4]。

指点罗施鬼国[5],叹移山有术,险亦难平。况从来争者,余力始驱兵。算而今、风清蛇雾[6],但瘴云消处土皆耕。登临久、城头斜日,鼓角哀鸣。

编年

道光十一年(1831)作于贵阳。黎兆勋《侍雪堂诗钞》卷一有《贵阳秋感》二首,郑珍《巢经巢诗钞·前集》卷二道光十一年(1831)有《贵阳秋感二首》,二诗诗意相近,显是一时所作。细味此词及后一首《满江红·贵阳谒南将军庙》,似皆与二诗作于同一时。盖是年黎、郑二人一起赴贵阳应乡试时作。此词描述贵州地势地貌,追想贵州历史发展经过,于慨叹世事变幻无常中寄寓对承平时期的歌颂。

注释

[1] 颒洞：相连无际貌。竹王城：今贵州福泉市杨老驿东半里小山上有竹王城遗址。竹王即夜郎王，兴于遁水（或即北盘江）。据《后汉书》《华阳国志》等记载：在我国西南方的夜郎国，有一女子浣衣于遁水之滨，忽有巨竹三节漂至足间，推之不去，静听竹内有儿啼声，取而削之，得一男孩，甚喜，归而养之，长大有武才，自立为夜郎侯，以"竹"为姓，名曰"竹王"。郑珍有长诗《竹王墓》，可参。事实上竹王城是难以索解的，正如被汉灭掉的夜郎国一样，充满神秘，难以言说。

[2] 荒徼：边远之地。《史记·司马相如传》："南至牂柯为徼。"

[3] 汉相：指蜀汉丞相诸葛亮。夜郎：战国时贵州最早古国名，西汉成帝时被牂柯太守陈立所灭。

[4] 铜鼓：古代西南少数民族所使用的乐器，相传为诸葛亮创制，故俗称"诸葛鼓"。筒底中空，鼓面光体有角，有的鼓面上铸出日光、青蛙、牛、马等形象，鼓身全部饰有几何形和人与动物的写生图像。今为壮族、布依族、傣族、侗族、水族、苗族、瑶族等民间珍藏，是节日和宗教活动中的重要乐器。清代薛福成《振百工说》："诸葛亮在伊尹伯仲之间，所制有木牛流马，有诸葛灯，有诸葛铜鼓，无不精巧绝伦。"

[5] 罗施鬼国：又称"罗氏鬼国"，是西南彝族建立在贵州的民族政权。三国时，闽君济火（居闽，今云南东川）"通道""纳粮"助诸葛亮南征益州、牂柯，擒叛首孟获有功，被表封为罗殿（甸）国王。齐、梁时，济火闽支第十九世易翁有三子：长子阿台、次子阿轮向东南扩展，分别占据今贵州兴义、盘州等地，并发展为暴蛮部，先服属于东爨，隋时吞并东爨乌蛮，成为乌蛮七部之首，并建立罗国，其

长自称罗王，以区别于北面嫡系的罗殿国、罗殿王。幼子阿纳承袭父统，向东北扩张，止于夷水（今鸭池河），拥有今水城、大方、黔西等地；之后，嫡系阿纳卢鹿部又向西南发展，与暴蛮部连成一片，互为掎角。五代末期济火直系侵入矩州（贵阳），宋初普贵归顺朝廷；仁宗时，第五十三世沮区则额自窃号建"罗氏鬼国"，盖因该部族俗尚恶鬼，正祭祀者为鬼主，部落为大鬼主，百家推一小鬼主，故称"罗氏鬼国"。宋宁宗时，罗氏第五十九世额归普色入主贵州，以鸭池河为界，始划水东、水西地界，罗氏领水西，宋氏领水东。罗氏鬼国兴起后，它的地域和前罗殿国连成一片，成为统治水西，包含贵州在内的广袤疆土，其辖地为今大方、黔西、毕节、水城、安顺、贵阳东南一部分，鬼主本土在大方，贵阳为直辖。明朝水西霭翠归附，赐姓安氏，为贵州宣慰使掌印，不再使用罗殿国、罗氏鬼国等称谓。明末清初，经历了吴三桂反叛的水西安氏土司在后继无人的情况下，逐渐改土归流。

[6] 风清蛇雾：谓扫净雾瘴，使社会清平。刘基《郁离子》卷五："冥谷之人畏日，恒穴土而居阴。有蛇焉，能作雾。"

满江红
贵阳谒南将军庙[1]

惨淡风云，睢[一]城下、惊沙飘忽[2]。姿飒爽、神游天外，青山一发[3]。碧血声吞淮浦浪[4]，朱幡影接黔山月[5]。俨英魂、一霎早同来，灵旗挈[6]。

拜遗像，惊雄节。崇孝享，怀前烈。慨登台人在，房氛难灭。南八声干臣可死[7]，浮图矢烂悲难雪[8]。想当年、五马入南天[9]，愁肠结。

【一】睢：底本作"雎"，据道光本、同治本、黔南丛书本校改。

编年

姑系于道光十一年（1831）贵阳作。此词应与前首《八声甘州·贵阳城上》作于同一时。又莫友芝《影山草堂学吟稿》卷上道光十五年乙未（1835）有《南将军庙》七绝一首，可参。

注释

[1] 南将军庙：即忠烈庙、黑神庙，祀中唐南霁云。民国《贵州通志·秩祀志三·群祀二》：贵阳府"忠烈庙，在治城中，洪武都指挥使程暹建，祀唐忠臣南霁云。"即今贵阳市中华南路忠烈宫，又名忠烈庙，俗称"黑神庙"，祀唐代忠臣南霁云。南将军即南霁云，唐安史之乱时协助张巡镇守睢阳，屡建奇功，城破被害。黔人崇拜黑神而建黑神庙以祀之，其庙宇遍布黔中各地，异称较多，有黑神庙、黔阳宫、忠烈宫、忠烈祠、南霁云祠等。黑神庙所祀之黑神的原型为谁，历来有多种说法。一说黑神为蛮王孟获，主管风；一说黑神即黔神，黔为黑色；一说黑神即南霁云，南霁云生来面黑，或言其为炮轰而死，全身烧黑，故称为黑神。从明代中期以来，士大夫所撰文献皆指向中唐南霁云将军，而民间所祀之黑神，盖从明清改土归流以来，汉文化逐渐流播贵州大地，承载着儒家忠义观念的"南霁云信仰"得以在官方支持下逐渐推广，"黑神庙"中所祀之黑神也经历了从黑神蛮王孟获或黔神到南霁云的转变。

[2] 惊沙：指狂风吹动的沙砾。唐代李华《吊古战场文》："利镞穿骨，惊沙入面。"

[3] 青山一发：青山远望，其轮廓仅如发丝一样若有若无。极言其遥远。苏轼《澄迈驿通潮阁》诗之二："杳杳天低鹘没处，青山一发是中原。"后因以"青山一发"借指中原。

[4] 碧血：《庄子·外物》："苌弘死于蜀，藏其血，三年而化为碧。"后

因以"碧血"称忠臣烈士所流之血。

[5] 朱幡：红色的旗幡，尊显者所用。影接：形容迅速接应。

[6] 灵旗：战旗。出征前必祭祷之，以求旗开得胜，故称。

[7] 南八声干臣可死：语本韩愈《张中丞传后叙》："城陷，贼以刃胁降（张）巡，巡不屈，即牵去。将斩之，又降（南）霁云，云未应，巡呼云曰：'南八，男儿死耳，不可为不义屈。'云笑曰：'欲将以有为也；公有言，云敢不死？'即不屈。"南八，即南霁云，因行八，故称。

[8] 浮图矢烂悲难雪：语本韩愈《张中丞传后叙》："（南霁）云知贺兰终无为云出师意，即驰去。将出城，抽矢射佛寺浮图，矢著其上砖半箭，曰：'吾归破贼，必灭贺兰，此矢所以志也。'"

[9] 五马：太守的代称。白居易《西湖留别》诗："翠黛不须留五马，皇恩只许住三年。"

迈陂塘
题罗鹿游《明日悔集》诗后[1]

百余年、蚕丛独辟，眼中突兀奇士。六朝人物风骚远，第一鲍昭英鸷[2]。谁能似。惜鬼妒天嗔，逼入穷愁底。那容快意。任骂坐呼卢[3]，狂歌痛饮，当世孰怜尔。

此一卷，不过残编弃纸。雄风猎猎吹起。词场老辈论才力，难觅杜韩苏李[4]。雌声耳[5]。想落拓青衫，覆瓿能如是[6]。差堪自喜。但明日愁多，今朝悔恨，未许属夫子。

注释

[1] 罗鹿游：罗兆甡（1641—1702），字鹿游，清初遵义文化代表人物"一罗三李"之首。学问渊博，是黔北境内著名诗人，著有《明日悔》《覆瓿》《北上》《问石》等诗文集，惜多散失。词人首句称其"蚕丛

独群""突兀奇士",揭示了罗兆甡开拓遵义文学之地位。

[2] 风骚:借指诗文或文采、才情。鲍昭:即鲍照(约414—466),字明远,出身低微,自负才学,好言富贵荣华与建功立业。元嘉十二年(435)因献诗言志,被刘义庆擢为临川王国侍郎。之后,又先后入刘义季和刘濬幕府。大明五年(461)出任刘子顼前军参军,世称"鲍参军"。泰始二年(466)刘子顼起兵反明帝失败,鲍照死于乱军中。鲍照与颜延之、谢灵运同为元嘉时著名诗人,合称"元嘉三大家",有《鲍参军集》传世。英鸷:勇猛强悍。

[3] 骂坐:漫骂同座的人。呼卢:谓赌博。语本苏轼《会客有美堂,周邠长官与数僧同泛湖往北山。湖中闻堂上歌笑声,以诗见寄,因和二首。时周有服》之一:"颇忆呼卢袁彦道,难邀骂坐灌将军。"

[4] 杜韩苏李:指杜甫、韩愈、苏轼、李白。

[5] 雌声:柔声。韩愈《病中赠张十八》诗:"雌声吐款要,酒壶缀羊腔。"钱仲联《韩昌黎诗系年集释》引方世举注:"《世说》:'桓温得刘琨妓,曰:公甚似刘司空。温大悦,询之。婢云:声甚似,恨雌。'"又引沈钦韩注:"以下言(张)籍之雄气无复存,乃雌声输情也。"

[6] 青衫:官职卑微者或微贱者的服色。白居易《琵琶行》:"座中泣下谁最多,江州司马青衫湿!"后借指失意的官员。覆瓿:喻著作毫无价值或不被人重视,亦用以表示自谦。此将罗兆甡诗集《覆瓿》嵌入。陆游《秋晚寓叹》诗之四:"著书终覆瓿,得句漫投囊。"

沁园春
南园感事

池上芙蓉,愁杀东风,燕燕影斜。忆竹王祠畔[1],三更莺语,柳枝歌罢,一曲琵琶。司马青衫,情人碧玉,客路相逢恨转赊[2]。人何在,正梦

魂仿佛，隔院啼鸦。

　　醒来。吟对残花。怅绿绣笙囊不见他[3]。有万千般恨，收来眉睫，两三点雨，洒上窗纱。春梦无多，梦多难记，旧事重提计总差。谁能禁，情怀如柳絮，流落天涯[一][4]。

校记

【一】流落天涯：底本夺"流"字，据道光本、同治本、黔图本补。

注释

[1] 竹王祠：《华阳国志·南中志》载："有竹王者，兴于遯水。先是，有一女子浣于水滨，有三节大竹流入女子足间，推之不肯去。闻有儿声，取持归，破之，得一男儿。长养，有才武，遂雄夷濮。氏以竹为姓。捐所破竹于野，成竹林，今竹王祠竹林是也。"按：夜郎故地的竹崇拜，以及由此产生的纪念竹王的活动遍及西南诸省。贵州福泉市城郊的竹王城已广为人知，而据《平越直隶州志》载，竹王城内原有竹王庙，而在羊老驿及不远的黄丝则有竹二郎祠。四川邛崃省有竹三郎庙，大邑及荣县有竹王庙遗址，湖南苍梧县冠乡有竹王祠等。

[2] 司马青衫：白居易《琵琶行》："就中泣下谁最多，江州司马青衫湿。"后因用"司马青衫"形容悲伤凄切。情人碧玉：年轻貌美的情人。客路相逢恨转赊：谓失意才子与貌美女子旅途相见，徒增绵长遗恨。

[3] 绿绣笙囊：李商隐《河阳诗》："绿绣笙囊不见人，一口红霞夜深嚼。"《李商隐诗歌集解》认为"绿绣笙囊"乃以绣囊暗指夜间情事。

[4] 柳絮：柳树的种子，因有白色绒毛，随风飞散如飘絮，故称。多以形容行踪飘忽不定。杜甫《绝句漫兴》之五："颠狂柳絮随风舞，轻薄桃花逐水流。"

水龙吟

月下闻渔歌

沙头皛皛澄波[1]，一星渔火沉烟树。苍茫浦水，弯环山月，渔歌何处。音是巴渝，地非巫峡，新腔如诉。问江枯石烂，瘦龙拔宅，究竟是、何人句。[2]

不惜老渔歌苦。夜荒荒、一天风露。只愁断岸，凫汀远隔，鸥波难渡。落叶横江，凉风在水，劝伊堪住。甚孤篷短笛，凄迷唱晚[3]，入前溪去。

注释

[1] 皛皛（xiǎo xiǎo）：洁白明亮的样子。

[2] 江枯石烂：亦作"海枯石烂"，谓江水干涸、石头腐烂。形容历时久远，亦比喻意志坚定不变。刘宋王奕《法曲献仙音·和朱静翁青溪词》："老我重来，海干石烂，那复断碑残础。"拔宅：全家迁徙；一说修道的人全家同升仙界。瘦龙拔宅，当用许逊故事。据《太平广记》卷十四"许真君"所引《十二真君传》：晋代许逊在豫章（今南昌）修道时，曾遇一容仪修整之少年，自称慎郎。许逊与之谈话，知他是蛟蜃之精所化，而当时江西一带大蛇蛟龙出没，累为洪水所害，遂与弟子施大王等施法斩蛟除魔，击伤变成黄牛的慎郎。慎郎奔走潭州，化为人形。先是，慎郎化为美少年，广用财宝，娶潭州刺史贾玉之女，与居衙署后院。许逊追至潭州贾府，使蜃精复变本形，卒为吏兵所杀。贾玉听许逊之言，"仓皇徙居，俄顷之间，官舍崩没，白浪腾涌"。经过多年修行，许逊"以东晋孝武帝太康二年八月一日，于洪州西山，举家四十二口，拔宅上升而去。唯有石函药臼各一所，车毂一具，与真君所御锦帐，复自云中堕于故宅"。

[3] 凄迷：悲伤；怅惘。

天香

　　黎愧曾《闽酒曲》云[1]："谁家狡狯试丹砂，却令红娘字酒家。怪得女郎新解事，随心乱插两三花。"自注："酿家每当酒熟时，其色变如丹砂，俗称'红娘过缸酒'，谓有神仙到门则然，家以为吉祥之兆，竞插花赏之。"遵人亦呼酒汁为"娘子"，缸酒发红，家以为吉，乃红巾潜覆其瓮，戒家人勿窥，曰："窥之，娘子即不红矣。"插花之赏则又与闽人异焉。

　　云子【一】炊香，井华泛乳，酿成清齐盈缶。[2]萼绿来窥【二】[3]，丹砂暗点，喜报春生纤手。蓬瀛何处[4]，饮残了、余杭仙酒。缸面流霞持赠，新娘子羞红友[5]。

　　红颜待君消受。却惭偷、近檀郎口[6]。最是夜来罗帕，谢娘坚守[7]。似此闻名不见，难禁得、春风悄窥牖。请学闽人，插花许否。

校记

【一】云子：黔南丛书本作"云字"，误。

【二】萼绿：道光本、同治本二字互换，当误。

注释

[1] 黎愧曾：黎士宏（1618—1697），字愧曾，福建长汀人，顺治十一年举人（1654），康熙六年（1666）以信州推官兼理玉山县政，官至布政司参政。有《托李斋诗文集》《恕斋笔记》等传世。黎愧曾因周栎园作《闽茶曲》，乃作《闽酒曲》三首以俪之；词序中引用的是第三首。

[2] 云子：米粒，米饭。陆游《起晚戏作》诗："云子甑香炊熟后，露芽瓯浅点尝初。"井华：亦作"井花水"，清晨初汲的水。北魏贾思勰《齐民要术·法酒》："粳米法酒：糯米大佳。三月三日，取井花水三斗三升，绢簁麹末三斗三升，粳米三斗三升。"

[3] 萼绿：萼绿华，传说中女仙名，自言是九嶷山中得道女子罗郁。又《增补事类统编·花部·梅》"萼绿仙人"注引《石湖梅谱》："梅花纯绿者，好事者比之九嶷仙人萼绿华云。"绿色的梅花因称"绿萼梅"。

[4] 蓬瀛：蓬莱和瀛洲。仙山名，相传为仙人所居之处，亦泛指仙境。晋葛洪《抱朴子·对俗》："（得道之士）或委华驷而辔蛟龙，或弃神州而宅蓬瀛。"

[5] 缸面：新酿成的酒。唐代何延之《兰亭始末记》："（辩才）便留夜宿，设缸面药酒茶果等。江东云缸面，犹河北称瓮头，谓初熟酒也。"流霞：传说中天上神仙的饮料。汉代王充《论衡·道虚》："（项曼都）曰：'有仙人数人，将我上天，离月数里而止……口饥欲食，仙人辄饮我以流霞一杯，每饮一杯，数月不饥。'"红友：酒的别称。宋代罗大经《鹤林玉露》卷八："常州宜兴县黄土村，东坡南迁北归，尝与单秀才步田至其地。地主携酒来饷曰：'此红友也。'"

[6] 檀郎：晋代潘岳小字檀奴，美姿仪，后因以"檀郎"为妇女对夫婿或所爱慕男子的美称。

[7] 罗帕：即序文所称"红巾"。谢娘：东晋王凝之妻谢道韫有文才，后人因称才女、心爱女子为"谢娘"。又唐代李德裕家有谢秋娘为名歌妓，后因以"谢娘"泛指歌妓。此处戏称"红娘过缸酒"。

扫花游
却寄[1]

风轮尽处，有劫火难烧，清凉池馆[2]。香云不散。又明星挂壁，青霞作伴[3]。暗启琼窗，注目尘寰路远。苍烟满。认隐约海山，微露遥巘[4]。

人世音信断。正梅影横窗，炉烟销篆。梦魂忽返[5]。怅飞鸾暗度，探春深浅。记得来时，甚觉东风不管。待重款。怕韶华、别来偷换。

注释

[1]《扫花游·却寄》：该词通篇化用苏轼《洞仙歌》词。苏词云："冰肌玉骨，自清凉无汗。水殿风来暗香满。绣帘开，一点明月窥人，人未寝，欹枕钗横鬓乱。起来携素手，庭户无声，时见疏星渡河汉。试问夜如何、夜已三更，金波淡、玉绳低转。但屈指、西风几时来，又不道、流年暗中偷换。"苏词描述了五代时后蜀国君孟昶与其妃花蕊夫人夏夜在摩河池上纳凉的情景，着意刻绘了花蕊夫人姿质与心灵的美好、高洁，表达了词人对时光流逝的深深惋惜和感叹。

[2] 风轮：佛教"四轮"（金轮、水轮、风轮、空轮）之一。劫火：佛教语，谓坏劫之末所起的大火。唐代张乔《兴善寺贝多树》诗："永共终南在，应随劫火烧。"清凉：清静。

[3] 青霞：犹青云。梁武帝《直石头》诗："翠壁绛霄际，丹楼青霞上。"

[4] 微露：微微显露。唐代李商隐《代越公房妓嘲徐公主》诗："应防啼与笑，微露浅深情。"

[5] 梦魂：古人以为人的灵魂在睡梦中会离开肉体，故称"梦魂"。晏几道《鹧鸪天》词："梦魂惯得无拘检，又踏杨花过谢桥。"

台城路
忆惜

当年一舸游吴楚，初谙著江南路[1]。京口云帆，钱塘月艇，多少闲情心绪。而今自误。叹雨笠烟蓑，吟怀如故。地阔天长，纵能飞也觉难度。

人生壮游莫负。恨云山绊我，抱瓮而住[2]。流水孤村，寒鸦数点，便是平生游处。[3]湖烟浦树。任画里邀来，总非真趣。且学青莲，梦游天姥去[4]。

注释

[1]"当年"二句：黎庶焘《从兄伯庸府君行状》："稍长，先后随宦山东、浙江。"嘉庆十八年（1813），祖父黎安理选授山东长山县（今邹平县）知县，在任四年，黎恂、黎兆勋、郑珍等随宦；嘉庆十九年（1814），父黎恂登进士第，分发浙江桐乡知县，任职五年，兆勋亦曾随侍一段时间。黎恂《蛉石斋诗钞》卷一《丁丑中秋与子元弟玩月桐乡官舍，时两大人已诹吉还里，令子元侍行。团聚未久又动离情，对景言怀感念今昔，成诗一首送其南行并志别况》长诗言之甚详。

[2]云山：远离尘世的地方，隐者或出家人的居处。抱瓮：即抱瓮灌园。据《庄子·天地》：孔子的学生子贡在游楚返晋过汉阴时，见一位老人一次又一次地抱着瓮去浇菜，"搰搰然用力甚多而见功寡"，就建议他用机械汲水。老人不愿这样做，并且说："吾非不知，羞而不为也。"后以"抱瓮灌园"喻安于拙陋的淳朴生活。

[3]"流水"句：化用秦观《满庭芳》词句："斜阳外，寒鸦万点，流水绕孤村。"

[4]"青莲"句：唐诗人李白号青莲居士，有《梦游天姥吟留别》诗。安旗主编《李白全集编年注释》认为该诗"以天姥仙境喻朝廷宫阙，以梦游喻其入侍翰林，宣泄失志去朝之情"，有怀才不遇，自我慰藉之意。

蝶恋花
秋夜听蛩鸣作

深碧筛黄帘幕晓。一角蜗庐，彻夜商声绕。[1]最是呼灯人去早，蛩声如雨疏星悄[2]。

月挂瓜棚风动筱。韵促新声，拍似[一]翻枝鸟。篱落草根吟未了，穷愁东野应知道[3]。

校记

【一】似：道光本、同治本、黔图本作"以"，黔南丛书本同底本。

注释

[1] 蜗庐：即蜗牛庐，形圆似蜗牛的简易庐舍，亦泛指简陋的房屋，常用以谦称自己的居处。《北齐书·蔡俊传》："高祖客其舍，初居处于蜗牛庐中，苍鹰母数见庐上赤气属天。"商声：秋声。阮籍《咏怀诗》之十："素质游商声，凄怆伤我心。"《文选》李善注："《礼记》曰：'孟秋之月，其音商。'郑玄曰：'秋气和则音声调。'"

[2] 蛩声：蟋蟀的鸣声。白居易《禁中闻蛩》诗："西窗独暗坐，满耳新蛩声。"

[3] 穷愁东野：唐代诗人孟郊，字东野，为人耿介倔强，清寒终身，诗也多写世态炎凉，民间苦难，有"诗囚"之称；又与贾岛齐名，人称"郊寒岛瘦"。孟郊《送从叔校书简南归》诗句："寒草根未死，愁人心已枯。"盖为黎词所本。

南歌子
旅夜

碧汉欹纤月[1]，空庭溢露华[2]。半城落叶戍楼笳[3]。人在庙塘桥畔、谢娘家。

醉里犹听曲，闲来且吃茶。蛮声不解弄琵琶[4]。坐看一庭灯影、照疏花。

注释

[1] 碧汉：银河，亦指青天。隋代江总《和衡阳殿下高楼看妓》诗句："起楼侵碧汉，初日照红妆。"纤月：未弦之月，月牙。杜甫《夜宴

左氏庄》诗："风林纤月落，衣露净琴张。"

[2] 空庭：幽寂的庭院。南朝谢灵运《斋中读书》诗："虚馆绝诤讼，空庭来鸟雀。"露华：清冷的月光。南朝王俭《春夕》诗："露华方照夜，云彩复经春。"

[3] 戍楼：边防驻军的瞭望楼。

[4] 蛮声：少数民族地区的乐声。苏轼《次韵和王巩六首》之六："勤把铅黄记宫样，莫教弦管作蛮声。"

朝中措
别意

绿窗春曙影如烟[1]，乡梦总难圆。嘱咐晓风残月，送回昨夜啼鹃。

别来几日，香囊绣褓[2]，锦字瑶笺[3]。欲把别愁重诉，琴心自悔难传[4]。

注释

[1] 绿窗：绿色纱窗，指女子居室。韦庄《菩萨蛮》词："劝我早归家，绿窗人似花。"

[2] 香囊：盛香料的小囊，佩于身或悬于帐以为饰物。宋代秦观《满庭芳》词："香囊暗解，罗带轻分。"绣褓：亦作绣緥，覆裹婴儿的绣被。

[3] 锦字：指锦字书，即织在锦上的文书，后泛指妻子写给丈夫的书信。唐代李频《古意》诗："虽非窦滔妇，锦字已成章。"瑶笺：对书札的美称。

[4] 琴心：犹春心。明代陆采《明珠记·宫怨》："春眉懒向东风展，幽意肯逐琴心斜。"

菩萨蛮
代赠

木棉[1]花落春将老。送君远出巴陵道。两浆在船头。妾愁君亦愁。

江南秋又晚。更比湘江远。早是信音疏。今年信也无。

校记

【一】棉：黔南丛书本作"绵"。

注释

[1] 木棉：亦作"木绵"，南方落叶乔木，每年二、三月树叶落光后进入花期，又名攀枝花、英雄树。

前调[一]
书恨[1]

分明自识山前路，驱车忽向城东去。既去莫相思，从他心事违。
桐枯心半死，正恐伤梧子。知在阿谁边。乌啼月落天。

校记

【一】前调：底本无"前调"二字，"书恨"二字置于"代赠"词正文之下。

注释

[1] 书恨：此首盖从汉乐府《东门行》及南朝乐府《子夜歌》二诗化出。《东门行》诗云："出东门，不顾归。来入门，怅欲悲。盎中无斗米储，还视架上无悬衣。拔剑东门去，舍中儿母牵衣啼：'他家但愿富贵，贱妾与君共哺糜。上用仓浪天故，下当用此黄口儿。今非！''咄！行！吾去为迟！白发时下难久居。'"诗写主人公在穷愁之下下定决心走出东门，要去"为非"，却又顾念妻儿折回家中，最后抛弃幻想铤而走险。《子夜歌》云："怜欢好情怀，移居作乡里。桐树生门前，出入见梧子。"诗写青年夫妻移住乡间开始饱满幸福的生活，门前的桐树开花如同春的庇护，那英俊健壮的丈夫出入庭院让热爱生活的

妻子堆满幸福欢喜,满含柔情的妻子遂将"梧子"谐音"吾子",柔情蜜意,心口有香。"书恨"这首与上首"代赠"同为"代人设言"之作,以女子口吻,上片叙说"他"向城东追逐"心事"(理想)远去,留下她孤单一个人,那最旖旎恩爱的时光遂变作了漫长的守望和相思。下片设想远行的"他"历尽艰辛磨难,功名未就而心如半死枯桐,怜伤"梧子"之意油然而生;同时,又担心"他"在"乌啼月落天"是否别有他人相伴。人不在而情常绕,有甜蜜有酸心有怜爱有忧虑,正是情深滋味。

虞美人
那人

柳烟摇荡纱窗绿[1]。窗外鸳鸯宿。小红门掩碧桃花。依旧葳蕤寒锁、那人家。

碧苔自绣团花锦。犹忆花前饮。分明春梦一场空。却道无情多恨、是东风。

注释

[1] 柳烟:柳树枝叶茂密似笼烟雾,因以为称。韦庄《酒泉子》词:"柳烟轻,花露重,思难任。"

台城路
南望山中遇风雨[1]

一声霹雳穿岩去[2],霎然化为风雨。谷口笙镛,云中鼓角,坐看龙蛇飞舞[3]。南山暗睹[一]。一半没云涛,半成烟缕。黯黯松峦,电光欲下翳还吐[4]。

黔阳客愁如许。有秋寒泼水,面掠风弩。白寨樗薪,黄茅山店,束

火自招行旅[5]。吾宁不与。且坐待云开，日斜山路。滑沲肩舆，弯环过竹坞[6]。

【校记】

【一】暗睹：底本、黔南丛书本误作"暗暗"，据道光本、同治本、黔图本改。

【编年】

道光十七年（1837），黎兆勋再应乡试赴贵阳途中作。按：本书本卷本词之后有《八声甘州》词，序云："秋闱报罢，送表兄张子聘旋里，余束装将往云南。"可知在作《八声甘州》词之前，黎兆勋参加了一次乡试，落第之后即赴云南。又本卷本词以下依次编排《柳梢青·贵阳旅夜》《江神子·送友人之兰州》《虞美人·愁思》《八声甘州·秋闱报罢》《霜叶飞·白水河观瀑》《水调歌头·五华山武侯祠下作》《满江红·滇池秋泛》《望海潮·大观楼望海》等，从《八声甘州》可推知这些词按时间编排，亦即黎兆勋赴贵阳参加科举考试，落第后有送别、赴滇、滇游之行。又黎庶焘《从兄伯庸府君行状》："平公尤重之，会雪楼府君令滇南，兄策马趋庭，比至，登五华、泛昆明，尽揽金马、碧鸡之胜。"平公，指遵义知府平翰，他在道光十六年（1836）十一月任遵义知府，在任三年，对黎兆勋、郑珍、莫友芝等当地名士颇为礼遇。雪楼府君，指黎兆勋父亲黎恂，道光十五年（1835）秋以后，黎恂历权平夷、新平、大姚县事等。结合以上材料及论述可推知，黎兆勋此次应试时间为道光十七年，本词即为其赴贵阳应试途经南望山所作。

【注释】

[1] 南望山：又称南山，清属贵阳府，在今贵阳市息烽县中部，西与西望山相峙，主峰南极顶，山腰有石灰岩洞穴玄天洞，其左侧地母洞洞口有地母庙，即今"息烽集中营"旧址。

[2] 霹雳：响雷。

[3] 谷口：山谷的出入口。笙镛：古乐器名。镛，大钟。鼓角：战鼓和号角，此指雷电。龙蛇：喻雷电。

[4] 电光：闪电的光。

[5] 樗薪：砍樗木为薪。束火：扎火把，用火把照明。

[6] 滑泆：谓泥泞滑溜。肩舆：轿子。弯环：谓绕弯子。

柳梢青
贵阳旅夜

邻笛初停，山城月出，客梦宵醒[1]。半世情怀，三更离绪，几点疏星。虫声四壁难听，似向我、嘈嘈送行。昨日风檐[2]，今宵旅馆，明日长亭。

编年

道光十七年（1837）应乡试，作于贵阳。词云"昨日风檐，今宵旅馆，明日长亭"，知是时考试完毕，客愁满怀，将有离别之事。

注释

[1] 邻笛：向秀《思旧赋》："邻人有吹笛者，发声寥亮。"后多以"邻笛"作为伤逝怀旧的典实。山城：指贵阳。

[2] 风檐：指科举时代的考试场所。顾炎武《日知录·拟题》："即以所记之文，抄誊上卷，较之风檐结构难易迥殊。"

江神子
送友人之兰州[1]

爱君豪兴敌元龙[2]。论生风[3]，气如虹。曾识天狼，争挽铁胎弓[4]。人笑书生能杀贼，非侠客，实英雄。

而今身世等飞蓬。任浮踪，转西东。憔悴青衫，客路忽相逢。长揖向余何处去，将访道，入崆峒。[5]

编年

依前《台城路·南望山中遇雨》编年，知为道光十七年（1837），在贵阳应乡试后作。

注释

[1] 送友人之兰州：此词写友人文武全才而怀才不遇，如飞蓬一般四处漂泊，身世凄凉，最后只能脱离尘世求仙访道。词中对友人遭际给予深切同情，同时亦自鸣不平。黎兆勋自视甚高，但困于场屋，不得展其才，内心自有怨怼，故一股抑郁不平之气时从词中倾吐而出。

[2] 元龙：东汉末年人陈登（163—201），字元龙，为人爽朗，性格沉静，智谋过人，少年时有扶世济民之志，博览群书，学识渊博。建安初奉使赴许，向曹操献灭吕布之策，被授广陵太守。以灭吕布有功，加伏波将军，又迁东城太守。年三十九卒。后许汜与刘备在荆州牧刘表处共论天下人，许汜曰："陈元龙湖海之士，豪气不除。"

[3] 生风：比喻产生使人敬畏的声势或气派。《后汉书·党锢传·李膺传论》："李膺振拔污险之中，蕴义生风，以鼓动流俗。"

[4] 天狼：星名，属于大犬座，古以为主侵掠。铁胎弓：一种强劲的弓，弓内含有铁胎，因称。

[5] 访道：询问治理国家的办法。一说寻访真人、道士。崆峒：指崆峒山，位于甘肃省平凉市西。黄帝曾于崆峒山问道，领悟治国之道。南朝沈约《为武帝与谢朏敕》："羲轩邈矣，古今事殊；不获总驾崆峒，依风问道。"

虞美人
愁思

烟黄月白乌啼晓，满地苔[一]花老。谁家砧杵作寒声，撩乱谢郎乡梦、不分明[1]。

残灯挑尽单衾冷，起视星河影[2]。几回相忆唤真真[3]，只恐情怀不似、旧时人。

校记

【一】苔：底本、黔南丛书本作"杏"，误；据道光本、同治本、黔图本改。

编年

依前《台城路·南望山中遇雨》编年，知为道光十七年（1837），在贵阳应乡试下第后作。

注释

[1] 谢郎：指南朝谢庄（421—466），字希逸，官至金紫光禄大夫。能诗、赋。其《月赋》通过假设曹植与王粲月夜吟游而叙写种种情思，怨遥伤远，有句云："美人迈兮音尘阙，隔千里兮共明月；临风叹兮将焉歇，川路长兮不可越。"盖为该句所本。南宋姜夔《水龙吟》词："甚谢郎、也恨飘零，解道月明千里。"

[2] 星河：银河。

[3] 真真：唐代杜荀鹤《松窗杂记》："唐进士赵颜于画工处得一软障，图一妇人甚丽，颜谓画工曰：'世无其人也，如可令生，余愿纳为妻。'画工曰：'余神画也，此亦有名，曰真真，呼其名百日，昼夜不歇，即必应之，应则以百家彩灰酒灌之，必活。'颜如其言，遂呼之百日……果活，步下言笑如常。"后因以"真真"泛指美人。

八声甘州

秋闱报罢,送表兄张子聘旋里,余束装将往云南。[1]

碧寥寥断响落云天[2],风呼雁离群。怅君归乡里,我行徼外,愁倚斜曛[3]。此去林山初晚,笠影入寒云。有黄花红叶,遥待归人。

莫话南中程远,袅吟鞭凄涩,秋语征魂。[4]问江东罗隐[5],离恨与谁分。念山斋、风泉松月,又还教、清梦早随君[6]。离忧外、万重山色,烟霭黄昏。

编年

依前《台城路·南望山中遇雨》,知道光十七年(1837)秋,贵阳乡试下第后作。时其父黎恂在云南为官,故欲往侍宦。

注释

[1] 秋闱:代指乡试。明清时期,乡试一般在秋八月举行,因此又称"秋闱"。报罢:指科举考试落第。清赵翼《瓯北诗话·杜少陵诗》:"天宝六载,召试至长安,报罢之后,则日益饥窘,观其诗可知也。"张子聘:名朝琮,曾协助郑珍编纂《遵义府志》,事迹待考。黎兆勋《侍雪堂诗钞》中有《寄怀张子聘表兄》《子聘表兄过》《山园柬子尹子聘》《喜子聘表兄过我》《柬子聘表兄》诸诗,可知二人交谊。

[2] 断响:断断续续的响声。明代何景明《捣衣》诗:"哀音缘云发,断响随风沉。"

[3] 斜曛:落日的余晖。

[4] 吟鞭:诗人的马鞭,多以形容行吟的诗人。宋代陈亮《七娘子·三衢道中作》词:"卖花声断蓝桥暮,记吟鞭醉帽曾经处。"征魂:指出征战士的灵魂。此指远赴云南的词人自己。

[5] "罗隐"二句,借秋发问,写与表兄张子聘的离情别恨,借罗隐自比屡试不第的自己。罗隐:字昭谏(833—910),杭州新城(今杭州

富阳）人，唐代文学家。罗隐自大中十三年（859）底至京师应进士第二十多年，"十上不第"。黄巢起义后，避乱隐居九华山。光启三年（887），归乡依吴越王钱镠，历任钱塘令、司勋郎中、给事中等职。著有《谗书》《两同书》等。

[6] 清梦：犹美梦。宋代陆游《枕上述梦》诗："江湖送老一渔舟，清梦犹成塞上游。"

霜叶飞
白水河观瀑[1]

怒涛撞击。风霆捷，飞空忽露鳞鬣[2]。谁追怪物出洪濛，岩卷云根折。仿佛似、银潢一霎[3]。纷纷冰雹鸣三叠。想禹凿龙门[4]，有多少、精灵窜逐，泉壑争挟。

最是罗甸诸峰[5]，骈肩拦阻，水亦飞过眉睫。摆磨地轴突孤云，问石梁谁涉。[6]算只有钓鳌客蹑[7]。笠檐不受涛头压。笑蹇驴[8]、行迷迹，雨里来寻，四山风叶。

编年

道光十七年（1837）秋，黎兆勋贵阳乡试下第后往云南侍宦，南下途中经镇宁州黄果树瀑布（今属关岭县）作。

注释

[1] 白水河：发源于今六盘水市六枝特区，流经镇宁县，在关岭县断桥乡汇入打帮河，全长约50公里，因拥有黄果树瀑布群而闻名于世。黎恂《运铜纪程》道光二十六年六月二十四日："早顿黄果树，白水河瀑布飞流喷雪，黔中一大观也。"黎兆勋《侍雪堂诗钞》卷一有《观瀑渡白水河》诗，可参。

[2] 飞空：飞入空中。唐代储光羲《咏山泉》："映地为天色，飞空作雨声。"

［3］银潢：天河，银河。《旧唐书·彭王仅传》："银潢毓庆，璇萼分辉。"

［4］禹凿龙门：传说大禹治水，凿龙门以导流。唐代杜牧《洛阳长句》："月锁名园孤鹤唳，川酣秋梦凿龙声。"

［5］罗甸：古国名，地当在今贵州省中部。明代田汝成《炎徼纪闻·奢香》："火济者，蜀汉时佐丞相（诸葛）亮，刊山通道，擒孟获有功，封罗甸国王。"

［6］摆磨：犹振荡。唐代韩愈《陆浑山火和皇甫湜用其韵》："山狂谷狠相吐吞，风怒不休何轩轩。摆磨出火以自燔，有声夜中惊莫原。"石梁：指石梁飞瀑，在浙江天台县天台山中方广寺前，两崖峭壁对峙，一石如苍龙耸脊横亘其间，即石梁，瀑布喷涌而下，"昼夜起风雷"，被誉为"天下第一奇观"。此以石梁飞瀑喻指白水河瀑布。

［7］钓鳌客：谓有远大抱负或豪迈不羁的人。唐代封演《封氏闻见记·狂谲》："王严光颇有文才而性卓诡，既无所达，自称'钓鳌客'，巡历郡县，求麻铁之资，云造钓具。"

［8］蹇驴：跛蹇驽弱的驴子，比喻驽钝的人。《楚辞·九怀·株昭》："蹇驴服驾兮，无用日多。"

水调歌头
五华山武侯祠下作[1]

海月挂烟树[2]，瘴雨洒莓墙[3]。英雄一去千古，碧草入祠堂。王业虚怀京洛，割据谁兴礼乐，汉道果难昌[4]。欲诵《出师表》，天海气悲凉。

渡泸水，收爨孟，服南荒。[5]青羌移置，五部夜梦出陈仓。[6]正恐平蛮路远，更觉征曹时晚，流泪满衣裳[7]。天意真难识，悔不卧南阳。[8]

编年

道光十七年（1837）秋，南下云南逗留昆明时作。黎庶焘《从兄伯

庸黎府君行状》："会雪楼府君令滇南，兄策马趋庭，比至，登五华、泛昆明，尽揽金马、碧鸡之胜，歔吊庄蹻、南诏，益以助其诗境，于功名未尝汲汲也。"可参阅黎兆勋《侍雪堂诗钞》卷一《五华山晓望》《始泛滇池》诸诗。

注释

[1] 五华山武侯祠：五华山在今云南昆明市区北部，为云南昆明主山蛇山余脉。据《云南通志》：昆明武侯祠建于五华山巅，"康熙二十六年（1687）粮储道孔兴诏建，五十五年（1716）总督王继文、巡抚石文晟修，春秋二仲择吉致祭"，道光十五年（1835），大学士、总督阮元重修，额曰"诸葛武侯祠堂"，增塑李恢、马忠、吕凯等诸将于祠堂中，塑诸葛亮像于正中，其牌位被称为"汉丞相南征至滇诸葛武乡侯位"。

[2] 烟树：云烟缭绕的树木、丛林。南朝鲍照《从登香炉峰》诗："青冥摇烟树，穹跨负天石。"

[3] 瘴雨：指南方含有瘴气的雨。前蜀李珣《南乡子》词："行客待潮天欲暮，送春浦，愁听猩猩啼瘴雨。"苔墙：长满苔藓的墙壁。

[4] 王业：帝王之事业，即统一天下，建立王朝。京洛：泛指国都。礼乐：礼节和音乐，古代帝王常用兴礼乐为手段以求达到尊卑有序远近和合的统治目的。

[5] "渡泸水"数句：言诸葛亮平南事。诸葛亮于蜀汉建兴三年（225）春率军南征，先打败益州郡汉族豪强雍闿军队，再降服为其所诱煽同叛的夷人首领爨氏孟获，所在战捷，至秋平定南中所有乱事。

[6] "青羌"二句：南中安定后，蜀汉获得大量资源，并组建劲旅无当飞军，经数年积累，至建兴六年（228），诸葛亮军出祁山，开始第一次北伐曹魏，马谡失街亭，还军汉中。是冬，复出散关，围陈仓，

曹真拒之，诸葛亮粮尽而还。后又曾数次伐魏，均未能取得预期胜利。青羌：古代西南地区羌族的一支，服饰尚青色，故称。五部：指青羌。晋常璩《华阳国志·南中志》："移南中劲卒青羌万余家于蜀，为五部。"陈仓：古地名，即今陕西省宝鸡市。

[7]"正恐"三句：化用杜甫"出师未捷身先死，长使英雄泪满襟"诗意。

[8]"天意"二句：《三国志·诸葛亮传》传论："（诸葛）亮才，于治戎为长，奇谋为短，理民之干，优于将略。而所与对敌，或值人杰，加众寡不侔，攻守异体，故虽连年动众，未能有克。昔萧何荐韩信，管仲举王子城父，皆忖己之长，未能兼有故也。亮之器能政理，抑亦管、萧之亚匹也，而时之名将无城父、韩信，故使功业陵迟，大义不及邪？盖天命有归，不可以智力争也。"此指诸葛亮虽有管仲、萧何之才，奈何无名将以助其成就兴复汉室的伟业，天意如此。

满江红
滇池秋泛[1]

漭漭洪流，浸南斗[2]、混茫无极。仿佛见、钱塘帆影，金陵山色。刳木远驰盐米利[3]，浮腥大拓鱼龙宅[4]。泛扁舟、何处访瑶华[5]，寒涛拍。

螳螂渡，川湢汄[6]。卧纳岛，峰巉特。问南山凿破，沼成何益。[7]习战无功君漫武[8]，劝农有使民怀德。叹元明、万顷溉粮田，真奇策。

编年

道光十七年（1837）秋，侍父宦滇，途中盘旋昆明游滇池作。据郑珍《诰授奉政大夫云南东川府巧家厅同知舅氏雪楼黎先生行状》及《宿普定却寄雪楼舅新平四首》：道光十七年夏黎恂调权新平，行至昆明时，被留"充本科同考官，及出闱，县夷蔡刁民煽邪教谋不轨，事作，大吏促之往"。是时黎恂已经赴任新平县，但黎兆勋却因病在昆明盘旋月余，

病后游历滇池、大观楼等胜景。黎兆勋《侍雪堂诗钞》卷一《始泛滇池》诗："我从今夏到滇省，五华绝顶舒双眸……月来病起始亲访，豪气纵横天遣收。"知兆勋是年八月秋闱报罢即下云南，登五华山，之后生病，留居昆明，至"始泛滇池"则已在病后月余，故词云"滇池秋泛"。此词歌颂明清劝农政策，反对穷兵黩武。

注释

[1] 滇池：又称昆明湖、昆明池，在昆明市西南，古称滇南泽，因其水势倒流，故称为滇（颠）。

[2] 南斗：即斗宿，借指南方。《隋书·高帝纪上》："尉迥猖狂，称兵邺邑，欲长戟而指北阙，强弩而围南斗。"

[3] "刳木"句，谓滇池上行驶着载有大米、盐巴的商船。刳木：剖凿木头，此处指用以做舟。《周易·系辞下》："刳木为舟，剡木为楫，舟楫之利，以济不通，致远以利天下。"孔颖达疏："舟必用大木刳凿其中，故云刳木也。"

[4] "浮腥"句：谓滇池上有人浮腥下饵垂钓。鱼龙宅：指鳞介水族的宅穴，即鱼窝。

[5] 瑶华："瑶华圃"的省称，是传说中仙人居住的地方。明代汤显祖《紫箫记·巧探》："一自残雪飞画栋，蚤罢瑶华梦。"

[6] 螳螂渡：指滇池出口处。金沙江支流有螳螂川，为滇池之唯一出口，自滇池流向西北，经昆明市之安宁、富民、禄劝，于禄劝与东川交界处注入金沙江。其上游称螳螂川，过富民称普渡河。《华阳国志·南中志》记滇池县"有泽水，周回二百余里，所以深广，下流浅狭，如倒流"，即指此河。湢浓：水惊涌貌。

[7] "问南山"二句：谓汉武帝为征"昆明国"而在长安（境辖终南山）开凿昆明池练兵徒劳无益。《汉书·武帝纪》载：元狩三年（前120

在长安城西沣水、滈水之间仿昆明滇池而凿昆明池，以习水战；后来唐玄宗为攻打南诏，也曾在昆明池演习水兵。

[8] 习战：练习作战。漫武：犹言黩武。

望海潮
大观楼望海[1]

云垂飙竖，鲸翻鳌掷[2]，怒涛滚滚而来。斜倚碧阑，愁观天外，茫茫雪浪无涯。搔首动吟怀[3]。慨汉唐戈马，蒙段楼台。[4]当日雄豪，而今安在只尘埃。

穷兵黩武休哀。纵山移海倒，瘴死烟埋。赵宋河山，元明郡邑，此邦大有人才。天海气佳哉。爱云沙明灭[5]，浦树低排。日暮鱼龙起舞，烟际一帆开[6]。

编年

道光十七年（1837）秋，南下云南侍父，逗留昆明时作。

注释

[1] 大观楼：在昆明市西，面临滇池，清康熙二十九年（1690）建，道光八年（1828）增修，咸丰七年（1857）毁于兵火，同治八年（1869）又重建。楼阁耸峙，与太华山隔水相望，有揽胜阁、涌月亭等胜景，今辟为大观公园，为游览胜地。

[2] 鲸翻鳌掷：鲸鱼翻滚，海龟腾跃。化用杜牧《李贺集序》文句："鲸呿鳌掷，牛鬼蛇神，不足为其虚荒诞幻也。"本以比喻李贺诗文气势雄伟奇特，意境荒诞虚幻。这里形容滇池波涛汹涌。

[3] 吟怀：作诗的情怀。

[4] 汉唐戈马：汉武帝以武力先后三十余年征服了大西南夜郎、邛、笮、且兰和滇等部族，置县二十四，云南为其一；唐朝时云南有六诏（王），

五诏常依附吐蕃，南诏归附唐朝，唐支持南诏统一了六诏，并西败吐蕃。蒙段楼台：蒙古人建立的元朝在统一中原后，将大理国取消，让原大理国君段兴智担任大理总管，同时派遣蒙古皇族驻节昆明，册封为梁王，共同掌管云南。

[5] 云沙：指苍茫空阔、云沙遥接处。

[6] 鱼龙起舞：指鳞介水族越出海面。烟际：云烟迷茫之处。北齐刘昼《新论·通塞》："入井望天，不过圆盖；登峰眺目，极于烟际。"

浣溪沙
马上遣怀

欹枕无眠夜屡惊。刺桐关下晓鸡鸣[一][1]。一鞭残月踏沙行。

乡梦已随华发短，离忧还逗远山生。最销魂是五更情。

校记

【一】刺：同治本、黔图本作"剌"，误。

编年

道光十七年（1837）秋，南下云南新平侍父，旅途中经刺桐关作。

注释

[1] 刺桐关：位于今云南玉溪市红塔区北片，行政上由北城镇管辖，是玉溪与滇北及外省的重要交通枢纽。

江神子
呈贡旅馆[1]

海天回首故山遥。碧迢迢，影萧萧。独倚层楼，天外月轮高。横笛一声何处落。秋折尽，柳千条。

昆池荡荡晚风号[2]。涨云涛，拍烟霄。小驿孤城，有酒夜堪浇。莫待离愁如海涌，清夜里，梦魂销。

编年

道光十七年（1837）秋，南下云南侍宦时作。

注释

[1] 呈贡：指云南府呈贡县，今属昆明市呈贡区。

[2] 昆池：即昆明池、滇池。

台城路
阅水亭感赋

颓垣百丈环衰柳，荒凉处何堪写。今古销魂[1]，美人黄土，谁是不关情者。凉荫淡洒。甚碧草香霏，清泉风泻。一任云寒，烟深犹见故宫瓦。

水流花落时节。叹重来访古，路似村野。墟鸟啼春，城狐吊月[2]，犹怨当时戎马。闲愁暗惹。怅阅水亭边，夕阳西下。多少楼台，劫风吹去也[3]。

编年

词云"水流花落时节""墟鸟啼春"，姑系于道光十八年（1838）春，侍宦云南时期作。阅水亭，未知在云南何处，待考。

注释

[1] 销魂：谓灵魂离开肉体，形容极其哀愁。南朝江淹《别赋》："黯然销魂者，唯别而已矣。"

[2] 城狐吊月：城墙洞里的狐狸对月凭吊。明代谢元汴《放言》其三十八《瞑发》诗："讯云木客啸，吊月老狐潜。"

[3] 劫风：佛教语。坏劫之末有水、风、火三劫灾，劫风即劫灾中的风

灾。宋代沈括《梦溪笔谈·书画》："佛光乃定果之光，虽劫风不可动，岂常风能摇哉！"

百字令
秋夜纪事

碧天如水，睇明河斜注[1]，西风凉剧。花影离离人不寐[2]，竹露中庭寒滴。作客惊秋[3]，更惊秋梦，此事谁知得。南中多患，沈腰更异畴昔[4]。

莫听城上啼乌，声凄寒月，正是愁消息。华发而今梳渐短，不惯梦魂惊吓。有甚闲愁，何堪自诉，情绪空悲惜。天边魑魅[5]，向来恩怨休说。

编年

道光十八年（1838）秋，侍宦云南作。词云"南中多患"，当在侍宦云南时作。词中"天边魑魅"，当指当时云南各地民乱。道光十七年秋黎兆勋父黎恂权新平县，境内就出现夷民蔡刁氏煽邪教谋不轨一事，经多方剿捕，方平定民乱。此词盖为云南各地民乱而发。事亦载郑珍《诰授奉政大夫云南东川府巧家厅同知舅氏雪楼黎先生行状》一文中。

注释

[1] 明河：天河，银河。唐代宋之问《明河篇》："明河可望不可亲，愿得乘槎一问津。"

[2] 离离：隐约貌。唐代卢纶《奉和户曹叔夏夜寓直寄呈同曹诸公并见示》诗："乱萤光熠熠，行树影离离。"

[3] 惊秋：秋令蓦地来到。唐代韦应物《府舍月游》诗："横河俱半落，泛露忽惊秋。"

[4] 南中：指川南和云贵一带。《三国志·蜀志·诸葛亮传》："南中诸郡，并皆叛乱。"沈腰：《梁书·沈约传》载：沈约与徐勉素善，遂以书陈情于勉，言己老病："百日数旬，革带常应移孔，以手握臂，率计月小

半分。以此推算，岂能支久？"后因以"沈腰"作为腰围瘦减的代称。

[5] 魑魅：指荒凉、边远的地区。语本《左传·文公十八年》："投诸四裔，以御魑魅。"苏轼《到常州谢表》之一："已分没身，寄残骸于魑魅；敢期择地，收暮景于桑榆。"此指云南荒凉边远地区的人民。

喝火令
嶍峨晓发[1]

野火明荒戍[2]，残星散晓霜。雁声和月堕微茫[3]。别梦摇摇[一]，骑马踏寒光。

风卷山城柝，鸦呼故垒墙。晓山青送一鞍凉。剩得别时，离绪袅愁肠。为报画阑鹦鹉[4]，明日瘴云荒[5]。

【校记】

【一】别梦摇摇：各本均同。《喝火令》词牌首见黄庭坚《山谷词》，并以其词《喝火令·见晚情如旧》为正体，双调六十五字，前段五句三平韵，后段七句四平韵。依黄庭坚《喝火令》，此句当为"平仄仄平平仄"，则"别"前"摇"后各夺一字。又清代陈维崧有《喝火令·偶忆》，格律与本词同，则《喝火令》到清代已有二体。黎兆勋词依陈维崧体。

【编年】

道光十八年（1838）秋，侍宦云南时作。按：据郑珍《诰授奉政大夫云南东川府巧家厅同知舅氏雪楼黎先生行状》，道光十七年（1837）黎恂署元江州新平县，十八年权元江州，旋补授楚雄府大姚知县，莅任四月，十九年春夏之交调权云州知州。是时黎恂当自权元江州补授大姚县，携子黎兆勋等先至昆明办理赴任手续，途经嶍峨县作。

注释

[1] 嶍峨：古旧县名，清属临安府，治今云南省峨山彝族自治县西北，境内有嶍、峨二山，因称。

[2] 野火：指磷火，俗称"鬼火"。《列子·天瑞》："羊肝化为地皋，马血之为转邻也，人血之为野火也。"

[3] 微茫：隐秘暗昧；隐约模糊。韦庄《江城子》词："角声鸣咽，星斗渐微茫。"

[4] 画阑：有画饰的栏杆。唐代李贺《金铜仙人辞汉歌》："画栏桂树悬秋香，三十六宫土花碧。"

[5] 瘴云：犹瘴气。杜甫《热》诗之二："瘴云终不灭，泸水复西来。"

淡黄柳
高桥夜泊[1]

夕阳翻浪。船泊高桥桨。一夜江风篷背响。渔火参差荡漾。暗照寒潮自来往。

漫孤赏[2]。悠悠结遐想。危樯静、菰蒲港[3]。有离愁、万顷争摇荡。海气沉山，雁声在水，惟见空林月上。

编年

道光十八年（1838）秋，侍宦云南时作。据前首《喝火令·嶍峨晓发》，推知此首为侍父黎恂赴任大姚知县途经武定县高桥镇作。

注释

[1] 高桥：当指今云南省武定县高桥镇。

[2] 孤赏：独自玩赏。唐代柳宗元《戏题阶前芍药》诗："孤赏白日暮，暄风动摇频。"

[3]危樯：高的桅杆，指帆船。菰蒲：菰和蒲，借指湖湾。

祝英台近
春尽日咏柳絮

午晴天，春将晚。新绿旧池馆。怕卷湘帘[1]，柳絮逐风散。自从雪片飞残，如烟如梦，依旧学、轻松纤软。

春情懒[2]。一任堕地重飞，流莺也忘管。去住何心[3]，搅得别肠断。当时拚[一]了功夫，韶华偷算。万不料、愁将春换。

校记

【一】拚：底本、黔南丛书本作"拌"，据道光本、同治本、黔图本改。按：二字皆通，拌，古同"拚"，舍弃之义。

编年

道光十九年（1839）春暮，侍父游宦云南作。词云"去住何心，搅得别肠断"，盖黎恂将离开大姚县去云州赴任，而兆勋此时当有回黔之念，故云。

注释

[1]湘帘：用湘妃竹做的帘子。
[2]春情：春日的意兴。
[3]去住：犹去留。

明月引
寄友

仙人何处彩云边[1]。思绵绵。恨绵绵。橄榄窗中，不见又经年。遥识猩猩啼暮雨[2]，邛竹影，琐窗寒[3]、闻杜鹃。

半阴半晴杏花天。云黯然，意凄然。别来情绪，不为思君更可怜。鬓丝

禅榻[4]，帘静袅茶烟。若使相逢应太息[一]，闲病酒[5]，更伤春、人独眠。

校记

【一】太息：道光本作"大息"，二词相通。

编年

道光十九年（1839）春暮，侍宦云南时作。词云"不见又经年"，盖寄意黔中旧交。

注释

[1]"仙人"句：化用李白《庐山谣寄卢侍御虚舟》诗句："遥见仙人彩云里，手把芙蓉朝玉京。"

[2]"遥识"句：化用李珣《南乡子》词："行客待潮天欲暮，送春浦，愁听猩猩啼瘴雨。"

[3]琐窗：绘有或雕刻有连环形花纹图案的窗棂。南朝鲍照《玩月城西门廨中》诗："蛾眉蔽珠栊，玉钩隔琐窗。"

[4]鬓丝禅榻：本指老僧的生活，也指近似僧徒的清静生活。唐代杜牧《题禅院》诗："今日鬓丝禅榻畔，茶烟轻飏落花风。"

[5]病酒：饮酒沉醉。《晏子春秋·谏上三》："景公饮酒，醒，三日而后发。晏子见曰：'君病酒乎？'公曰：'然。'"

疏影

落叶

虚窗淅沥。听隔帘堕响，愁思纷集。欹月窥人，小驿啼乌，寒声夜半尤急。西风不放晨星坠[1]，尚冷照、空山行迹。任吟蛩、暗泣秋痕，更有断魂难觅。

惆怅残灯不寐，正深夜酒醒，遥忆江国[2]。楚水吴山，木叶波寒，谁泊孤篷听笛[3]。夕阳帆影争零乱，半卷入、暮潮风色。有羁人、一片乡愁，

此际正难抛得。

编年

作年不可确知，姑系于道光十九年（1839）秋。

按：道光十九年（1839）夏，黎兆勋已经回到遵义，并在夏秋之交参加了送别遵义府宾方仲坚的宴会，见本书卷二《琵琶仙·送方仲坚还白下》词。又莫友芝《影山草堂学吟稿》卷下道光十九年（1839）有《为柏容题〈滇南策马图〉即送其之云南省觐》，诗云："吾不知云南道里去此几千里，但见黎生走之若庭户。凉秋九月严早霜，短衣匹马踏蛮荒。"则黎兆勋是年九月又去了云南。详黎恂是年春夏调权云州，竟以冕宁回汉械斗事被撤任，是秋回省。故黎兆勋此行，或因此事而来。又黎兆勋《侍雪堂诗钞》卷二《马龙旅社逢张仆为留一日》诗云："三年十度宿兹楼，八载重逢汝白头。"此诗作于道光二十五年（1845）云南马龙州（今属曲靖市区），"三年十度"事虽不涉道光十九年，但说明黎兆勋在父亲黎恂宦滇时期曾多次往返滇黔之间，亦正如莫氏诗所云"吾不知云南道里去此几千里，但见黎生走之若庭户"。

注释

[1] 西风：秋风。晨星：晨见之星。晋代张华《情诗》之二："束带俟将朝，廓落晨星稀。"

[2] 江国：指江南，即下句"楚水吴山"。

[3] 孤篷：常用以指孤舟。唐代皮日休《鲁望以轮钩相示缅怀高致因作》诗之三："孤篷半夜无余事，应被严滩舐酒醒。"

氐州第一

归云

晚雨初晴，华月微吐[1]，湿云片片归去。半作波涛，半沾[一]岩壑，

拥过平皋远树。落叶声中,有多少、哀鸿难度。天影低秋,林阴化水,几回迷误。

岂是阳台无去路。[2]纵零乱、不依神女。却怪来时,飙飞水涌,今又归何处。想湘帘、频自卷,个侬又、愁生日暮。罗幕灯明,更难消[二]、别来意绪。

校记

【一】沾:道光本作"黏"。

【二】消:道光本、同治本、黔图本作"销",二字通用。

编年

道光十九年(1839)秋,侍宦云南时作。

注释

[1] 华月:皎洁的月亮。

[2] "阳台"以下三句:宋玉《高唐赋》序:"昔者先王尝游高唐,怠而昼寝,梦见一妇人,曰:'妾,巫山之女也,为高唐之客。闻君游高唐,愿荐枕席。'王因幸之。去而辞曰:'妾在巫山之阳,高丘之阻,旦为朝云,暮为行雨,朝朝暮暮,阳台之下。'"后遂以"阳台"指男女欢会之所。南唐韩熙载《书歌妓泥金带》诗:"风柳摇摇无定枝,阳台云雨梦中归。"

霓裳中序第一

归思

南中去意决[1]。却对芳春愁话别。几许离忧暗结。叹出入蛮乡,魂销骨折。[2]苦[一]辛谁说。漫道谋归计尤劣[3]。君知未,故山泉石,尽可自怡悦。

清绝[4]。寤歌岩穴[5]。早待我耕烟钓雪[6]。正须鞭影一掣。莫怨当初，意计虚设[7]。而今成瓦裂[8]。纵许诉谁能辨别。归来也，云山深处，正好自藏拙[9]。

校记

【一】苦：道光本误作"若"。

编年

作年不可确知，姑系于道光二十年（1840）春，云南作。

按：道光十九年（1839）权知云州黎恂因处置"冕宁回匪与湖广客民械斗"一事忤大吏意被免官。郑珍《诰受奉政大夫云南东川府巧家厅同知舅氏雪楼黎先生行状》载："大吏不以先生为能弭乱于俄顷，而反恚之，旋撤任。"黎兆勋此词云"南中去意绝"，或为此事所发。（据黎恂《运铜纪程》道光二十一年十一月所记：道光十九年秋，黎恂回到省城昆明，其间当一直在昆明活动，至次年二月，"以降捐散州牧"，得领运一次京铜差事。）黄万机先生认为"此词大约是作者任开泰县训导时写的。那时不过四十八九岁，就感到出入穷乡僻壤的辛苦而预谋归计……这种归隐思想，反映了词人对官场生活的厌恶。"（《黎兆勋〈葑烟亭词〉初探》，《贵州文史丛刊》1985年第4期）我更倾向于认为这首词是黎兆勋劝诫其父黎恂离开云南，脱离官场回归林泉而作。词云"叹出入蛮乡，魂销骨折""归来也，云山深处，正好自藏拙"，正是为其父在云南官途中的艰辛及勤政为民却遭受不公平处分鸣不平。

注释

[1] 南中：历史上指今天的云南、贵州和四川西南部。三国时期，南中成为蜀汉的一部分。

[2] 魂销骨折：灵魂离散，骨头折断。此形容其父黎恂仕宦云南奔波的艰辛。

［3］漫道：莫说，不要讲。

［4］清绝：形容美妙至极。宋代陆游《小雨泛镜湖》诗："吾州清绝冠三吴，天写云山万幅图。"

［5］寤歌：醒来歌唱。此句指隐居避世之乐。《诗经·国风·考槃》："独寐寤歌，永矢弗过。"

［6］耕烟：农家的炊烟。借指隐居生活。

［7］意计虚设：指意图、抱负成空。

［8］瓦裂：像瓦片一般碎裂。比喻理想破碎。

［9］藏拙：掩藏拙劣，不以示人，常用为自谦之辞。唐代罗隐《自贻》诗："纵无显效亦藏拙，若有所成甘守株。"此指归隐田园，不向外显露才华。

苔烟亭詞卷第二

绮罗香
春雨用史邦卿韵[1]

黯淡云山，迷濛苑柳[2]，门巷潇潇天暮。杜宇声中，苦把春寒留住。帘幕掩、客去高楼，水云涨、树低遥浦。怅平芜[3]、如梦如烟，几回遮断隔江路。

江南江北旅客，多少莺花闷绝[4]，梦魂难渡。暮雨朝云，似怨巫山眉妩[5]。纵明月、暗度南楼，流光不到伤春处。更凭谁、唤转东风，塔铃深夜语[6]。

编年

作年不可确知，姑系于道光二十年（1840）春。

按：此首与下一首《归朝欢·春夜闻鹃声》当作于同一时期，当为黎兆勋远赴四川灌县（今都江堰市）祭扫曾祖父黎正训墓时途中所作。两首词中所涉"杜宇""朝云暮雨""蜀王魂气""岷山""蜀国""臣甫"等人物、地名、典故、意象，多指向巴蜀；又详遵义沙滩黎氏与蜀中之关系，黎兆勋曾祖父黎正训曾在四川团馆，死后葬于灌县，黎氏族人经常入蜀祭扫。黎庶昌《遵义沙滩黎氏家谱·七世》黎正训，"不为继母夏太孺人所容……乃往授徒四川射洪，逾年归省，复之灌县"，乾隆三十八年（1773）"十一月十九日卒于灌县，春秋四十有六，门弟子葬之城北里许竹林寺后官山，五龙山之麓"。黎正训是黎安理之父，黎恂祖父，黎兆勋曾祖父；《清史稿·孝义二·黎安理传》、郑珍《外祖黎府君家传》等文献均记载夏氏悍戾，虐待黎正训夫妇事，致使黎安理双亲不为所容，父黎正训出走四川团馆授徒，后死于灌县，母邹氏"亦逐居母家"。黎正训去世后，黎安理、黎恂、黎恺、黎兆勋、黎兆铨、黎庶焘等均曾至灌县祭扫，诸人诗词集中都有篇目提到，如黎恺《石头山人遗稿》中《上

元后三日侍大夫往灌县省墓》《游灵岩寺》等记载嘉庆二十三年（1818）正月随父黎安理自家前往四川灌县祭扫祖父黎正训墓，黎恂《蛉石斋诗钞》中《自家赴蜀口占》《綦江舟中》《资州晓发》诸诗记道光十年（1830）赴蜀扫墓，黎兆铨《衡斋诗钞》中《出发》《发重庆将赴灌县留别莼斋》《灌县留别李寿亭茂才蔚唐诸君》诸诗，记载他年近七十时，还在五、六月时远赴灌县扫墓，黎庶焘《慕耕草堂诗钞·述祖德勖儿子尹融》诗也谈到灌县扫墓一事。考察诸人前后所作诗词所涉行迹路线，基本上是由（贵阳）遵义出发，北上经桐梓入重庆綦江，经江津西折至泸州，再北上资州入成都、灌县；因路途遥远，资费也大，时间上也不固定于每年清明节前后，而是有路费、有时间、方便时才得以赴蜀，具体时间则从正月至六月都曾发生过。这首词及下一首《归朝欢·春夜闻鹃声》，即是当时黎兆勋远赴蜀中，祭扫曾祖父黎正训墓途中所作。

注释

[1] 史邦卿：南宋词人史达祖（1163—1220？），字邦卿，号梅溪，一生未中第，早年任过幕僚。韩侂胄执政时，史达祖是他最亲信的堂吏，负责撰拟文书；北伐失败后，受黥刑，死于困顿。其词风格工巧，以咏物为长，其中不乏身世之感。黎词所用韵为史达祖《绮罗香·咏春雨》词。

[2] 迷濛：形容烟雾迷漫，景物模糊。宋代翁元龙《江城子》词："月帘栊，影迷濛。"

[3] 平芜：草木丛生的平旷原野。南朝江淹《去故乡赋》："穷阴匝海，平芜带天。"

[4] 闷绝：晕倒。《资治通鉴·唐纪·唐高祖武德元年》："（李）密为流矢所中，堕马闷绝。"

[5] 暮雨朝云：宋玉《高唐赋》："昔者先王尝游高唐，怠而昼寝，梦见

一妇人，曰：'妾，巫山之女也，为高唐之客。闻君游高唐，愿荐枕席。'王因幸之。去而辞曰：'妾在巫山之阳，高丘之阻，旦为朝云，暮为行雨，朝朝暮暮，阳台之下。'"后以"暮雨朝云"指男女间的情爱与欢会。眉妩：同"眉怃"，谓眉样妩媚可爱。《汉书·张敞传》："又为妇画眉，长安中传张京兆眉怃。"

[6] 塔铃：佛塔上的风铃。

归朝欢

春夜闻鹃声

碧树如烟黄晕月。城上啼乌声断绝。蜀王魂气晚归来[1]，岷山千里愁云结。夜阑声暗咽。东风绿沁枝头血。任巫阳[2]，魂招下界，此恨总难灭。

蜀国弦中歌舞歇。愁见王侯纷攘窃[3]。独怜臣甫两歌行，孤忠化作铮铮铁[4]。此翁情激烈。那堪哀怨中宵发。一声声，枕边休诉，况是暮春节。

编年

作年不可确知，姑系于道光二十年（1840）暮春，与上首同时。

注释

[1] 蜀王魂气：据晋代阚骃《十三州志》载：相传战国时蜀王杜宇称帝，号望帝，死后魂魄化为子规（杜鹃），后人因以"蜀魄""蜀帝魂""蜀王魂""杜宇""杜魄"等为杜鹃鸟（子规）的别称。李商隐《井泥四十韵》："蜀王有遗魄，今在林中啼。"

[2] 巫阳：古代传说中的女巫。《楚辞·招魂》："帝告巫阳曰：'有人在下，我欲辅之。魂魄离散，汝筮予之。'"王逸注："女曰巫。阳，其名也。"

[3] 攘窃：盗窃；抢夺。《尚书·微子》："今殷民乃攘窃神祇之牺牷牲用以容，将食无灾。"

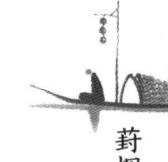

[4] 臣甫两歌行：指杜甫《杜鹃行》《石犀行》两诗，《杜鹃行》用蜀帝杜宇事，黄鹤、钱谦益等以为是指斥李辅国离间唐玄宗、肃宗父子，而庙堂无经济之人；《石犀行》吟咏古迹，号召以人力治水患，又将水患与乱政联系起来，呼唤良相出现。

琵琶仙
送方仲坚还白下[1]

几许离愁，近都挂、在柳堤[一]毵毵处[2]。惆怅新绿长亭[3]，斜阳隐烟雾。湘水外、蘼芜梦远[4]，东风碧透天涯路。洗马工愁，江郎送别，此意堪赋[5]。

问春送君到江南，可能忆、郎州旧烟树[6]。正恐莫愁湖上，不寄销魂句[7]。君记取、晨钟欲动，共剪灯、淡对而语。不耐杜宇声声，劝人归去。

校记

【一】柳堤：黔南丛书本二字倒置，误。

编年

道光十九年（1839）夏，遵义作。

按此首编排比较前后均不连贯，对前后各词系年亦造成困扰。然详郑珍《巢经巢诗钞·前集》卷五有《送方仲坚归金陵》，系于道光十九年（1839），诗有"江南一白鸥，飞入古朗州。止同林鹤语，不共野鸡游。见君恨晚送君早，伤歌杂组冈头草……苍烟莽莽浩无际，千岩杜宇声声哀"句云云。又莫友芝《影山草堂学吟稿》卷下道光十九年有《送方仲坚归江南》诗。莫诗、郑诗与黎词皆为送方仲坚而作，郑珍诗句与黎兆勋词句亦多有重合处，故郑诗、莫诗、黎词应作于同一时。又郑珍《巢经巢诗钞·前集》卷五道光十八年（1838）下有《得玉屏第二，闲辄与方仲坚凝鸣之，（平）樾峰以诗戏赠，次韵和答》，知方仲坚名凝，字仲

坚。清李放纂录《皇清书史》卷十四引《枕经堂题跋》："方凝，字仲坚，歙诸生，精于书翰。"当时遵义知府平翰（字樾峰）甚礼遇郑珍、莫友芝、黎兆勋诸乡贤，且邀郑珍组织编纂《遵义府志》，方仲坚是时当为平翰幕宾，与郑、莫、黎诸子多有交游唱和。道光十八年（1838），平翰因未及时平定仁怀厅温水匪乱，受降职处分委权松桃同知，故方仲坚拟还江南。又据黎恂《运铜纪程》：方仲坚还金陵后，往依江宁布政使成世瑄（1790—1842，字师薛，小字兰生，贵州石阡府人）；黎恂道光二十年（1840）领运一起京铜时，挟子黎兆熙前往，于道光二十一年（1841）三月至江宁，方仲坚曾予以热情接待和帮助，黎恂《蛉石斋诗钞》卷三有《偕方仲坚（自注：凝）游随园》诗，三月二十九日临别，黎兆熙有《金陵别方仲坚》诗（见徐世昌编《晚晴簃诗汇》卷一百六十），后黎氏昆仲兆祺、庶蕃在沪宁活动时，均与方凝有交接。又汪士铎（字梅村）《汪梅村先生文集》题有《方仲坚墓志铭》，然仅有题名而无碑志内容。

注释

[1] 方仲坚：名凝，金陵（南京）人，生平事迹待详考。白下：原南京白下区，地处钟山之阳，秦淮之滨，历史悠久，文化源远，今并入秦淮区。

[2] 毵毵（sān）：同毿毿，形容柳枝细长的样子。

[3] 新绿：初春草木显现的嫩绿色。白居易《长安早春旅怀》诗："风吹新绿草牙坼，雨洒轻黄柳条湿。"长亭：古时于道路每隔十里设长亭，故亦称"十里长亭"，供行旅停息。近城者常为送别之处。庾信《哀江南赋》："十里五里，长亭短亭。"

[4] 蘼芜：香草名，苗似芎䓖，叶似当归，香气似白芷。隋朝薛道衡《昔昔盐》诗："垂柳覆金堤，蘼芜叶复齐。"

[5] "洗马工愁"三句：语本宋代刘辰翁《兰陵王·丙子送春》词："正江令《恨》《别》，庾信《愁赋》。"洗马：官名，本作"先马"，历代

为东宫官属，职如谒者，太子出则为前导；晋及南朝时改掌图籍，隋改司经局洗马，至清末废。此处"洗马"指庾信，庾信有《愁赋》，赵宋人称引最多，今已亡佚，仅存吉光片语在类书和古注中。参下东波《庾信〈愁赋〉考论》（载《中国典籍与文化》，2006年第2期）一文。江郎：指江淹，有《别赋》传世。

[6] 江南：唐宋以前多指今湖北省长江以南部分和湖南省、江西省一带，此处即此意。朗州旧烟树：朗州指湖南常德，其辖地澧州有"关山烟树"美景，历代文人多有题咏，《直隶澧州志》载：每当烟雨欲来，隔江遥望关山，"万本千木，郁蔚烟岚之中"，其亦真亦幻，时隐时现的景象惹人千般遐想；顺治时为狂风所毁，"关山古松，千木尽拔"，"烟树"不复再现，后人感叹"关山烟树何处是"，痛惜美景不再。

[7] 莫愁湖：在江苏省南京市水西门外，周约三公里。相传六朝时有女子莫愁居此，故名，清时号称"金陵第一名胜"。"销魂"句：指江淹《别赋》中的"黯然销魂者，惟别而已矣"。

疏影
池莲

风清月白，正玉人不见，香入瑶席[1]。一片凉波，做弄风情，盈盈水际轻掷。流莺遍点荷衣冷[2]，也不管、轻丝难织。更何时、太华峰头，玉女归来应识[3]。

谁惜淤泥不染，仙姿谪堕处，星落寒碧[4]。怕是瑶池，不种芳根，天上人间相忆。便教镜里愁空照，不愿比、水萍花色[5]。甚亭亭、静倚西风，一任露珠凉滴。

编年

依前首编排，姑系于道光十九年（1839）夏秋之际，遵义作。

注释

[1] 风清月白：微风清凉，月色皎洁。形容夜景幽美宜人。玉人：仙女，此处指池莲。

[2] 流莺：即莺；流，谓其鸣声婉转。

[3] "太华峰头"二句：张衡《思玄赋》："载太华之玉女兮，召洛浦之宓妃。"刘良注："玉女，太华神女。"太华峰：此喻指莲华。玉女，同玉人，指仙女。

[4] "仙姿谪堕"二句：指池莲凋落。

[5] 水蕨：水草名，一年生草本，全株有毛，叶子阔卵形，花红色或白色，可观赏，花果可入药。唐代皇甫松《天仙子》词之一："晴野鹭鸶飞一只，水蕨花发秋江碧。"

解连环
自题《秋林驻马图》

彩云明灭。认枫林疏处，乱鸦千点。荒戍外、隐约邮亭[1]，甚落叶纷纷，马头飞飐。极目伤心，无限思、斜阳低闪。怅浮云日暮，游子衣单，泪痕空染。

而今旧吟频检。叹登山临水，吟愁难减。恨故人、淡抹浓皴，写不尽剑铓[2]，山痕奇险。落拓青衫，好自取、冰绡重展[3]。纵今朝、渔蓑樵笠，尘容难掩。

编年

作年不可确知，姑系于道光十九年（1839）秋，与上首作于一时。

注释

[1] 邮亭：驿馆；递送文书者投止之处。唐代元稹《酬乐天东南行诗一百韵》："邮亭一萧索，烽候各崎岖。"

[2] 剑铓：剑锋。韩愈《送汴州监军俱文珍序并诗》："冲天鹏翅阔，报国剑铓寒。"

[3] 冰绡：薄而洁白的丝绸。唐代王勃《七夕赋》："停翠梭兮卷霜縠，引鸳杼兮割冰绡。"

声声慢
江上闻笛有怀

夕阳西下，远浦星低，一声铁笛遥闻[1]。瑟瑟江流，暮涛呜咽难分。西山碧云未合[2]，泛烟波、欹月黄昏。凝望久，怅佳人何在，空掩柴门。

一片波光零乱，点凉烟、隐约渔火江村。鹭宿团沙，萧萧岸柳汀蘋。秋声尽教暗度[3]，怕明朝、怨入江云。情脉脉，又西风、相望几人。

编年

作年不可确知，姑系于道光十九年（1839）秋。

注释

[1] 铁笛：铁制的笛管。相传隐者、高士善吹此笛，笛音响亮非凡。宋代朱熹《武夷精舍杂咏·铁笛亭序》："（武夷山中之隐者刘君）善吹铁笛，有穿云裂石之声。"

[2] 西山：山名，在四川省北部，为岷山主峰，也称"雪岭"。李白《思边》诗："今岁何时妾忆君，西山白雪暗秦云。"

[3] 暗度：不知不觉地过去。后蜀毛熙震《何满子》词："寂寞芳菲暗度，岁华如箭堪惊。"

百字令
蜀中怀古

华阳黑水[1]，自蚕丛开辟[2]，江山千古。回首英雄纷割据，都为中原

无主。剑阁夔关[3]，苍烟落日，莽莽风云聚。兴亡一瞥，鹃声漫自悲苦。

依旧锦水东流[4]，繁华如故，一片成都土。二百余年论杀劫，夜半江声犹怒。顺逆无常，安危有策，莫计闲歌舞。战场花鸟，孤吟愁绝臣甫[5]。

编年

作年不可确知，似当与此首前《绮罗香·春雨用史邦卿韵》《归朝欢·春夜闻鹃声》作于同一时期，为黎兆勋道光二十年（1840）春远赴四川灌县（今都江堰）祭扫曾祖墓途中作。此词上片写蜀地的兴衰治乱历史，点出蜀中变乱与中原的关系；下片着笔于蜀地眼前繁华，但往日杀劫的惨象，顺逆无常的观念，使人透过歌舞升平景象的外表，觉察出社会的糜烂，预感祸患将发，表现了对时局的隐忧，显示了词人清醒的头脑和深邃的社会洞察力。

注释

[1] 华阳黑水：指蜀中一带。《尚书·禹贡》："华阳黑水惟梁州。"华指华山，华阳即华山之南。黑水：说法不一，此处应为汉水。

[2] 蚕丛：相传蜀王的先祖，教人蚕桑。《艺文类聚》卷六引汉代扬雄《蜀本纪》："蜀始王曰蚕丛，次曰伯雍，次曰鱼凫。"李白《蜀道难》诗："蚕丛及鱼凫，开国何茫然。"

[3] 剑阁：四川省广元市有剑阁县，因境内有"剑阁道"而称"剑阁"，位于四川盆地北缘，地处川、陕、甘三省接合部，有"蜀道明珠"之誉，李白诗句"剑阁峥嵘而崔嵬，一夫当关，万夫莫开"。夔关：鸦片战争前我国最大的商税常关，设在四川东部的夔州（今重庆奉节），是长江上的重要关口，对过往川江的商船征收商税。

[4] 锦水：即锦江，是岷江流经成都市区的两条主要河流，府河、南河的合称，亦称府南河。杜甫《短歌行赠王郎司直》诗："西得诸侯棹锦水，欲向何门趿珠履。"

[5]"战场花鸟"二句：指杜甫《春望》诗句："感时花溅泪，恨别鸟惊心。"

八归
李王祠下夜泊[1]

百丈涛头，离堆怒曳，忽放双江飞下[2]。鸿濛凿破岷山窟，水怪石犀纷伏，神功难罢[3]。更看连环降老蹇，笑铁弩三千低射[4]。想神马、黑夜归来，水上风雷驾。

一自江神娶妇，苍牛战倒，开出三川田坝[5]。父老衣冠，儿童歌舞，仗腊年年酬谢。论千秋名宦，丞相祠堂此其亚[6]。沧波阔[7]，一杯遥酹，古木[一]鸦啼，茫茫江月夜。

校记

【一】木：同治本、黔图本作"本"，误。

编年

作年不可确知，当与上首作于一时。此词歌颂了李冰父子修筑都江堰的功绩，当寄寓着词人自己的理想和情怀。

注释

[1]李王祠：即李公祠，又名"二王庙"，是纪念都江堰的开凿者、秦蜀郡太守李冰及其子二郎的祀庙，在今成都都江堰市西北岷江东岸玉垒山麓。

[2]"离堆"二句：离堆，亦作"离碓"，古地名，在今四川都江堰市。《史记·河渠书》："蜀守（李）冰凿离碓，辟沫水之害，穿二江成都之中。"宋代范成大《怀古亭》诗题注："（怀古亭）在永康离堆之上，离堆分岷江水一派，溉彭、蜀，而支流道郫县以入于府江。"双江：当指筑起都江堰后，开挖的通向成都的柏条河和走马河（即府江）。

[3]"鸿濛"句：语本明代李东阳《长江行》诗："大江西来是何年，奔流直下岷山巅。长风一万里，吹破鸿濛天。"石犀：石刻的犀牛，古人以为置于岸边可镇压水怪。蜀郡太守李冰兴修水利时，曾经刻五头石犀牛以镇江水。晋代常璩《华阳国志·蜀志》："秦孝文王以李冰为蜀守……作石犀五头，以厌[压]水精。"《全蜀总志》："李冰五石犀，在成都府城南三十五里。今一在府治西南圣寿寺佛殿前，寺有龙渊，以此镇之。一在府城中卫金花桥，即古市桥也。"神功：指李冰开凿都江堰。

[4]连环降老蹇：苏轼《神女庙》诗："蜀守降老蹇，至今带连环。"王注：《神异记》："蜀守李冰降毒龙蹇氏，锁之于江上，水害遂息。"山公注：《誓水碑记》："李冰凿山导江，其神怒，化为牛，出没波上。冰操刀入水杀之，因立五石犀于水旁，誓曰：'浅毋至足，深毋至肩。'水患遂息。"铁弩三千低射：明代高启《唐昭宗赐钱武肃王铁券歌》诗句"罗平恶鸟啼初起，犀弩三千射潮水"，指钱镠筑捍海塘，防止钱塘潮水侵袭杭郡，留下"三千铁弩射海潮"的传说。

[5]"江神娶妇"三句：《史记·河渠书》张守节《正义》引《风俗通》云："秦昭襄王使李冰为蜀守，开成都县两江，溉田万顷。神须取女二人以为妇，冰自以女与神为婚，径至祠劝神酒，酒杯澹澹，因厉声责之，因忽不见。良久，有两苍牛斗于江岸，有间，辄还，流汗谓官署曰：'吾斗疲极，不当相助耶？南向腰中正白者，我绶也。'主簿刺杀北面者，江神遂死。"

[6]名宦：居官而名声地位显赫者。丞相祠堂：指祭祀诸葛亮的武侯祠。

[7]沧波：碧波。南朝刘勰《文心雕龙·知音》："阅乔岳以形培塿，酌沧波以喻畎浍。"

木兰花慢

秋江晓望

渡江皋怅望,涣澄碧、晓烟浮[1]。爱桡橹声清,鱼龙影息,叶叶轻舟[2]。乱流[3]。荒荒初日,点征帆摇曳半江秋[4]。多少情怀迥寂,那堪人倚高楼。

勾留。落木带遥洲。芦雁起江头[5]。盼云山故国[6],乡关不见,心事悠悠。凝眸。东城烟火,怅晓星残月一齐收。江上青山淡远,替人的的含愁。[7]

编年

作年不可确知,当与下首作于一时。

注释

[1] 江皋:指江中。明代徐复祚《投梭记·出守》:"泛江皋,片帆冲千层怒涛。"澄碧:清澈而碧绿。李白《赤壁歌送别》:"君去沧江望澄碧,鲸鲵唐突留余迹。"

[2] 桡橹:划船的工具。鱼龙:即鱼龙之属,泛指鳞介水族。鱼在黎明时常有浮头甚至跃出水面的现象,"鱼龙影息"则指水面平静。叶叶轻舟:指小舟如叶。

[3] 乱流:横渡江河。宋代苏辙《武昌九曲亭记》:"乘渔舟,乱流而南。"

[4] 荒荒:惊扰貌。点征帆:谓征帆如点。

[5] 芦雁:芦苇中的雁。

[6] 云山:远离尘世的地方。故国:故乡。

[7] 的的:深切的样子。明代高启《春日怀诸亲旧》诗:"涉世悠悠梦,怀人的的思。"

东坡引
泸阳江上见鹤

雪明天际鹤。云横江上阁。蓬山几负仙人约[1]。只缘风力弱。

凉宵心事,暮秋林壑。几多水村山郭。南飞一例同漂泊。江天无处着[2]。江天无处着。

编年

道光二十年(1840)秋九月,在泸州作。此诗以鹤喻人,写漂泊无依之感,当于道光二十年(1840)秋,自遵义赴泸州路途中作。按黎恂《运铜纪程》及黎兆勋《侍雪堂诗钞》卷二《八月十七日自家往泸州宿团泽口》等诗,知道光二十年二月黎恂领运一起京铜,至七月中旬自昆明出发,需北上至泸州转水运,八月十六日抵泸州;黎兆勋欲为父打理运铜北上事宜,于八月十七日自遵义北上,沿桐梓进入重庆府辖境,下綦江至重庆,再西进经江津,九月二日至泸州,二十五日,因家事急迫"兆勋雇舟由渝州归去",在这段时间多有词作。黎恂运京铜北上,需在泸州转水运,造船、卸铜、装铜、雇佣水手等,停留时间较长,事具载其《运铜纪程》一书中,兆勋回家后,唯仲子黎兆熙一路相随。

注释

[1] "蓬山"二句:谓鹤无大风可以凭借,故数失仙人之约。蓬山,即蓬莱山,相传为仙人所居。李商隐《无题》诗:"蓬山此去无多路,青鸟殷勤为探看。"

[2] 江天:指江河上的广阔空间。

浣溪沙
江楼望晚

楼上凭阑看晚山。岷峨翠落有无间[1]。葛衣凉透不知寒[2]。我欲渡江愁独往,谁能把酒共追攀[3]。客身忙处一心闲。

编年

道光二十年(1840)秋九月,在泸州时作。

注释

[1] 岷峨:特指峨眉山。以其在岷山之南,故称。苏轼《满庭芳》词:"归去来兮,吾归何处,万里家在岷峨。"一说岷为青城山,峨为峨眉山。清代姚鼐《左仲郭浮渡诗序》:"然后登岷、峨,揽西极,浮江而下。"

[2] 葛衣:用葛布制成的夏衣。《韩非子·五蠹》:"冬日麑裘,夏日葛衣。"

[3] 追攀:追随,跟随。韩愈《八月十五夜赠张功曹》诗:"同时辈流多上道,天路幽险难追攀。"

满江红
泸州晓发

柔橹扁舟,鸣榔处、寒山漠漠[1]。重检点、酒瓢诗笠,依然如昨。去棹不愁西上纤,归心已逐南飞鹤。问长江、何事只东流,遥情托[2]。

篷头日,清霜着[3]。枕边梦,寒衾薄。笑来无伴侣,归余芒屩[4]。黄篾楼边人去远,青衣江上舟空泊[5]。算此时、无事入风尘[6],归田乐。

编年

道光二十年(1841)秋九月,自泸州下重庆作。《侍雪堂诗钞》卷二

有《自泸州东归二首》可参。

注释

[1] 柔橹：谓操橹轻摇，亦指船桨轻划之声。杜甫《船下夔州郭宿，雨湿不得上岸，别王十二判官》诗："柔橹轻鸥外，含凄觉汝贤。"鸣桡：谓开船。杜甫《奉使崔都水翁下峡》诗："无数涪江筏，鸣桡总发时。"仇兆鳌注："桡，短棹也。"

[2] 遥情：高远的情思。陶潜《游斜川》诗："中觞纵遥情，忘彼千载忧。"

[3] 清霜：寒霜，白霜。唐代聂夷中《赠农》诗："清霜一委地，万草色不绿。"

[4] 芒屩：即芒鞋。明代胡应麟《少室山房笔丛·丹铅新录八·履考》："六朝前率草为履，古称芒屩，盖贱者之服，大抵皆然。"

[5] 黄篾楼：黄篾舫与楼船的合称，亦泛指有楼的客船。唐代皮日休《奉和鲁望新夏东郊闲泛》："碧莎裳下携诗草，黄篾楼中挂酒篘。"青衣江：大渡河支流，主源为宝兴河，发源于邛崃山脉巴朗山与夹金山之间的蜀西营，流经宝兴，在飞仙关处与天全河、荥经河汇合后，始称青衣江，经雅安、洪雅、夹江于乐山草鞋渡处汇入大渡河。青衣江在魏晋南北朝以前叫青衣水，又称沫水、大渡水，以青衣羌国而得名。

[6] 无事：无须，没有必要。《后汉书·臧洪传》："洪于大义，不得不死；念诸君无事空与此祸，可先城未破，将妻子出。"

望海潮

渝城返棹先寄家人

舟航环集，楼台丛杂，荡摇水色山光[1]。浩浩沧流，巴东形胜，不须过客平章[2]。城堞倚斜阳[3]。怅佛图关下[4]，日落烟荒。高阁笙箫，平沙

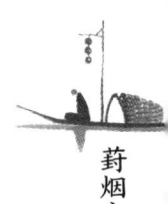

灯火夜清凉。

我行愁思茫茫。叹巫云峡雨，水远山长[5]。猿狖悲秋，鱼龙照影，车轮暗转回肠[6]。到此独思量。想金钱私卜[7]，罗幕焚香。一夜天涯，秋思千里梦还乡。

编年

道光二十年（1840）秋九月，自重庆归家遵义时作，同时《侍雪堂诗钞》有诗《重庆舟中》。黎恂《运铜纪程》载黎兆勋是年九月二日至泸州，二十五日，"兆勋雇舟由渝州归去"。

注释

[1] "舟航"三句：谓环聚的船只与攒聚的楼台在水光山色中摇荡。

[2] "浩浩"三句：谓浩浩沧流与重庆的壮美山川不用过路的旅客来品评。

[3] 城堞：城上的矮墙，泛指城墙。

[4] 佛图关：位于重庆老城西，地势险峻，两侧环水，三面悬崖，自古有"四塞之险，甲于天下"之说，为兵家必争的千古要塞。《巴县志》记载："渝城三面抱江，陆路惟佛图关一线壁立万仞，磴曲千层，两江虹束如带，实为咽喉扼要之区，能守，全城可保无恙。"旧时出重庆城，沿东大路上成都，这是唯一的陆路关隘，出了浮图关才算出了重庆城。

[5] "巫云峡雨"二句：谓离长江巴东一线的风光路程还很遥远。

[6] "猿狖"三句：谓因时光轮换，岁月蹉跎而内心焦虑不安。

[7] 金钱私卜：即金钱卜，旧时以钱币占卜吉凶祸福的方法。其法不一，一般用六枚制钱置于竹筒中，祝祷后，连摇数次，使制钱在筒内翻动，然后倒出排成长行，视六枚制钱的背和字的排列次序，以推断吉凶祸福。唐代于鹄《还随女伴赛江神》诗："偶向江边采白蘋，还随女伴赛江神。众中不敢分明语，暗掷金钱卜远人。"

沁园春
秋夜遣怀

榆叶林边，风扫残云，欹月衔山。有蛩声花影，烟凄露咽，萧萧瑟瑟，篱落之间。薄醉初醒，残香尚袅，自理瑶弦意渺然。停琴处，想孤城吹角，人泊江船[1]。

而今梦稳林泉[2]。与萝月松云共往还[3]。怅滇池瘴雾，遥横天末，蜀江波浪，不到尊前[一][4]。篝火听鸡，窗虚坐雨，夜夜星河落晓天[5]。难堪是，听砧声雁语[6]，别恨经年。

校记

【一】尊前：道光本作"樽前"，义同。

编年

道光二十一年（1841）秋，居家遵义作。词云"而今梦稳林泉。与萝月松云共往还"，当指其居家生活；又词云"怅滇池瘴雾，遥横天末，蜀江波浪，不到尊前""别恨经年"，按黎兆勋道光二十年（1840）春自滇返黔，是秋至四川泸州等地为父打理运京铜北上事宜，故有"滇池瘴雾""蜀江波浪"之句，而"别恨经年"云云，故当系于道光二十一年秋。

注释

[1]"孤城吹角"二句：化用刘长卿《自夏口至鹦鹉洲夕望岳阳寄源中丞》诗句："孤城背岭寒吹角，独树临江夜泊船。"

[2]林泉：指隐居之地。唐代骆宾王《上兖州张司马启》："虽则放旷林泉，颇得闲居之趣。"

[3]萝月松云：萝藤间的明月与青松间的白云。

[4]尊前：在酒樽之前，指酒筵上。唐代马戴（一作薛能）《赠友人边游回》诗："尊前语尽北风起，秋色萧条胡雁来。"

[5]"篝火"二句：疑当作"篝火听雨，鸡窗虚坐"。二句形容"梦稳林泉"的居家生活，孤寂无聊。鸡窗：《艺文类聚》卷九一引南朝刘义庆《幽明录》："晋兖州刺史沛国宋处宗尝买得一长鸣鸡，爱养甚至，恒笼着窗间。鸡遂作人语，与处宗谈论，极有言智，终日不辍。处宗因此言巧大进。"后以"鸡窗"指书斋。

[6]砧声：捣衣声。唐代李颀《送魏万之京》诗："关城曙色催寒近，御苑砧声向晚多。"

水龙吟
菭烟亭月下观梅

绕亭疏影离离，去年移自荒江地[1]。探春鹤去，种梅人远，别来心事。一夜春风，满林烟月[2]，梦魂惊起。问谁将缟袂，吟香伫影，更比玉人清丽[3]。

犹忆。空山独立[4]。有故人、折枝遥寄。吟情仿佛[5]，山海〔一〕林壑，西湖烟水。耿耿虚明，萧萧寒碧，闲云悄倚。叹杜陵索笑，吟怀渐老，夜长无寐[6]。

校记

【一】山海：道光本二字互换。

编年

作年不可确知，姑系于道光二十二年（1842）前后，居家遵义作。菭烟亭，是黎氏私宅亭台。道光二十年前后，黎兆勋居家主理家政，督诸弟力学，并与郑珍、莫友芝等交游，多有唱和。

注释

[1]"绕亭"二句：言去年将来自异地的梅花种植在菭烟亭周围，如今已

纷繁多姿。离离：浓密貌。白居易《赋得古原草送别》诗："离离原上草，一岁一枯荣。"

[2] 烟月：云雾笼罩的月亮；指月色朦胧。唐代张九龄《初发道中赠王司马兼寄诸公》诗："林园事益简，烟月赏恒余。"

[3] 缟袂：白衣，借喻白色花卉。明代高启《幻住精舍寻梅》诗："关山梦别今五年，缟袂谁家月中见。"玉人：容貌美丽的人。

[4] "空山"句：化用吴文英《水龙吟》词句："有人独立空山，翠鬟未觉霜颜老。"空山：幽深少人的山林。独立：超凡拔俗，与众不同。

[5] 吟情：诗情；诗兴。宋代赵师秀《秋色》诗："幽人爱秋色，只为属吟情。"

[6] 杜陵索笑：明代彭日贞《幽芳记十六首·梅》："除却杜陵诗，几人曾索笑。"杜陵：指杜甫。索笑：犹逗乐；取笑。清代薛雪《一瓢诗话》："然其（刘长卿）豪赡老成，则皆过之，得意处竟可与少陵索笑。"吟怀：作诗的情怀。唐代杜荀鹤《近试投所知》诗："白发随梳落，吟怀说向谁？"

满江红
钟馗听鬼吹箫图[1]

雁叫江天[2]，秋飒飒、枫林月黑。谁侧耳、老饕形状，虬髯如戟[3]。城柝不鸣星欲堕[4]，洞箫半咽声潜泣。暗吹残、进士十年心，无人识[5]。袍笏飐，秋风涩[6]。魑魅戏，流萤碧[7]。愧王褒作赋[8]，淋漓濡墨。皤腹尽容群鬼闹，英雄耻乞吹箫食[9]。笑闻根、又堕野狐禅[10]，为君惜。

编年

作年不可确知，姑系于道光二十二年（1842）前后，居家遵义作。

注释

[1] 钟馗听鬼吹箫图：盖艺人根据钟馗捉鬼的民间故事所绘，文人多有题咏，如清末民国邓潜（1855—1928）有《满江红·钟馗听鬼吹箫图》词、赵熙（1867—1948）有《题钟馗听鬼吹箫图》诗等。钟馗：道教俗神，专司打鬼驱邪，中国民间常挂钟馗神像辟邪除灾，从唐至今都流传着"钟馗捉鬼"的传说。

[2] 呌：同"叫"。道光本作"叫"。

[3] "老饕"二句：摹写钟馗相貌，《钟馗传略》记载："夫钟馗者，姓钟名馗，古雍州终南人也，生于终南而居于终南，文武全修，豹头环眼，铁面虬髯，相貌奇异，经纶满腹，刚正不阿，不惧邪祟，待人正直，肝胆相照，获贡士首状元不及，抗辩无果，报国无门，舍生取义，怒撞殿柱亡，皇以状元职葬之，托梦驱鬼愈唐明皇之疾，封'赐福镇宅圣君'，诏告天下，遍悬《钟馗赐福镇宅图》护福祛邪魅以佑平安。故名噪天下也！"《历代神仙通鉴》的记载亦相似。

[4] 城柝：城上巡夜敲的木梆。

[5] "暗吹残"二句：写钟馗听鬼吹箫，想到自己满腹经纶，于唐武德年间赴京城应试，却因长相丑陋落选，愤而撞死殿阶，实属怀才不遇。

[6] "袍笏"二句：谓钟馗身上的官服在涩涩的秋风中颤动。

[7] 魑魅：古谓能害人的山泽之神怪，亦泛指鬼怪。流萤：飞行无定的萤火虫。

[8] 王褒：西汉辞赋家，字子渊，工歌诗，善辞赋，宣帝提倡歌诗音律，王褒受益州刺史王襄推荐，被召入朝。常从帝游猎，所幸宫馆，则令歌颂。不久，擢为谏议大夫。后方士言益州有金马碧鸡之宝，宣帝命他前往祭祀，病死道中。

[9] 皤腹：大肚子。唐代滕白《题文川村居》诗："皤腹老翁眉似雪，海

棠花下戏儿孙。"吹箫食：用伍子胥吴市吹箫乞食事，谓乞食，亦比喻过艰苦的流亡生活。唐代虞世南《结客少年场行》："吹箫入吴市，击筑游燕肆。"

[10] 闻根：即耳根，佛教中六根之一，以能对声而生耳识，故谓耳根。野狐禅：禅宗对一些妄称开悟而流入邪僻者的讥刺语。据说从前有一老人谈因果，因错对一字，就五百生投胎为野狐，后遇百丈禅师点化，始得解脱。明代李贽《说法因由》："务狮子吼，无野狐禅，则续灯之意不虚，张南湖诸公之意亦不虚矣。"

临江仙
喜王郎至[1]

淮海维扬兵燹后[2]，布帆一片迟开。故山门径长蒿莱。南归胡太晚，相见转惊猜。

三十六湖吟不到，听风听水归来[3]。眼中人物几奇才。酒酣仍拔剑，斫地不须哀。

编年

作年不可确知，姑系于道光二十二年（1842）前后，居家遵义作。

注释

[1] 王郎：未详何人，俟考。

[2] 兵燹：因战乱而造成的焚烧破坏等灾害。

[3] 三十六湖：扬州高邮湖在历代文人的吟咏中，常冠以"三十六湖""三十六陂""六六湖"之称。《嘉庆高邮州志》云："凡七十二涧之瀑流，皆汇之于邮之三十六湖，汪洋浩荡，而后入海。"所谓"三十六湖"之数，当约言高邮、江都两地湖泊众多之词。听风听水：相传龟兹国王与乐人于大山间倾听风声和水声，感兴而制乐。因以形

容善于赏玩自然景色。唐代王建《霓裳辞》之一:"弟子部中留一色,听风听水作《霓裳》。"

卖花声
过青田山舍呈邵亭芷升[1]

溪泛绿杨烟。流水涓涓。清明来酹老人泉。只恨遥天双白鹤[2],不住青田。

谁乞买山钱[3]。错在从前。而今吏隐总由天[4]。来往风流成二老,人事他年。

编年

道光二十五年(1845)春,居家遵义作。按:莫友芝《影山词》卷二《卖花声·青田山庐答柏容》词云:"丙舍乐江头。散发林丘。此生何事不堪休。苦恨青田山下水,终日南流。　无计破乡愁。春日悠悠。落花如雪雨如秋。好在椰洲三里外,便是琴洲。"莫词当系于道光二十五年(1845)春,词后附黎兆勋此词。

注释

[1] 青田山舍:莫友芝兄弟在遵义营建的居所。邵亭:莫友芝(1811—1871),字子偲,自号邵亭。芷升:莫庭芝(1817—1890),字芷升,莫友芝弟,道光己酉(1849)拔贡,次年应礼部试不第,遂绝意仕进,官思南教授,有《青田山庐诗钞》《青田山庐词钞》等。

[2] 遥天:犹长空。阮籍《咏怀》之三二:"遥天耀四海,倏忽潜濛汜。"双白鹤:喻莫友芝、庭芝兄弟。白鹤常以比喻具有高尚品德的贤能之士,修身洁行而有时誉者被称为"鹤鸣之士"。

[3] 买山钱:为隐居而购买山林所需的钱。唐代刘禹锡《酬乐天闲卧见忆》诗:"同年未同隐,缘欠买山钱。"

[4] 吏隐：谓不以利禄萦心，虽居官而犹如隐者。唐代宋之问《蓝田山庄》诗："宦游非吏隐，心事好幽偏。"

前调
溪上作

春梦淡于秋。月挂帘钩。半床青史半床愁[1]。一点峨眉天际雪，长在心头。

人事说封侯[2]。不到林丘。白凫翁伴白蘋洲[3]。一片无情溪上水，愁杀沙鸥。

编年

姑系于道光二十五年（1845）春，居家遵义作。按底本本首与上首均编排在"卖花声"这一词牌下，当为一时所作。此词写功名未就的愁绪，可见词人急于用世之心。

注释

[1] 青史：古代以竹简记事，故称史籍为"青史"。
[2] 封侯：泛指显赫功名。
[3] 白凫：白色的野水鸟。杜甫《白凫行》："君不见黄鹄高于五尺童，化为白凫似老翁。"白蘋洲：长满白色蘋花的沙洲。唐代李益《柳杨送客》诗："青枫江畔白蘋洲，楚客伤离不待秋。"

蝶恋花
以词草就正[一]邵亭

一桁斜阳花外树。人倚雕阑，独自伤春暮。别恨闲愁来又去。几回没个安排处。

漫道邯郸能学步[1]。减字偷声[2]，终是无聊语。涩涩吴音娇自度[3]。

侬家生小巴渝住[4]。

校记

【一】就正：道光本、同治本、黔图本无"就"字。

编年

道光二十五年（1845）暮春，居家遵义作。按莫友芝《影山词》卷二《蝶恋花·答柏容即书其〈无咎庵词草〉后》词后附黎兆勋此词。莫氏词云："裂石穿云收更纵。寂寞荒江，独倚铜琶弄。望断三山谁与共？寥寥只有天风送。　大块漫皮都没缝。苦矣词人，梦里还寻梦。腻柳豪苏何处用？英雄末路真堪恸。"由莫氏词亦可知，黎兆勋初拟将其词集命名为"无咎庵词草"。详莫友芝《菿烟亭词序》作于道光二十六年（1846）中夏，且黎兆勋词集亦由"无咎庵词草"改名为《菿烟亭词》，又后一首《满庭芳·示小腾侄》作于道光二十五年，故此首当于道光二十五年暮春作。

注释

[1]"漫道"句：自谓填词乃邯郸学步，一味模仿，并未掌握要领。漫道：莫说，别说。

[2]减字偷声：唐宋曲子词中的术语。一首词的曲调虽有定格，但在歌唱时，还可以对音节韵度略有增减，使其好听。添声杨柳枝，摊破浣溪沙，这是增；减字木兰花，偷声木兰花，这是减。从音乐的角度来取名，增叫作添声；减叫作偷声。从歌词的角度来取名，增叫作添字或摊破，减叫作减字。一般而言，减字必然偷声，偷声必然减字，故常连用。

[3]吴音：吴地的音乐，吴音娇媚。宋代范成大《吴郡志·风俗》："吴音，清乐也，乃古之遗音。唐初古曲渐缺，管弦之曲多讹失，与吴音转远。"自度：自谱词曲。

[4]侬家：自称，犹言我。"侬家"句，谓遵义的方言接近巴渝，与吴音不同。此句对自己词的声律问题提出要求，希望莫友芝能指正一二。莫氏祖上原籍江南省上元县（今江苏上元），故说他"涩涩吴音娇自度"。

满庭芳
示小腾侄[一]

头玉硗硗，石棱焕紫，四岁生异寻常[1]。联翩竹马[2]，鼎沸绕书堂。不识张胡邓吃[3]，参军唤、苍鹘飞扬[4]。论精锐，或非豚犬，何敢望孙郎[5]。

腾来吾语汝，邓攸无子，老去堪伤。[6]使阿咸如我，籍意差强[7]。寄侄诗题杜牧，古人教子重书香[8]。青箱业，他年期汝，试唱《满庭芳》[9]。

校记

【一】示小腾侄：同治本、黔图本无"侄"字；道光本作"示侄小腾"。

编年

道光二十五年（1845），居家遵义作。按：小腾侄指黎汝弼，兆勋胞弟兆祺子，后为兆勋嗣子。黎庶昌《遵义沙滩黎氏家谱》："汝弼，字功甫，小字小腾。道光二十二年（1842）壬寅七月初二日巳时生，兆祺子，出嗣兆勋，光绪己卯（1879）科举人。"词云"四岁生异寻常"，故知此词作于道光二十五年。

注释

[1]头玉硗硗：如美玉一般的头骨，高高隆起。唐代李贺《唐儿歌》："头玉硗硗眉刷翠，杜郎生得真男子。"石棱焕紫：多棱的山石焕发出祥瑞的紫气。

[2]竹马：儿童游戏时当马骑的竹竿。

[3] 张胡邓吃：李商隐《骄儿诗》句："或谑张飞胡，或笑邓艾吃。"张飞莽撞胡来，故云"张胡"。邓吃：《三国志·魏志·邓艾传》："（邓艾）为都尉学士，以口吃，不得作干佐。"后即以"邓艾吃"谓人口吃。

[4] 参军：唐宋时"参军戏"脚色名。苍鹘：唐宋"参军戏"脚色名。李商隐《骄儿诗》："忽复学参军，按声唤苍鹘。"

[5] 精锐：精练勇锐。《东观汉记·冯异传》："闻吏士精锐，水火不避。"豚犬：猪和狗。孙郎：指三国吴主孙权，孙权字仲谋，《三国志·吴志·吴主传》"曹公望权军"裴松之注引晋胡冲《吴历》："公见舟船器仗军伍整肃，喟然叹曰：'生子当如孙仲谋，刘景升儿子若豚犬耳！'"后因以"豚犬"蔑称或谦称不成器的儿子。

[6] "邓攸"二句：自谓老而无子，足堪悲伤。据《世说新语·德行》："邓攸始避难，于道中弃己子，全弟子。"

[7] 阿咸：曹魏时阮籍侄阮咸有才名，因称侄为"阿咸"。籍意差强：即甚强人意、差慰人意。

[8] "寄侄"二句：唐代诗人杜牧《冬至日寄小侄阿宜诗》，勉励其侄子读书："愿尔一祝后，读书日日忙。一日读十纸，一月读一箱。朝廷用文治，大开官职场。愿尔出门去，取官如驱羊。"

[9] 青箱业：即读书事业。《满庭芳》：词牌名。因唐吴融"满庭芳草易黄昏"诗句而得名，又一说得名于柳宗元诗句"偶地即安居，满庭芳草积"。此指自己的这首词。

百字令
怀邵亭

其一

山光西坠，想君思我处，满庭寒碧。叶落空山新雨过，不见故人今夕。穷鸟惊寒，孤云荡暝，更是愁消息[1]。众星如沸，一天暮影摇白。

长夜短褐而吟，孟公如在，定识闲心迹[2]。壶子相迎生气闭，杜德机深难测[3]。叩寂心寥，钩深识短[4]，愧我虚寻觅。别来好在，那堪林卧相忆。

编年

当作于道光二十五年（1845）秋。按：是年秋，黎兆勋往云南大姚省觐，父黎恂时知大姚县，莫友芝《郘亭诗钞》卷二有《送柏容之大姚省觐》（道光二十五年作）诗可证；黎兆勋此词当为其南下云南后怀念莫友芝而作。从黎词有"书城屡拥，叹丹黄亲校，谋生亦窘""一编坐对，有人相视而悦"云云，知其并不知晓莫友芝亦于是秋末启程去麻哈（今麻江）探望岳父夏辅堂，并在麻哈高枧堡过年。又莫友芝自道光二十四年（1844）释服后，因生计困窘，主讲遵义启秀书院。

这组词共四首，其一从对方入笔，想象二人情谊，再写自己漂泊江湖，处境穷困，不如莫氏闲吟淡定，杜机难测。其二为二人遭际鸣不平，一是感叹莫氏虽有渊博精深的学识，却靠校书谋生；二是自叹流寓江湖，"俗学无功"。其三自怜老大，渴望于人事变幻中择取如莫氏传经抱子一样的生活，并望莫氏能够加以指导。其四委婉地向山中知己莫友芝倾诉其怀才不遇之情。

注释

[1] 穷鸟：无处可栖的鸟，比喻处境困穷的人。汉代赵壹《穷鸟赋》："有一穷鸟，戢翼原野。"孤云：比喻贫寒或客居的人。陶潜《咏贫士》："万族各有托，孤云独无依。"《文选》李善注："孤云，喻贫士也。"

[2] "长夜"句：想象莫友芝（自号郘亭）在漫长的秋夜着粗布短衣吟诗作文。孟公：指唐代诗人孟浩然。

[3] 壶子：即壶丘子，名林，战国郑人，列子之师。《庄子·应帝王》："郑有神巫曰季咸，知人之死生、存亡、祸福、寿夭，期以岁月旬日若神。郑人见之，皆弃而走。列子见之而心醉，归，以告壶子，曰：

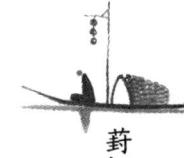

'始吾以夫子之道为至矣,则又有至焉者矣。'……明日,列子与之见壶子。出而谓列子曰:'嘻!子之先生死矣!弗活矣!不以旬数矣!吾见怪焉,见湿灰焉。'列子入,泣涕沾襟以告壶子。壶子曰:'乡吾示之以地文,萌乎不震不正,是殆见吾杜德机也,尝又与来。'"成玄英疏:"壶子,郑之得道人也。号壶子,名林,即列子之师也。"又:"杜,塞也;机,动也。至德之机,开而不发,示其凝淡,便为湿灰。"杜德机:闭塞生机。气是人体生化之本,故生机即气机,入静时气息运行平静,故如气机闭塞不动。亦省作"杜机"。苏轼《祭吴子野文》:"呜呼子野,道与世违。寂默自求,阖门垂帷。兀尔坐忘,有似子微。或似壶子,杜气发机。"范成大《有会而作》诗:"强阳气尽冥恩怨,杜德机深泯见闻。"

[4] 钩深:探索深奥的意义。西晋潘岳《杨仲武诔》:"钩深探赜,味道研机。"

其二

书城屡拥,叹丹黄亲校,谋生亦窘[1]。毋敛难归缘识字,乡学笑君师尹[2]。错综群言,驰驱万卷,若个争精敏[3]。通经足矣,底须雕琢肝肾[4]。

几欲握麈清言,从君讲学,卜筑歌《招隐》[5]。天意微茫人不识,流寓恨须君忍[6]。俗学无功[7],古人可作,所愿终难泯。浩歌一曲,应知我意无尽。

注释

[1] "书城"三句:言莫友芝耽于学术而谋生窘迫。书城:书籍环列如城,言其多。丹黄:旧时点校书籍用朱笔书写,遇误字,涂以雌黄,故称点校文字的丹砂和雌黄为"丹黄"。

[2] 师尹:谓以乡前辈尹珍为师。尹珍(79—162),字道真,东汉牂柯郡毋敛(今贵州正安县,一说独山县)人,是贵州最早见诸史籍,

走出大山叩问中原文化的著名学者、文学家、教育家和书法家，被视为贵州文化教育之拓荒人，曾任尚书承郎、荆州刺史等职。词中黎兆勋认为毋敛为独山，故云"毋敛难归缘识字"，莫友芝是独山人。

[3]"错综"三句：谓莫友芝学识渊博精深。错综群言：将各种学说、资料交叉运用并综合参考。《汉书·叙传下》："错综群言，古今是经，勒成一家，大略孔明。"若个：哪个。精敏：精细敏捷。《汉书·儒林传·丁宽》："时宽为项生从者，读《易》精敏，材过项生。"

[4] 通经：通晓经学。底须：何必。雕琢肝肾：谓用尽苦心去经历磨炼，克服困难。肝肾：犹心思。语本韩愈《赠崔立之评事》诗："劝君韬养待征招，不用雕琢愁肝肾。"

[5] 握麈清言：魏晋士人在清谈时多执麈尾。清言：高雅的言论。卜筑：择地建筑住宅，即定居之意。《招隐》：汉代淮南小山有《招隐士》，晋左思、陆机皆有《招隐》诗，旨在招人归隐。

[6] 天意：上天的意旨。《汉书·礼乐志》："王者承天意以从事，故务德教而省刑罚。"微茫：隐秘暗昧。

[7] 俗学：世俗流行之学。苏轼《送人序》："士之不能自成，其患在于俗学。俗学之患，枉人之材，窒人之耳目。"

其三

露蛩吟晓，诉西风幽怨，声声清绝[1]。百岁风灯人事幻[2]，老矣自怜须发。博雅传经，婴婗抱子，便是长生诀[3]。拜君福慧，相逢先自腰折[4]。

少长暗识行藏，声名何在，空自干心血[5]。无咎庵中形影瘦[6]，待访尚烦风月。敛气师君，冥心印可，指摘情须切[7]。一编坐对，有人相视而悦。

注释

[1] 露蛩：秋露下的蟋蟀。幽怨：郁结于心的愁恨。清绝：凄清至极。

[2] 百岁风灯：语本苏轼《孙莘老求墨妙亭诗》句："后来视今犹视昔，

过眼百年如风灯。"风灯：比喻生命短促，人事无常。

［3］传经：传授经学。杜甫《秋兴》诗之三："匡衡抗疏功名薄，刘向传经心事违。"婴婗（yī ní）：婴儿。《释名·释长幼》："人始生曰婴儿，胸前曰婴，抱之婴前，乳养之也。或曰婴婗。婴，是也，言是人也；婗，其啼声也。故因以名之也。"抱子：犹言生子。《诗经·大雅·抑》："借曰未知，亦既抱子。"

［4］福慧：福德与智慧。腰折：折腰，谓屈身事人。唐代元稹《送友封》诗之二："若见中丞忽相问，为言腰折气冲天。"

［5］少长：从年少到长大。唐代张鷟《朝野佥载》卷二："（张希望）笑曰：'吾少长以来，未曾知此事，公毋多言。'"行藏：指出处或行止。语本《论语·述而》："用之则行，舍之则藏。"

［6］无咎：即无咎，道光本作"无咎"。无咎庵：黎兆勋书斋名。

［7］敛气：聚气。师君：以君（莫友芝）为师。冥心：泯灭俗念，使心境宁静。印可：佛家谓经印证而认可，禅宗多用之；亦泛指同意。指摘：挑出错误，加以批评。

其四

短灯檠畔，听邻鸡喔喔，枕书欹卧。黯澹屋梁留落月，梦为余光照破。秋共宵长，心偕路远，耿耿情无奈[1]。猎虚接响[2]，夜喧不与人和。

咄咄怪事书空，殷生非浩，此意谁知那[3]。结揽遥情迷处所，有根不因寒饿[4]。花径惊厖，凉飙振箨，促席何人过[5]。萧然山谷，念君又检吟课。

注释

［1］耿耿：烦躁不安，心事重重。《诗经·邶风·柏舟》："耿耿不寐，如有隐忧。"

［2］接响：谓一声声相接而传开去。

[3]"咄咄"三句：用南朝"殷浩书空"事典表达内心怀才不遇的不平。《世说新语·黜免》："殷中军（殷浩）被废在信安，终日恒书空作字，扬州吏民寻义逐之，窃视，唯作'咄咄怪事'四字而已。"咄咄怪事：连声惊呼称怪，形容令人惊讶的怪事。

[4]"结揽"二句：委婉地申言怀才不遇之情。结揽：收揽。遥情：高远的情思。处所：停留的地方。

[5]凉飙振箨（tuò）：谓秋风吹落叶。促席：坐席互相靠近。左思《蜀都赋》："合樽促席，引满相罚。乐饮今夕，一醉累月。"《文选》李善注："东方朔六言诗曰：'合樽促席相娱。'"

附：莫友芝《影山词》卷二《百字令·答柏容》四首

其一：

万言杯水，怯枚皋才敏，自来无敌。海市蜃楼弹指现，百宝青红相射。一笑缥然，冥心独往，刊落都无迹。古人可恨，不能相对钩索。

正是落木千崖，澄江一道，孤月分明白。众籁不闻真宰露，恍见故人颜色。作者虽殊，寸心自了，得失谁能易？张军老矣，保疆惟有坚壁。

其二：

此身饮罢，叹荒江浪迹，年年凄窘。谁乞草堂资半亩，空忆往时严尹。字不充饥，经难发迹，万事输人敏。室人谪我，岂惟时俗相哂？

赖有椰叶青田，檬村咫尺，投老堪中隐。往古来今无限恨，破涕对君差损。白发浩歌，青春作伴，一念终难泯。乡关何处，烟波日暮无尽。

其三：

新编诧我，道秦周姜史，近添生活。嚼徵含宫南北宋，脱口一炉冰雪。酒畔三中，花边四远，老矣凭谁说？红牙闲按，笑来多少呜咽。

便做别子南荒，乐章琴趣，磊落三千阕。传与丽谋那解听，夜夜可怜风月。折柳成冠，歌樵信口，引我闲情热。将渠作底，三餐差免虚设。

其四：

玉龙作闹，把仲冬二七，良期虚过。应在潢江桥上立，惆怅雪莲千朵。路短心长，宵深梦短，冷落残灯我。纸窗天籁，惊飙乱叶吹破。

最忆篱角黄昏，蕠姑窥客，倚竹娇难奈。月佩风裳无恙否？别后心情争可。不为相思，也曾消瘦，何况真添个。东君仗你，后期还肯怜么？

金缕曲
寄子尹[1]

其一

叠叠云山绕。盼音书、又过三月，寄怀云表。眠食近来应似旧，醉里歌词须少。论游宦、如君差好。几度灯前怀我出，爱聪明早见娇儿卯。甫携去，怜渠小。

望山堂上摇松筿[2]。怅春时、主人不在，阑阶生草。莫五穷愁余亦病，几日不来春老。深负尔、落花啼鸟。溪雨渐繁流水急，怅山中积思忘昏晓[3]。谁念我，形容槁。

编年

道光二十五年（1845）暮春，居家遵义作。按：道光二十五年（1845）正月，郑珍赴任古州（今贵州榕江县）厅学训导，黎兆勋《侍雪堂诗钞》中有《送子尹署古州训导》诗，莫友芝《邵亭诗钞》卷二有《送子尹权古州厅训导》，郑珍《巢经巢诗文集》中有《往摄古州训导别柏容邵亭二首》。词云"闻道榕城江面阔"，可知作于赴任时。是年秋，郑珍作《寄山中兄弟五首》，分别寄怀胞弟郑子行和郑珏，及表兄弟黎兆勋、黎兆熙、黎庶焘、黎庶蕃；冬，郑珍辞古州厅学训导任，回遵义。

这一组词共四首，其一叙郑珍赴任古州后，已数月不得其音书，转眼春事已歇，词人与莫五（友芝）一病一穷，非常思念郑氏。其二言郑

珍入仕为学官虽职位卑微，但日子潇洒，也是孝事父母的表现；而词人自道老大不小尚在家务农，两相对比，自警为人子者当出仕为官。其三，词人自道仕途不通，本决意仰屋著书，无奈困于流俗，受人嘲笑，因而对郑珍"能得闲官酬所学，胜耦耕相唱歌田亩"表示企羡。其四自道渴慕耕钓生活，就此归隐，但倚天长剑又心有不甘，内心纠结，于是向"云龙追逐伴"的知己郑珍袒露自己的苦衷。

注释

[1] 子尹：郑珍（1806—1864），字子尹，号子午山孩、五尺道人，贵州遵义人，与黎兆勋为姑舅老表，后娶兆勋姐。道光十七年（1837）举人，四次会试均未中，依例选为大挑二等，以教职补用。道光二十五年（1845）正月赴任古州厅学训导，再任荔波县学教谕、镇远府学代理训导和荔波县学训导。每届任期均不足一年。回遵后，先后主启秀、湘川书院讲席，培育郑知同、黎庶昌、莫庭芝等一批俊彦。咸丰五年（1855），有叛苗侵犯荔波，珍率兵守城。同治二年（1863）大学士祁隽藻荐于朝，特旨以知县分发江苏补用，郑珍辞谢不就。同治三年（1864）九月十七日，因咽喉溃穿而卒，葬于遵义禹门子午山。郑珍以经学驰名，李慈铭《越缦堂日记》云："子尹《经说》虽只一卷，而精密贯串，尤多杰见。"莫友芝称子尹"平生著述，经训第一，文笔第二，诗歌第三。而惟诗为易见才，将恐他日流传，转压两端耳"。其诗风格奇崛，时伤艰涩，张裕钊在《国朝三家诗钞》中，将郑珍和施闰章、姚鼐并列为清代三大诗人。著述宏富，上海古籍出版社2012年整理出版了《郑珍全集》（全七册）。

[2] 望山堂：郑珍在遵义禹门子午山独立营建的一所住宅及庐墓、配景。松篠：松与竹。唐代张九龄《南还以诗代书赠京师旧僚》："松篠行皆傍，禽鱼动辄随。"

[3] 积思：刻骨相思。南朝王融《奉和南海王殿下咏秋胡妻》之一："佳人忽千里，幽闺积思生。"

其二

薄宦殊乡境[1]。瘴烟寒、几人禁得，夹衫凉冷。昨夜甥家慈母线，游子故衣重整。谁寄与、烟昏蛮[一]岭。闻道榕城江面阔，唤佳儿共载吟诗艇[2]。烟水趣，输君领。

山中谁办长镵柄[3]。笑春来、栽麻种豆，自怜孱影。老辈无因寻近局[4]，此意惟君能省。更谁念、霜毛加顶。同学少年君最少，幸一官禄养春晖永[5]。人子事，谁当警。

校记

【一】蛮：黔南丛书本作"峦"，误。

注释

[1]"薄宦"句：指在异地做卑微的官职。

[2] 榕城：指榕江。佳儿：称心的儿子，指郑珍之子。

[3] 长镵：古踏田农具。明代徐光启《农政全书》卷二一："长镵，踏田器也。镵比犁镵，颇狭，制为长柄，谓之长镵。"

[4] 无因：无所凭藉，没有机缘。《楚辞·远游》："质菲薄而无因兮，焉托乘而上浮？"近局：近邻，关系密切的亲朋。陶潜《归园田居》诗之五："漉我新熟酒，只鸡招近局。"

[5] 春晖：喻慈母之恩。语出唐代孟郊《游子吟》："谁言寸草心，报得三春晖？"

其三

归鸟喧平楚[1]。又黄昏、行人过尽，蒲生南渚。恰是送行挥手地，已有栖鸥无数。似念我、孤吟难与。仰屋著书吾意决，又何烦嘲笑呼迂腐。

流俗困，君知否[2]。

　　南番地是新开土。怅当年、生苗八万，地名，[一]西林鼙鼓。铁柱风清文德被[3]，礼乐衣冠重睹。试日进、诸生论古。能得闲官酬所学，胜耦耕相唱歌田亩。官里事，力当努。

校记

【一】地名：道光本、同治本、黔图本无小字夹注。按：此二字当为光绪黎氏家集本所添注，后黔南丛书本因之。

注释

[1] 平楚：犹平野。

[2] "仰屋"以下数句：写自己仕途上毫无进展，在家困于流俗的"关怀"与嘲讽，心有所畏。黎兆勋《侍雪堂诗钞》中《东坞感怀》诗云："行藏多被里人猜，门巷萧萧伴草莱。纵不蝇声侪下士，却怜袜线愧雄才。长城五字愁诗到，老屋层轩面水开。一个虚堂谁载酒，白云还望长公来。"所写即此时功名不就，出处不明，前途未卜之情状，招致了里人的猜疑和戏嘲，兆勋困于流俗，内心焦虑，自慰之时亦渴望有人接引。

[3] 铁柱：即柱卷。语出《后汉书·舆服志下》："法冠，一曰柱后，高五寸，以缅为展筒，铁柱卷，执法者服之。"刘昭注引荀绰《晋百官表》："铁柱，言其厉直不曲桡。"风清：社会清平。文德：指礼乐教化，与"武功"相对。

其四

　　籊籊鱼竿起[1]。袅南风、轻丝斜注，磷磷沙尾[2]。鹨鹙飞来看钓客[3]，不见空潭鲂鲤。频怅望、波萦烟水。欲借扁舟江海去，恐韩公无计招侯喜[4]。盘石坐，吾聊以。

故人远隔云千里。便无青萝衣寄我，亦须遥企。细数云龙追逐伴[5]，旧日何人知己[一]。恨长剑、青天难倚。天下伤心宁独我，奈别来行事多尤悔[6]。因忆远，言难已。

校记

【一】知己：道光本、同治本、黔图本作"知巳"，误。

注释

[1] 籊籊（tì）：长而尖削貌。《诗经·卫风·竹竿》："籊籊竹竿，以钓于淇。"

[2] 磷磷沙尾：清澈明净的沙滩。

[3] 鸂鶒：亦作"鸂鷘"，水鸟名，形大于鸳鸯，而多紫色，好并游。俗称紫鸳鸯。温庭筠《开成五年秋以抱疾郊野一百韵》："溟渚藏鸂鶒，幽屏卧鹧鸪。"

[4] "韩公"二句：言己欲归隐田园，即便有人存心引荐，怕也是徒劳无果。侯喜：字叔起，唐代山谷（今河北易县）人，盖韩愈门下弟子，曾与韩愈垂钓洛水，后经韩愈推荐，中贞元十九年（803）进士，后任校书郎、国子主簿等职。按：韩愈贞元十七年（801）有《赠侯喜》诗，描写二人于干涸的洛水里钓小鱼，寄寓着对压抑人才的现实官场的讽刺。同年又作《与汝州卢郎中论荐侯喜状》，向汝州刺史卢虔举荐侯喜。贞元十八年（802），韩愈再作《与祠部陆员外书》，向陆修举荐侯喜，次年陆修佐中书舍人权德舆知贡举，因成进士。

[5] 云龙：喻朋友相得。清代赵翼《余简稚存诗稚存答诗再简奉酬》诗："昔唐有韩孟，云龙两连翩。"

[6] 尤悔：指过失与悔恨。语出《论语·为政》："言寡尤，行寡悔，禄在其中矣。"

齐天乐
游桃溪归来明日赋此阕呈邵亭[1]

孟公挂席几千里,名山更无逢处[2]。淡泊行踪,清癯骨相,还向鹿门归去[3]。幽吟漫与[4]。笑高士心期,十年游屐。故里溪山,才添得夜归诗句[5]。

吾行亦多自娱。有故人招我,乡关留住[6]。石壁搴云,桃溪钓月,曾挈山中游侣。新诗共补。记山寺鸣钟,烟开村树。一样清怀[一],有幽人约赋。

校记

【一】清怀:道光本、同治本、黔图本作"情怀",依词意,作"情怀"意佳。

编年

道光二十五年(1845)暮春,遵义作。莫友芝《邵亭诗钞》卷二道光二十五年有《桃溪石壁同游者芝园、柏容及黎氏叔吉、筱庭、椒园诸弟》《次柏容〈桃溪〉诗韵送芝园》诗,结合本卷下面的《更漏子·莫五斋中偕赵大芝园夜话》词可知,当时黎兆勋、莫友芝、赵商龄(字芝园)等同游桃溪,时常交游。按:此篇衍化孟浩然《夜归鹿门歌》而成。

注释

[1] 桃溪:即遵义桃溪河,在市区近郊。溪边有桃溪寺,据说原为播州土司杨氏庄园中之家庙,明万历二十八年(1600)平播战乱中被焚毁,清朝重建,今为贵州省级文物保护单位。莫友芝《桃溪游归记》:"遵义府治西十里,有溪曰桃溪,寺曰桃溪寺。"

[2]"孟公"句:孟浩然《晚泊浔阳望庐山》诗:"挂席几千里,名山都

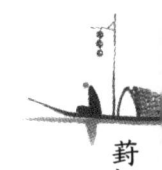

未逢。"挂席：犹挂帆。谢灵运《游赤石进帆海》诗："扬帆采石华，挂席拾海月。"《文选》李善注："扬帆、挂席，其义一也。"

[3] 鹿门：鹿门山之省称，在今湖北省襄阳市襄州区，孟浩然游历长安、吴越归来后在此隐居。

[4] 漫与：犹言随便对付。杜甫《江上值水如海势聊短述》诗："老去诗篇浑漫与，春来花鸟莫深愁。"

[5] 夜归诗句：指孟浩然《夜归鹿门歌》："山寺钟鸣昼已昏，渔梁渡头争渡喧。人随沙岸向江村，余亦乘舟归鹿门。鹿门月照开烟树，忽到庞公栖隐处。岩扉松径长寂寥，惟有幽人自来去。"

[6] 乡关：故乡。留住：等待。

木兰花慢
天池荷花

客心秋共迥[1]，正笛弄、晚风前。眷垂柳疏阴，孤亭倚水，野渚含烟。苍然。数声清峭，带冷香遥度水云天。[2]寒荡波心素月，今宵特为人圆。

陂边。流水暗涓涓。恨少木兰船。怅瑶华采采，欲近无缘，联拳空怜[3]。鹭羽贴，银云冷，覆香眠[一]。人世西风梦醒，吟魂定识青莲[4]。

校记

【一】此词各本文字皆同。然校康熙《钦定词谱》卷二九（上）载《木兰花慢》十二体，均与此词不同。故疑"鹭羽"三句中间有夺文。按：《木兰花慢》十二体，常见为双调一百一字、双调一百二字两种及其变体，亦有双调一百字、双调一百三字两体；黎词九十六字，与体式不协。

编年

道光二十五年（1845）秋，遵义作。天池：黎庶焘《慕耕草堂诗钞》卷一《天池秋泛》诗题下注云："天池，在郡南三十里，为前明土司杨应

龙浚。"

注释

[1] 客心：旅人之情，游子之思。王粲《家本秦川贵公子孙，遭乱流寓，自伤情多》诗："沮漳自可美，客心非外奖。"

[2] 清峭：清越高昂。唐代元稹《五弦弹》诗："赵璧五弦弹徵调，徵声巉绝何清峭。"冷香：指清香的荷花。

[3] 瑶华：玉白色的荷花。采采：华饰貌。联拳：屈曲貌。杜甫《雕赋》："联拳拾穗，长大如人。"

[4] 吟魂：指诗人的梦魂。青莲：青色莲花，瓣长而广，青白分明。又佛教以为莲花清净无染，故常用以指称和佛教有关的事物，如净土。

更漏子
莫五斋中偕赵大芝园夜话[1]

雁来迟，人意远，坐数隔城更点[2]。云漠漠，雨潇潇，秋人同寂寥。沙桥月，桫洲雪[3]，待子重来细说。山曲曲，水深深，剪灯劳夜吟。

编年

作于道光二十五年（1845）秋。莫友芝有《更漏子·影山草堂夜话赠赵芝园》词，云："竹风前，蕉雨里，多少隔年心事。一点点，一更更，话长天易明。　天池路，桃溪树，试问酒醒何处？秋浦远，白云深，几时重话今？"又本书同卷前有《齐天乐·游桃溪》词，可见是时黎兆勋、莫友芝、赵商龄三人交游甚欢。

注释

[1] 莫五：莫友芝。赵大：指赵商龄，字芝园，遵义团溪人，恩贡生。有弟锡龄字芷庭，副贡生。郑珍有诗《赠老友赵芝园芷庭兄弟并示婿廷璜二首》可参，廷璜为赵锡龄仲子。赵氏为遵义望族，世代书

香，民国时期赵锡龄孙赵恺（字乃康）先后参与编撰了《续遵义府志》，校订了郑珍《巢经巢全集》，为贵州一代名士。红军长征时，赵氏与徐特立结下友谊，思想倾向进步。

［2］更点：指更鼓之声。唐代薛能《上盐铁尚书》诗："城绝鼓钟更点后，雨凉烟树月华新。"

［3］沙桥，梛洲：均遵义沙滩禹门所在地名。梛：同"椰"。

金蕉叶
怡轩对雨

午窗梦醒。一庭寒滴疏柳影。碎秋心一片响，萧然客舍冷。

犹忆天池晓艇[1]。荡烟霏、碧虚百顷[2]。云冥冥去不断，疏钟动夕岭[3]。

编年

作于道光二十五年（1845）秋。按：莫友芝《影山词》卷二有《金蕉叶·怡轩对雨有怀》词，后附黎兆勋此词，黎、莫二词同韵，可知二词乃一时唱和。莫氏词云："秋随雨醒。对疏烟、竹山堕影。鸣蝉声曳不起，飘飘枕席冷。　　坐想行时短艇。梦迢遥、惊笼万顷。等闲那便得度，沅南最上岭。"怡轩，盖莫氏家族遵义影山草堂所属之居。莫友芝《郘亭诗钞》卷一有《怡轩歌》，道光二十四年（1844）作，同书卷二有《中秋怡轩对月联句》，道光二十五年作，联句者为其弟莫庭芝。

注释

［1］天池：见本卷前《木兰花慢·天池荷花》编年中对"天池"的解释。

［2］碧虚：指绿水。唐代张九龄《送宛句赵少府》诗："修竹含清景，华池淡碧虚。"

［3］疏钟：稀疏的钟声。

忆旧游

怅年华递换,野伏无功[1],诗卷行吟。此意凭谁识,倚南楼夜色,暗度商声。唤回少日残梦,脉脉诉平生[2]。尽烛烬香残,山空木落,客思沉沉。

凄凉旧时事,悔团圞海月[3],照不分明。待剪灯重叙,怕故人检读,字字伤心。塞鸿知我肠断,飞过有遗音[4]。惆怅暮天寒[5],怎消得此时恨情。

编年

道光二十五年(1845)冬,自家赴云南大姚省觐途中作,是时父亲黎恂知云南大姚县。黎兆勋前往云南,莫友芝有词相送,《影山词》卷二有《八声甘州·送柏容云南省觐》词云:"操梁山曲罢指南云,寥寥送长风。正千林万岫,妆琼缀玉,满望皆同。不识早梅开未,时有暗香通。驱马行天上,人在瑶空。 此去趋庭多暇,奉荷衣仗履,选胜相从。自庄豪开后,俯仰几英雄。漫思量、兴亡陈迹,但汪茫、滇海泻无穷。会心处,挥毫万字,一饮千钟。"是时,莫友芝《邵亭诗钞》卷二又有《送柏容之大姚省觐》(道光二十五年)诗,云:"鸟道千盘雪,怜君独远行。北风吹马尾,直到武侯城。岁晚趋庭意,天涯倚幌情。还将索居处,念取白欧盟。"本首以下至卷末,作于赴滇途中、在滇及回黔时,形成一完整的闭环。

注释

[1] 野伏:指蛰伏乡野,不出仕。无功:没有收获。

[2] 残梦:谓零乱不全之梦。唐代李贺《同沈驸马赋得御沟水》诗:"别馆惊残梦,停杯泛小觞。"脉脉:犹默默。《资治通鉴·隋纪三》隋文帝开皇二十年:"(贺若)弼后语(高)颎:皇太子于己,出口入耳,无所不尽。公终久何必不得弼力,何脉脉邪?"胡三省注:"脉

[3]团圞：即团圆。前蜀牛希济《生查子》词："新月曲如眉，未有团圞意。"

[4]遗音：谓留下声音。苏轼《雷州》诗之三："终日数椽间，但闻鸟遗音。"

[5]暮天：指傍晚的天气。宋代沈遘《五言次韵和景彝秋兴》："暑随朝雨尽，凉入暮天多。"

迈陂塘
白水河观瀑，时大寒后三日[1]

雪初晴、瀑声涩涩。流澌欲去还住[一][2]。明珠万斛冰绡缀[3]，织尽断霞千缕。翳复吐。问底事、潇潇尚自吟风雨[4]。白云如羽。似暗卷涛来，凌虚欲涨，又化碧烟去。

忆前度，掣电轰雷飞舞。白霓倒吸烟雾。岭猿峡鸟迷昏晓，不放夕阳西渡。重来误[二]。那更见、百重树杪泉鸣处。八年前四次过此俱值阴雨。尽教冰冱[5]。幸袅袅晶帘[6]，玲珑透月，犹挂隔江树。

校记

【一】住：底本作"往"，误；据道光本、同治本、黔图本及韵脚改。

【二】误：道光本作"娱"，误。

编年

作于道光二十五年（1845）冬，自家赴云南大姚途经白水河时作。黎兆勋《侍雪堂诗钞》卷二《马龙旅社逢张仆为留一日》《安宁月夜》均作于是时。

注释

[1]白水河：在贵州，发源于今六盘水市六枝特区，流经镇宁县，在关

岭县断桥乡汇入打帮河，全长约50千米，因拥有黄果树瀑布群而闻名于世。白水河瀑布即著名的黄果树瀑布，以处于白水河干流上，古称白水河瀑布，以周边多黄葛榕，亦称黄葛墅、黄桷树瀑布。

[2] 流澌：江河解冻时流动的冰块。《楚辞·九歌·河伯》："与女游兮河之渚，流澌纷兮将来下。"王逸注："流澌，解冰也。"

[3] 明珠：喻瀑布散落的水珠。冰绡：喻瀑布。

[4] 底事：何事。潇潇：风雨急骤貌。《诗经·郑风·风雨》："风雨潇潇，鸡鸣胶胶。"

[5] 尽教冰沍：听凭、不管冰冻。

[6] 晶帘：水晶帘子，喻瀑布。

百字令
六里箐山行

梯云栈壁，踏长林炎莽，马嘶奴哭。此是天边魑魅地，路比鬼门关毒[1]。汉月依人，蛮花笑客，恨入思归曲。瘴氛遥卷，不堪东望凝目。

苍茫一发青山[2]，故园安在，万里心飞逐。擦耳悬崖如溜下，忽共腥风旋谷[3]。堑压槎枒，沙吹雾响，黑到舆夫足[4]。客行愁绝，黄昏正难投宿。

编年

道光二十六年（1846）春，禄丰作。禄丰，时属云南府。六里箐：在今云南禄丰县金山镇西边，崇山峻岭的古滇茶马古道上。词写南下滇云的险恶路程及思乡之情。

注释

[1] 鬼门关：古关名，在今广西北流、玉林之间，其地有两山对峙，形同关隘，甚险恶，中间通道，为古代通往钦、廉、雷、琼及交趾的要冲。《旧唐书·地理志四》："（鬼门关）其南尤多瘴疠，去者罕得

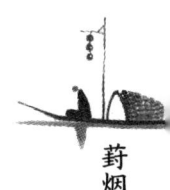

生还。谚曰：'鬼门关，十人九不还。'"

[2] 苍茫：犹匆忙。杜甫《北征》诗："杜子将北征，苍茫问家室。"仇兆鳌注："苍茫，急遽之意。"

[3] 腥风：腥臭之风，亦喻凶残的气氛。韩愈《叉鱼招张功曹》诗："血浪凝犹沸，腥风远更飘。"旋谷：重重山谷。

[4] 舆夫：车夫或轿夫。

临江仙
大姚署中偕山阴许厚斋夜话感赋

独客送春江海阔，一篷初泊虹桥[1]。桥头帘影不须招。断红流忽到[2]，不敢怨寒潮。

此去看山须辍棹，为谁南浦魂销[3]。离忧滞客太无聊[4]。越山青似昔，千里暮云飘。

编年

当作于道光二十六年（1846）春，云南大姚作。时父黎恂知大姚县事。许厚斋，山阴人，事迹不详。

注释

[1] 一篷：犹言一帆。虹桥：拱曲如虹的长桥。

[2] 断红：飘零的花瓣。宋代周邦彦《六丑·蔷薇谢后作》词："恐断红尚有相思字，何由见得。"

[3] 南浦：南面的水边。后常用称送别之地。《楚辞·九歌·河伯》："子交手兮东行，送美人兮南浦。"

[4] 离忧：忧伤。滞客：谓久处下位而未得升迁的人。汉代扬雄《逐贫赋》："久为滞客，其意谓何？"

八归

郭让泉少尉八年不见矣,顷自永昌军中归来,与余遇于迤西旅馆,慨然话旧,并述军事,即席赋赠。[1]

尊酒相逢,溧阳老尉[2],依旧苦吟愁句。去年月黑蛮溪瘴,闻道风干鸣镝[3],先催强虏。大树论功期第一[4],竟博得将军骄怒。笑射虎、李广无功,且短衣归去[5]。

我亦雄心暗激,封侯奇梦,曲唱邯郸儿女[6]。董大琵琶,申胡觱篥,诉尽平生心绪[7]。慨连营画角,吹不散边关风雨。更何人、横戈草檄[8],怒发萧梢,五更趋战鼓。

编年

道光二十六年(1846)春,自云南回黔途中作,是时父亲黎恂仍知大姚县。郭让泉,生平事迹不详,当是黎兆勋道光十七年(1837)秋赴滇那次所结交者,时当任某县县尉(少尉)。序云"述军事",按道光二十五年(1845),云南永昌府保山县回汉两族发生纠纷,被保山县汉族地主团练组织集团"香把会"利用,在官府的支持和纵容下,矛盾进一步激化。后回民杜文秀等进京告御状,引起清廷重视。道光二十七年(1847),朝廷以林则徐接替民愤甚大的贺长龄,担任云贵总督。是年十月,林则徐走马上任,开始受理保山一案。他起用一批与此事没有瓜葛的官员重新明察暗访,调查事情真相,摸清了案子真相后,便开始以铁腕镇压对抗官府的保山香把会和回民武装。道光二十八年(1848)正月,林则徐移镇大理,开始武力平乱。三月,平定弥渡,进军永平、永昌府、保山,期年而保山案告破。此词描写沙场立功的友人郭让泉"短衣归去"的不幸遭际,借以抒发自己的"封侯奇梦""横戈草檄",皆不过是梦幻泡影。

注释

[1] 永昌军：明清时期在云南保山等地设永昌军民府。迤西：明清时期称昆明以西地区为迤西，清置迤西道，驻大理府。

[2] 溧阳老尉：指称郭让泉。用唐代诗人孟郊典故，孟郊年近半百方进士及第，五十岁时被任为溧阳尉，在任不事曹务，常以作诗为乐，被罚半俸，韩愈称他为"酸寒溧阳尉"。

[3] 鸣镝：即响箭，矢发射时有声，故称；借指战乱。这三句言郭让泉在战乱中立下首功。

[4] 大树论功期第一：此句以东汉大将冯异比郭让泉。东汉大将冯异战功累累而"谦退不伐"，论功行赏时总是一个人躲避到树下，不居功自傲，被戏称为"大树将军"。"大树"前后数句言郭因战功当得封赏而竟不得，遂短衣归去。

[5] 射虎：《史记·李将军列传》："（李）广所居郡，闻有虎，尝自射之。及居右北平，射虎，虎腾伤广，广亦竟射杀之。"

[6] 曲唱邯郸儿女：古代赵国都城邯郸流行舞曲《邯郸曲》。清代姚鼐《秦宫辞》云："秦皇爱听邯郸曲，不及丛台夜宴声。"

[7] "董大"三句：自谓怀才不遇，渴望知音赏识援引。唐代李颀有《听董大弹胡笳声兼寄语弄房给事》诗，寄寓琴师董大得遇知音；李贺有《申胡子觱篥歌》，寄寓怀才不遇之情。

[8] 横戈草檄：谓在行军途中草拟檄文或撰写官方文书。

解连环

碧鸡关晚望[1]

洪波掀雪。被危峰压断[2]，海风南折。正满眼、落日征帆，都付与江天，暮云横截[3]。千古雄关，几曾见、蛮烟销歇。只鱼龙拜浪，猿鸟呼风，十分凄绝。

旧游已凋华发。怅东风马首[4]，一声啼鴂。任南征、怨曲横吹，浑不似当时，关山明月。回首苍茫，那更问、汉家城阙。又还待、王褎行到，为君细说[5]。

编年

道光二十六年（1846）春，自滇回黔途经昆明碧鸡关作。按：碧鸡关晚望所见乃滇池，故有"洪波掀雪"云云。

注释

[1] 碧鸡关：昆明城西南碧鸡山（西山）北的古道关隘，形势险要，为战略要地，明清两朝从昆明到大理的南丝绸之路要经过九关十八铺，碧鸡关是这条古道的第一雄关。

[2] 危峰：高峻的山峰。谢灵运《山居赋》："傍危峰，立禅室，临浚流，列僧房。"

[3] 横截：横渡。

[4] 旧游：昔日交游的友人。宋代苏辙《送柳子玉》诗："旧游日零落，新辈谁与伍？"东风马首：南宋葛绍体《送尹惟晓县尉》诗："三千里外潜江县，马首东风得意行。"马首：马首所向，指策马前进。

[5] "王褎"二句：《汉书》卷二十五下《郊祀志下》："或言益州有金马碧鸡之神，可醮祭而致，于是遣谏大夫王褎使持节而求之。"汉代云南大部分属益州郡（治滇池县，即今昆明市晋宁区）管辖。又王褎作《碧鸡颂》，刘孝标《广绝交论》："骋黄马之剧谈，纵《碧鸡》之雄辩。"吕延济注："王褎为《碧鸡颂》，雄盛辩（辞）之谓也。"

解语花
昆明池上早春

马头雪拥，海上人归[1]，春梦瑶台晓。明霞遥绕。鞭丝外、淡荡东风

太早[2]。红酣树杪。甚几日、寒云尽扫。城郭静，人滞钿车，陌上花骢少[3]。

簇簇生香霏未了[4]。认夕阳红处，几枝欹倒。横斜偏好。便休忆、去日冷烟黏草。重来自恼。算只待、酒帘青袅[5]。向小桥、扶醉迟归，唤数声啼鸟。

编年

道光二十六年（1846）春，云南昆明作。是时正返黔途中。

注释

[1] "马头"句：化用韩愈《左迁至蓝关示侄孙湘》诗句"云横秦岭家何在，雪拥蓝关马不前"。形容前路艰险，前程迷惘。海上人归：自谓从云南返回故乡。

[2] 鞭丝：马鞭，借指出游。淡荡东风：指和舒的东风。

[3] 钿车：用金宝镶饰的车子。花骢：即五花马。宋代周邦彦《夜飞鹊·别情》词："花骢会意，纵扬鞭，亦自行迟。"

[4] "簇簇"句：一丛丛的芸香气味弥漫在空气中。生香：指芸香，多年生草本植物，根系发达，支根多，根皮淡硫黄色，植株高达1米，各部有浓烈特殊气味。叶羽状复叶，灰绿或带蓝绿色。花金黄色，花柱短，子房每室有胚珠多颗，每年3—6月及冬季末期开花，7—9月结果。

[5] 酒帘：旧时酒店所用的幌子，以布缀竿，悬于门首，作招徕酒客之用。青袅：缭绕的炊烟。

丑奴儿令
宿白水河[1]

三间板屋悬崖宅，不是江鸣。却是山鸣。白水河西月尚明。

起来挑剔残灯坐，要听鸡声。却听猿声。客子真愁是五更。

编年

道光二十六年（1846）春，自云南返黔北遵义途经白水河作。

注释

[1]白水河：在贵州西南，参见同书卷一《霜叶飞·白水河观瀑》、卷二《迈陂塘·白水河观瀑时大寒后三日》相关注释。

八声甘州
寄王子煦[1]

最萧疏是皂荚林边[2]，阴阴小茅堂。有秋声栖树，江声啸雨，月色凝霜。想见更阑酒醒，蠹简溢丹黄[3]。城角星初落，灯火清凉。

犹忆残春醉别，又一川烟草，绿过横塘[4]。问故人门巷，花径几斜阳。怅南风、渐疏吟盏，正鹏鸪、啼恨搅离肠。怀君处、东林烟火，楼外山苍。

编年

道光二十六年（1846）秋，在遵义家中作。

注释

[1] 王子煦：据莫友芝《邵亭外集》载《同研王子煦隐米市中弃举业二年矣近乃刻意学诗可尚也》诗题中注，知其名槐琛，为莫友芝同窗，又作王子觐，生平事迹未详，莫友芝诗中多涉及此人。

[2] 萧疏：寂寞，清冷。

[3] 更阑：更深夜残。唐代方干《元日》诗："晨鸡两遍报更阑，刁斗无声晓露干。"蠹简：被虫蛀坏的书；泛指破旧书籍。丹黄：旧时点校书籍用朱笔书写，遇误字涂以雌黄，故称点校文字的丹砂和雌黄为

丹黄。

[4] 横塘：泛指水塘。温庭筠《池塘七夕》诗："万家砧杵三篙水，一夕横塘似旧游。"

贺新凉
送介亭弟[一][1]之大姚

一线云南道。叹今年、兄来弟去，行踪颠倒。老去儿曹愁远别[2]，去住如何是好。怕听是、乌[二]啼天晓。记得临行娘面嘱，望吾家季子来归早。行莫畏，梅炎藻。

人生最患图温饱。是奇男、一灯篝火，遗编长抱。学道要从贫里得，勿为饥寒烦恼。又何况、田园足保。窃叹平生姜被在，恐怡怡敬长如君少[3]。千万恨，离忧扰。

校记

【一】介亭弟：道光本、同治本、黔图本作"八弟"。

【二】乌：同治本、黔图本作"鸟"，误。

编年

道光二十六年（1846）秋冬，在遵义送胞弟黎兆祺（号介亭）赴云南省觐作。

注释

[1] 介亭：黎兆祺（1820—1885），字叔吉，号介亭，黎恂第三子，少从长兄兆勋及外兄郑珍学诗，研治宋学。咸丰时期，黔北爆发民族起义，他与胞弟兆铨、从弟庶蕃等创办团练，督促乡民修筑禹门寨自图保全。因军功任过知县、知府，曾到南京投奔过曾国藩。晚年定居贵阳，著有《息影山房诗钞》四卷。

[2] 儿曹：犹儿辈。韩愈《示儿》诗："诗以示儿曹，其无迷厥初。"

[3] 姜被：《后汉书·姜肱传》："肱与二弟仲海、季江，俱以孝行著闻。其友爱天至，常共卧起。"李贤注引《谢承书》曰："肱性笃孝，事继母恪勤。母既年少，又严厉。肱感《恺风》之孝，兄弟同被而寝，不入房室，以慰母心。"后因以"姜被"指兄弟之情。怡怡：安适自得的样子；特指兄弟和睦的样子。《论语·子路》："朋友切切偲偲，兄弟怡怡。"

荷烟亭词卷第三

风入松

春杪偶过子午山,与子尹闲话,触景言情,遂成此阕。

桐林郁郁带晨霞。清紫溢蕉花。西山云聚峰如复,挂泉磴、一径烟斜。谁向江湄[一]伐木,岂因毚兔施置[1]。

汝南诺弃客还家[2]。书卷理生涯。鹍鸡弦断东风老[3],倚晴窗、细读南华[4]。乳窦间疏石脉,绿尘试碾春茶[5]。

校记

【一】江湄:底本作"江头",据同治本、黔图本改。

编年

道光二十七年(1847)春,居家遵义作。按:道光二十五年(1845)初,郑珍(子尹)赴古州厅学官,是冬辞职回遵义,不久掌教遵义湘川书院;二十六年(1846),郑珍自尧湾迁入望山堂——子午山旧名,道光二十一年(1841)郑珍葬母郑黎氏于望山堂,为墓庐,"以山位正子方,因名之曰子午"(郑珍《子午山诗七首》),又郑珍《望山堂记忆》:"望山堂,子午山旧名也。"自古州回遵义后,郑珍一直主讲遵义湘川书院,直到道光二十七年(1847)冬方出遵义至水西(今贵州黔西、大方一带)。词云"汝南诺弃客还家,书卷理生涯",显然在其自古州回遵义后;而词序云"春遇过子午山,与子尹闲话",则此时郑珍已居子午山无疑,故当系于道光二十七年春。

注释

[1] "谁向"二句:语本南朝鲍照《拟古八首》其一:"伐木清江湄,设置守毚兔。"江湄伐木:《诗·国风·魏风》:"坎坎伐檀兮,置之河之干兮。河水清且涟猗。"伐檀,砍伐檀树。毚兔施置:《诗·国风·周南》:"肃肃兔罝,椓之丁丁。"又《诗·小雅·巧言》:"跃跃毚兔,

遇犬获之。"肃肃（suō）：网绳整饬严密的样子。罝（jū）：古代捕野兽的网。椓（zhuó）：打击。丁丁（zhēng）：击打声。布网捕兽，必先在地上打桩。毚兔：狡兔，大兔。此二句，谓设网捕兔不成，只好江湄伐木以造车。盖喻此路既不通，遂另择他路以谋生。

[2] 汝南诺：东汉宗资为汝南郡守，政事委功曹范滂，自己但画诺而已。后因以"汝南诺"借指郡守不理政事。谢朓《郡内登望》诗："方弃汝南诺，言税辽东田。"《文选》李善注引《续汉书》："汝南太守南阳宗资任用范滂，时人谣曰：'汝南太守范孟博，南阳宗资主画诺。'"

[3] 鹍鸡弦：即鹍弦，用鹍鸡筋做的琵琶弦。亦泛指乐器的弦。庾信《春日离合二首》诗："三春竹叶酒，一曲鹍鸡弦。"

[4] 南华：《南华真经》的省称，即《庄子》的别名。

[5] 乳窦：石钟乳洞。南朝鲍照《从登香炉峰》诗："旋渊抱星汉，乳窦通海碧。"间疏：《史记·高祖本纪》："汉王患之，乃用陈平之计，予陈平金四万斤，以间疏楚君臣。"石脉：山石的脉络纹理。唐代韦应物《龙门游眺》诗："花树发烟华，淙流散石脉。"绿尘：绿色尘末，喻茶叶末。范仲淹《和章岷从事斗茶歌》："黄金碾畔绿尘飞，紫玉瓯心雪涛起。"

一萼红

谪仙楼感赋

气温暾[1]。向城东步屧，朱碧晕苔痕[2]。布谷催耕，提壶邀客，艳艳春事初繁[3]。杜陵句、云轻花远，凝望久、风景易黄昏[4]。冷淡游人，苍凉酒盏，刻意伤春[5]。

谁念青莲居士，抱吟愁千古，醉小乾坤。采石江山，镜湖风月，今日何处招魂[6]。试问他、天涯芳草，擅长句、谁解梦王孙[7]。空负高楼烟雨，十里江村。

编年

系年不可确证，依编排体例和顺序，当于道光二十七年（1847）春，遵义府城作。谪仙楼，在遵义府城湘山北面的桃源山上。嘉庆中，知府赵遵律经过长期考察研究，认为"诗仙李白确实长期流放夜郎"，于是在桃源山巅建谪仙楼，高敞雄丽，目尽城郭，并撰《谪仙楼记》，勒石于桃源洞口，录李白《白田马上闻莺》《赠徐安宜》二诗，并一时记咏。唐诗人李白号青莲居士，曾因附逆永王李璘罪被流放"夜郎"——今遵义桐梓一带。历史上的夜郎，有夜郎国、夜郎郡、夜郎县诸称，汉武帝开通西南夷后，夜郎国君长又被赐封夜郎王。学术界认为古夜郎国并非一个集权国家，而是古代贵州境内各民族部族建立的军事同盟，黔西南是古夜郎国的中心，其统治核心区域随部族的强弱变化而流动不居，今晴隆与关岭之间的夹缝地带（北盘江上游）、长顺县广顺古镇等都曾成为夜郎国的统治核心区域。简言之，战国至秦汉时有古夜郎国，西汉成帝时灭夜郎国而分其地入牂牁郡和犍为郡，今安顺城南的宁谷镇，就曾为汉代牂牁郡夜郎县治。此后东汉、两晋、南北朝曾设夜郎郡，位于北盘江上游，辖境多属古夜郎国范围。据《旧唐书·地理三》：唐武德四年（621）夷州（原绥阳郡）领夜郎（今凤冈一带）等十三县，贞观元年（627）省夜郎；贞观六年（632）置珍州，治夜郎县（今正安一带），天宝元年（742）改珍州为夜郎郡，乾元元年（758）复改珍州；而播州（今桐梓一带，即李白流放地）在汉朝为夜郎郡故地，也称夜郎；又贞观八年（634）巫州（治龙标县）置夜郎县（今湖南新晃一带），开元二十年（732）改峩山县，即李白《闻王昌龄左迁龙标遥有此寄》诗所云之"夜郎"）。夜郎作为唐代黔中道境内县名，至少出现三地，时间上还有重合，难以解释。一种大胆的解释是：李唐王朝（历代王朝）常依据朝廷实际控制的疆域，对边缘地带采取羁縻分封政策，将贵州境内羁縻地土官的封地称为"夜郎"，

而"夜郎"作为封地也并非指某座固定城池，可能同时几个"夜郎"并存，其实际所指地理位置也随着土官的变化、流动而不断发生改变。这有如历代藩王之封邑，如汉代梁王与晋、隋、唐、宋、元、明各代梁王的封邑，显然并不相同，但皆称"梁王"。

注释

[1] 温暾：亦作"温炖"，微暖，不冷不热。

[2] 步屟：行走，漫步。

[3] 布谷：鸟名，以鸣声似"布谷"，又鸣于播种时，故相传为劝耕之鸟。杜甫《洗兵行》："田家望望惜雨干，布谷处处催春种。"提壶：鸟名，即鹈鹕。欧阳修《啼鸟》诗："独有花上提壶芦，劝我沽酒花前醉。""艳艳"句：指春耕繁忙。唐代李群玉《感春》诗："春情不可状，艳艳令人醉。"

[4] 云轻花远：语本杜甫《涪江泛舟送韦班归京》诗句："花远重重树，云轻处处山。"

[5] 冷淡：冷清、幽寂。刻意：用尽心思。

[6] "采石"三句：谓昔日李白在采石矶、镜湖留下太多故事，这些地方可以招到李白的魂魄吗？采石：指采石矶。《新唐书·文艺传中·李白》："（李白）尝乘月与崔宗之自采石至金陵，着宫锦袍坐舟中，旁若无人。"镜湖：在今浙江绍兴会稽山北麓，东汉永和五年（140）在会稽太守马臻主持下修建，以水平如镜，故名。李白《越女词》之五："镜湖水如月，耶溪女如雪。"

[7] 天涯芳草：唐代王维《山中送别》诗："春草明年绿，王孙归不归？"此化用《楚辞·招隐士》"王孙游兮不归，春草生兮萋萋"二句。刘安《招隐士》因游子久去而叹其不归，王维诗则在与行人（王孙）分手的当天就惟恐其久去不归。宋代李重元《忆王孙·春词》："萋

萋芳草忆王孙，柳外楼高空断魂，杜宇声声不忍闻。"感慨暮春时的萋萋芳草总是让人想起久去不归的游子。故黎兆勋此词下片，就行人（李白）归不归下笔写去，意谓采石矶、镜湖这些地方已经不能招到谪仙李白之魂，而遵义"谪仙楼"里，青莲居士李白在此"抱吟愁千古，醉小乾坤"，试问李白，你面对"天涯芳草"还回去吗？

王孙：旧时对行人的尊称，此处指李白。

潇湘夜雨
莳烟亭漫兴

松古于仙，花娇如女，水云认我行藏。壶天昼永日清凉[1]。争百岁、谁怜瘦影，拌[一]此夕、吟断饥肠。卿姑去，梧桐月上，夜气苍苍。

东邻诗老，不夷不惠，风趣疏狂[2]。傥明朝携酒，步过山堂。骚可读、先酬一醉，秋便酌、何待重阳。关心是，藾洲笛谱，歌板细平章[3]。

校记

【一】拌：同治本、黔图本作"拚"。

编年

系年不可确证，依编排体例和顺序，当作于道光二十七年（1847）秋，时居沙滩禹门家中。

注释

[1] 壶天：《后汉书·方术传下·费长房》：东汉费长房为市掾时，市中有老翁卖药，悬一壶于肆头，市罢，跳入壶中。长房于楼上见之，知为非常人。次日复诣翁，翁与俱入壶中，唯见玉堂严丽，旨酒甘肴盈衍其中，共饮毕而出。后即以"壶天"谓仙境、胜境。

[2] 东邻诗老：东边作邻居的诗人，臆度为郑珍。诗老，对诗人的敬称，

意谓老于作诗者，作诗老手。苏轼《凤翔八观·王维吴道子画》诗："摩诘本诗老，佩芷袭芳荪。"不夷不惠：扬雄《法官·渊骞》："不夷不惠，可否之间也。"夷，指伯夷；惠，指柳下惠。谓不做伯夷也不学柳下惠，比喻折中而不偏激。风趣：幽默诙谐。疏狂：豪放，不受拘束。

[3] 歌板：即拍板，乐器，歌唱时用以打拍子，故名。唐代李贺《酬答》诗之二："试问酒旗歌板地，今朝谁是拗花人？"平章：品评。

梅子黄时雨
秋夜雨窗咏竹

东坞池西，有疏影绕阶，帘幕萧散。自积雨经旬，几竿斜偃。窗外琅玕声似怨，夜来别梦都敲断[1]。残更短[2]。替诉古愁[3]，蕉韵分半。

灯暗。个侬谁伴[4]。怪萧郎渐老，吟兴疏懒[5]。怅翠袖寒深，凉风吹满[6]。绿凤飞来秋已暝，黯销魂雨昏池馆。凭谁管。一声楚江孤雁。

编年

系年不可确证，依编排体例和顺序，当于道光二十七年（1847）秋，居家遵义作。

注释

[1] 琅玕：形容竹之青翠，亦指竹。杜甫《郑驸马宅宴洞中》诗："主家阴洞细烟雾，留客夏簟青琅玕。"仇兆鳌注："青琅玕，比竹簟之苍翠。"别梦：离别后思念之梦。唐代张泌《寄人》诗："别梦依依到谢家，小廊回合曲阑斜。"

[2] 残更：旧时将一夜分为五更，第五更时称残更。唐代沈传师《寄大府兄侍史》诗："积雪山阴马过难，残更深夜铁衣寒。"

[3] 古愁：谓怀古幽思。宋代苏舜钦《舟至崔桥士人张生抱琴携酒见访》

诗:"晚泊野桥下,暮色起古愁。"

[4] 个侬:这人,那人。唐代韩偓《赠渔者》诗:"个侬居处近诛茅,枳棘篱兼用荻梢。"

[5] 萧郎:本指未称帝前的梁武帝萧衍。《梁书·武帝纪上》:"(王)俭一见(萧衍)深相器异,谓庐江何宪曰:'此萧郎三十内当作侍中,出此则贵不可言。'"后世诗词中常借为女子对所喜爱男子的泛称。唐代范摅《云溪友议》卷上"襄阳杰"条载:唐代秀才崔郊"寓居于汉上,蕴积文艺,而物产罄悬。无何,与姑婢通,每有阮咸之从。其婢端丽,饶彼音律之能,汉南之最也。姑贫,鬻婢于连帅。连帅爱之,以类无双,给钱四十万,宠盻弥深。郊思慕不已,即强亲府署,愿一见焉。其婢因寒食来从事家,值郊立于柳阴,马上连泣,誓若山河。崔生赠之以诗曰:'公子王孙逐后尘,绿珠垂泪滴罗巾。侯门一入深如海,从此萧郎是路人。'"后因以"萧郎"指美好的男子或女子爱恋的男子。唐于鹄《题美人》诗:"胸前空戴宜男草,嫁得萧郎爱远游。"

[6] 翠袖:青绿色衣袖,泛指女子的装束。杜甫《佳人》诗:"天寒翠袖薄,日暮倚修竹。"

花犯

东溪南岸人家园墙多植桃李,春雨初晴,扁舟载酒,流览忘归,歌以咏怀。

怅秦郎,莺花正丽,春愁忽如海[1]。此情千载。泛十里东风,香弄烟霭。武陵人杳仙源在[2]。重来应有待。须认取、落霞明镜,繁华春不改。凌波飐双燕红襟,呢喃语,似说江山精彩[3]。吟望久,倚兰橄、碧云遥对。多情是、照人朗月。依黯黯、花林光炯碎。又碧岸、涧芳凝露,添明珠万琲[4]。

编年

系年不可确证，依编排体例和顺序，当于道光二十八年（1848）春，居家遵义作。

注释

[1]"怅秦郎"三句：盖用秦观事。秦观《浣溪沙》词有"自在飞花轻似梦，无边丝雨细如愁"句，宋代芮烨《题莺花亭》诗："淮海秦郎天下士，一生怀抱百忧中。"

[2]武陵人杳仙源在：用陶渊明《桃花源记》中的桃源仙境，比拟南岸人家园墙中的美景。

[3]凌波：指燕子在水上飞掠。红襟：指燕子前胸的红羽毛。呢喃语：燕鸣声。五代刘兼《春燕》诗："多时窗外语呢喃，只要佳人卷绣帘。"

[4]"碧岸"三句：谓两岸的绿叶、涧中的花香凝结而成成串的露珠。

满江红

忽忽乎余亦不知梦中之游何为而成也。或曰因思成梦，则余无所思；或曰因缘入梦，则余夙无缘。醒且识之，亦欲不忘临别謷詻之意云尔。[1]

衡麓苍苍，挂帆影、晓迎东旭[2]。扬舲去、云涛雪浪，远烟浮绿。紫雾沾衣人檥[一]棹，丹台带月鸾吟竹[3]。恍天风、吹我上崇崖[二]，骑苍鹿[4]。

惊识面，髯翁熟。携草册，沅湘录。步清泉白石，飞花乱扑。指点归途凌海色，立谈劝我游林屋[5]。怅啼鸦、呼醒梦迷离，难重续。

校记

【一】檥：同治本、黔图本作"艤"，即"舣"字。

【二】崖：同治本、黔图本作"岩"。

编年

系年不可确证，依编排体例和顺序，当于道光二十八年（1848）春，居家遵义作。

注释

[1] 諈诿（zhuì wěi）：嘱托。词序首句仿韩愈《忽忽》诗行文。韩愈《忽忽》诗首句云："忽忽乎余未知生之为乐也，愿脱去而无因。"

[2] 东旭：犹曙色，曙光。南齐谢朓《齐海陵王墓铭》："西光已谢，东旭又良。"

[3] 丹台：道教指神仙的居处。《艺文类聚》卷七八引《真人周君传》："子名在丹台玉室之中，何忧不仙？"白居易《酬赵秀才赠新登科诸先辈》诗："君看名在丹台者，尽是人间修道人。"带月：谓披戴月色。

[4] 天风：风行天空，故称。汉代蔡邕《饮马长城窟行》："枯桑知天风，海水知天寒。"骑苍鹿：宋代邓林《鹿》诗句："千年苍鹿驯如马，献与仙翁一只骑。"

[5] 指点：指示，点拨。海色：将晓时的天色。李白《古风》之十八："鸡鸣海色动，谒帝罗公侯。"立谈：站着说话，比喻时间短暂。汉代扬雄《解嘲》："或七十说而不遇，或立谈而封侯。"林屋：山名，道教十大洞天之一，在江苏吴县洞庭西山（古称包山），周围四百里，号称"元神幽虚之洞天"。唐代陆龟蒙《奉和袭美太湖诗·入林屋洞》："知名十小天，林屋当第九。"

百字令
友人以《葛洪移家图》属题[1]

古之仙者，大都是、遗佚荡心豪杰[2]。娶妇生儿翁已晚，焉用长生仙诀。蜑雨蛮风，鹿车鸿案，同老罗浮月[3]。丹经犹在[4]，名山余亦心切。

谁信弟子寻仙，书遗元放，有此翁能说[5]。忧患余生归未得，空叹星星华发。肘后神方，案头仙传，排闷聊编列[6]。家山何处，画中人自凄绝[7]。元放事，见《抱朴子·内篇》。

编年

系年不可证，依编排体例和顺序，当于道光二十八年（1848）春，居家遵义作。

注释

[1] 葛洪移家图：即元代王蒙所画《葛稚川移居图》，此图画葛洪携子侄徙家于罗浮山炼丹的故事。葛洪（283—363），字稚川，自号抱朴子，东晋道教理论家、著名炼丹家和医药学家，三国方士葛玄之侄孙，世称"小仙翁"，曾因军功受封为关内侯，后隐居罗浮山炼丹。著《抱朴子》《神仙传》等传世。

[2] 遗佚：犹隐居。荡心：放浪恣纵之心。

[3] 蜑（dàn）雨：泛指南方海上的暴雨。苏轼《松风亭下梅花盛开》诗："岂知流落复相见，蛮风蜑雨愁黄昏。"鹿车鸿案：比喻夫妻之间相互尊重，相互体贴，同甘共苦。鹿车：《后汉书·鲍宣妻传》载鲍宣与妻共驾鹿车归乡的故事，后用以指夫妻同甘共苦。鸿案：《后汉书·梁鸿传》载梁鸿与妻举案齐眉的故事，后用以指夫妻相敬如宾。"罗浮月"句：谓葛洪当与妻子徙家罗浮山，白头偕老。

[4] 丹经：讲述炼丹术的专书。

[5] "谁信"以下五句：演说《抱朴子·内篇·金丹》葛洪谈传授金丹仙经事："昔左元放于天柱山中精思，而神人授之金丹仙经，会汉末乱，不遑合作，而避地来渡江东，志欲投名山以修斯道。余从祖仙公（指葛玄），又从元放受之。凡受《太清丹经》三卷，及《九鼎丹经》一卷、《金液丹经》一卷。余师郑君者（指郑隐），则余从祖仙公（指

葛玄）之弟子也，又于从祖受之，而家贫无用买药。余亲事之，洒扫积久，乃于马迹山中立坛盟受之，并诸口诀诀之不书者。江东先无此书，书出于左元放，元放以授余从祖，从祖以授郑君，郑君以授余，故他道士了无知者也。然余受之已二十余年矣，资无担石，无以为之，但有长叹耳。有积金盈柜、聚钱如山者，复不知有此不死之法，就令闻之，亦万无一信，如何？"元放：三国方士，道号乌角先生，少居安徽天柱山，研习炼丹之术。明五经，兼通星纬，明六甲，传说能役使鬼神，坐致行厨，会变化、辟谷。《后汉书·方术列传下》："左慈，字元放，庐江人也。少有神道，尝在司空曹操坐，操从容顾众宾曰：'今日高会，珍羞略备，所少吴松江鲈鱼耳。'放于下坐应曰：'此可得也。'因求铜盘贮水，以竹竿饵钓于盘中，须臾引一鲈鱼出，操大拊掌笑，会者皆惊。"

[6] 肘后神方：谓葛洪所著《抱朴子·内篇》，书中对炼丹养生方术做了系统的总结，为魏晋神仙道教奠定了理论基础。肘后：谓随身携带的，指医书或药方。案头仙传：指葛洪所著《神仙传》。

[7] 画中人：指葛洪。

凤凰台上忆吹箫
题薛素素画册[1]

小玉屏开，半江烟绿，个侬自写清华[2]。拟随风影[一]，暗度香纱。愁是银屏宛转，相望处、梦冷梨花[3]。君不见，云窗雾阁[4]，咫尺天涯。

休遮小楼燕至，正绿暗红稀，树可藏鸦。问六朝金粉[5]，春在谁家。愁杀黄昏庭院，零落恨、音断琵琶。门前水，残阳黯黯，一片帆斜。

校记

【一】"拟随风影"句：当夺一字。按：《凤凰台上忆吹箫》，《钦定词谱》卷二五录六体，以晁补之词"千里相思"为正体，双调九十七字，以下或添声、或减字，皆变体。黎兆勋此词当与张翥"琪树锵鸣"一词同体，双调九十五字，上、下阕各十句、四平韵。但黎词仅九十四字，各本相同。

编年

系年不可确证，依编排体例和顺序，当于道光二十八年（1848）初夏，居家遵义作。

注释

[1] 薛素素：字素卿，又字润卿，明代苏州人。工小诗，能书画，作黄庭小楷，尤工兰竹，下笔迅捷，兼擅白描大士、花卉、草虫，各具意态，工刺绣。又喜驰马挟弹，百不失一，自称女侠。后为李征蛮所娶。所著诗集名《南游草》。

[2] 玉屏：玉制或玉饰的屏风。小型的玉屏用作摆设，供观赏。个侬：这人；那人。清华：清秀美韶。唐代曹唐《萧史携弄玉上升》诗："红纷美人愁未散，清华公子笑相邀。"

[3] 银屏：指所画之镶银的屏风。宛转：谓缠绵多情，依依动人。唐代元稹《莺莺传》："天将晓，红娘促去，崔氏娇啼宛转，红娘又捧之而去。"相望：相向。

[4] 云窗：华美的窗户，常以指女子居处。宋代周邦彦《齐天乐·秋思》词："暮雨生寒，鸣蛩劝织，深阁时闻裁剪。云窗静掩。"雾阁：云雾笼罩的楼阁，言其高。

[5] 六朝金粉：吴、东晋、宋、齐、梁、陈六朝崇尚华靡，仕女艳丽，故称。后因以指美女、粉黛。元代王实甫《西厢记》第二本第一折："香消了六朝金粉，清减了三楚精神。"

燕山亭
遥情

厴厴星河，夜急风筝，更断虾蟆鼓[一][1]。楚客醉歌，别思盈盈，化作落花飞絮[2]。锦瑟声愁[3]，谁更借、晓风吹度。细数。怅黄粉油衫，远贻郎主[4]。

犹记沙暖双鱼，有脉脉情波，暗通烟浦[5]。梦断音稀，春老啼莺，愁对江头楂树[6]。此夕灯前，想寒冱、雁沙如雾[7]。私语。定话我、今宵何处。

校记

【一】"更断虾蟆鼓"句：当夺一字。按：《燕山亭》仅有一体，双调九十九字，上阕十一句五仄韵，下阕十句五仄韵。黎词九十八字，各本均同。

编年

系年不可确证，依编排体例和顺序，当作于道光二十九年（1849）春。

注释

[1] 厴厴：星光隐现貌。风筝：悬挂在殿阁塔檐下的金属片，风起作声。又称"铁马"。明代杨慎《升庵诗话·风筝诗》："古人殿阁檐棱间有风琴、风筝，皆因风动成音，自谐宫商。"虾蟆鼓：古代击木柝警夜，以柝声似虾蟆叫，故称。又宋代周遵道《豹隐纪谈》："杨成斋诗云：'天上归来有六更。'盖内楼五更绝，柝鼓变作，谓之'虾蟆更'。禁门方开，百官随入，所谓六更者也。"

[2] 楚客：泛指客居他乡的人。唐代岑参《送人归江宁》诗："楚客忆乡信，向家湖水长。"别思：离别的思念。唐代高蟾《归思》诗："紫府归期断，芳洲别思遥。"

[3] 锦瑟：漆有织锦纹的瑟。杜甫《曲江对雨》诗："何时诏此金钱会，暂醉佳人锦瑟傍。"仇兆鳌注引《周礼乐器图》："饰以宝玉者曰宝瑟，绘文如锦者曰锦瑟。"

[4] "黄粉"二句：语本唐代李贺《江楼曲》："萧骚浪白云差池，黄粉油衫寄郎主。"黄粉：用于装饰的黄色粉。唐代温庭筠《湘宫人歌》："黄粉楚宫人，方飞玉刻鳞。"曾益注引《酉阳杂俎》："近代妆尚靥如射月，曰黄星靥。"油衫：即油衣，用桐油涂制而成的雨衣。《隋书·炀帝纪上》："尝观猎遇雨，左右进油衣。"郎主：旧时妻妾对夫主的称呼。

[5] 沙暖双鱼：语本李贺《追和柳恽》诗："朱楼通水陌，沙暖一双鱼。"描写水中鱼儿竞游，喻指夫妇相聚，感情和睦。烟浦：云雾迷漫的水滨。唐代李贺《钓鱼》诗："为看烟浦上，楚女泪沾裾。"

[6] 春老：谓晚春。语出唐代岑参《喜韩樽相过》诗："三月灞陵春已老，故人相逢耐醉倒。"江头楂树：语本李贺《追和柳恽》诗："江头楂树香，岸上蝴蝶飞。"楂果似梨而酸，隐喻夫妻不得团圆的辛酸。

[7] 寒沍：严寒冻结，极寒。唐代陈岵《履春冰赋》："因润下而生德，由寒沍以生姿。"

淡黄柳
月夜步至江皋登桥亭怀子尹

孤亭夜色。江上尘氛绝[1]。岸柳萧疏寒漏月。梦回琼楼玉宇，谁向虚明照豪发[2]。

思澄澈。无端客愁结。远乡国、忆林越。玉露浩如雪[3]。愿假飞仙[4]，一黄鹤[一]，归去寻君细说。

校记

【一】"玉露"以下数句：疑"玉"字前脱三字，"一"字前脱一字。按：《钦定词谱》卷十四（下）"淡黄柳"三体均六十五字，上阕五句四仄韵，下阕七句四仄韵或五仄韵。此词仅六十一字，各本相同；"玉露"以下三句颇不类，当有脱文。

编年

道光二十九年（1849）秋，权石阡府教授任上作。按：是年秋，黎兆勋第十次乡试落第，遂报捐教职，权石阡府教授；郑珍（子尹）仍在遵义，至三十年（1850）秋末，郑珍方权镇远府训导。词题"怀子尹"，又云"客愁结""远乡国、忆林越。玉露浩如雪"，故知作于道光二十九年秋。

注释

[1] 尘氛：尘俗的气氛。唐代牟融《题孙君山亭》诗："长年乐道远尘氛，静筑藏修学隐沦。"

[2] 虚明：指内心清虚纯洁。苏辙《赠石台问长老二绝》之二："蒲团布衲一绳床，心地虚明睡自亡。"豪发：毫毛和头发，比喻细微之物。豪，通"毫"。

[3] 玉露：指秋露。南齐谢朓《泛水曲》："玉露沾翠叶，金风鸣素枝。"

[4] 飞仙：会飞的仙人。《海内十洲记·方丈洲》："（蓬莱山）周回五千里外别有圆海绕山，圆海水正黑，而谓之冥海也，无风而洪波百丈，不可得往来……惟飞仙有能到其处耳。"

南乡子
乡思

莫问石城春[1]。庭草芊芊博士门。两叠家书封未寄，黄昏。纸阁芦帘忽梦君[2]。

何处问归人。三日兰桡泛水滨[3]。听雨孤篷愁待晓,朝暾[4]。一夜东风长白蘋。

编年

道光三十年（1850）春,权石阡府教授任上作。词题曰"乡思",词云"石城春"和"三日",则道光三十年春作于石阡明矣。

注释

[1] 石城：指石阡,是时黎兆勋权石阡府教授。
[2] 纸阁：用纸糊贴窗、壁的房屋。多为清贫者所居。宋代陆游《纸阁午睡》诗："纸阁砖炉火一杴,断香欲出碍蒲帘。"
[3] 三日：指三月三日上巳节。兰桡：小舟的美称。
[4] 朝暾：初升的太阳,亦指早晨的阳光。《隋书·音乐志下》："扶木上朝暾,嵫山沉暮景。"

小重山
斋中咏兰

纫佩当时意孔嘉[1]。骚情同淡远、最清华[2]。三分香韵两分花。吟秋碧、风露冷添些[3]。

相对影斜斜。南陔吾愧汝、在天涯[4]。去年空有梦还家。思乡恨、一半茁灵芽[5]。

编年

道光三十年（1850）秋,权石阡府教授任上作。按：词云"南陔吾愧汝、在天涯。去年空有梦还家",知因思念双亲而作;而黎兆勋道光二十九年（1849）秋权石阡府教授,故知此首作于道光三十年秋,且应编排在本卷《声声漫·江头客思》之下。

注释

[1] 纫佩：语出《楚辞·离骚》："纫秋兰以为佩。"谓捻缀秋兰，佩带在身。后用以比喻对别人的德泽或教益铭感于心，如纫佩在身。多用于书信。孔嘉：非常美好。《诗经·豳风·东山》："其新孔嘉，其旧如之何？"

[2] "骚情"句：指"纫佩当时"便有《离骚》所体现的淡远、清华的情调。清华：指景物清秀美丽。东晋谢混《游西池》诗："景昃鸣禽集，水木湛清华。"

[3] 香韵：香气，香味。秋碧：指秋日澄碧的天空。前蜀韦庄《赠峨嵋山弹琴李处士》诗："茫茫四海本无家，一片愁云飐秋碧。"

[4] 南陔：《诗经·小雅》篇名，六笙诗之一，有目无诗。《诗经·小雅·南陔序》："《南陔》，孝子相戒以养也。"后用为奉养和孝敬双亲的典实。西晋束晳承此旨而作《补亡诗》："循彼南陔，言采其兰，眷恋庭闱，心不遑安。"《文选》李善注："循陔以采香草者，将以供养父母。""南陔"二句，谓客宦他乡，不得在家奉养双亲。

[5] 灵芽：瑞草，此指兰花。

宴清都

陈郎自大梁归来，又有湘中之游，赋赠。

梦落空江橹。湘烟绿，客心飞入遥浦。岸竹斑斑，风鬟隐隐，古愁无数[1]。陈王恨托微波，又料理、奢云艳雨[2]。正鄂君、拥棹相迎[3]，含情脉脉难语。

还思木末芙蓉，凌波采采，佩捐江浒[4]。春非昔日，人寻旧院，夕阳空渡。残花似雪飞岸，问燕子、重来认否[5]。怅此时、望远伤春，凄凉故侣。

编年

道光三十年（1850）暮春，权石阡府教授任上作。词中有"春非昔日""残花""望远伤春"云云，故知作于道光三十年暮春。

注释

[1] 岸竹斑斑：此句写湘中斑竹（湘妃竹）。晋代张华《博物志》卷八："尧之二女，舜之二妃，曰湘夫人。舜崩，二妃啼，以涕挥竹，竹尽斑。"风鬟隐隐：指女子（湘夫人）茂密美丽的头发。古愁：谓怀古之幽思。

[2] 陈王恨托微波：陈王指曹植，其《洛神赋》有"凌波微步，罗袜生尘""恨人神之道殊兮，怨盛年之莫当"之句，述与洛神的邂逅和彼此间的思慕爱恋，但人神殊途不能结合，寄寓着无限悲伤怅惘之情。料理：消遣，排遣。奢云艳雨：语本唐代陆龟蒙《吴宫怀古》诗句"香径长洲尽棘丛，奢云艳雨只悲风"，用以指当年吴王奢华绮丽迷恋女色的生活。"陈王"二句乃戏言陈郎的大梁之游与湘中之游。

[3] "正鄂君"二句：语本刘向《说苑·善说》："庄辛迁延盥手而称曰：'（襄成）君独不闻夫鄂君子皙之泛舟于新波之中也？乘青翰之舟，极䓌芘，张翠盖，而擒犀尾，班丽褂衽，会钟鼓之音毕，榜枻越人拥楫而歌，歌辞曰："滥兮抃草滥予昌柢泽予昌州州饒焉乎秦胥胥缦予乎昭澶秦逾渗惿随河湖。"鄂君子皙曰："吾不知越歌，子试为我楚说之。"于是乃召越译，乃楚说之曰："今夕何夕兮搴舟中流，今日何日兮得与王子同舟，蒙羞被好兮不訾诟耻，心几顽而不绝兮知得王子，山有木兮木有枝，心说君兮君不知。"于是鄂君子皙乃揄修袂，行而拥之，举绣被而覆之。鄂君子皙，亲楚王母弟也，官为令尹，爵为执圭，一榜枻越人犹得交欢尽意焉……'"言鄂君子晰身份尊贵而平易近人，尝与鄂地越人泛舟于鄂渚，越人悦其美，因作《越人

歌》而赞之。后因以"鄂君"为美男子的通称。此二句以"鄂君"比陈郎，戏言多情的湘女热情欢迎陈郎来游。

[4]"还思"三句，戏言陈郎湘中之游或有艳遇。木末芙蓉：《楚辞·九歌·湘君》："采薜荔兮水中，搴芙蓉兮木末。"佩捐江浒：郭璞《江赋》："感交甫之丧佩。"《文选》李善注引《韩诗内传》："郑交甫遵彼汉皋台下，遇二女，与言曰：'愿请子之佩。'二女与交甫，交甫受而怀之，超然而去。十步，循探之，即亡矣。回顾二女，亦即亡矣。"后以"汉皋解佩"为男女爱慕馈赠的典故。

[5]残花：未落尽的花。"燕子"句：南宋吴文英《点绛唇·时霎清明》："燕子重来，往事东流去。"

百字令
书田雪樵先生画册后[1]

笔头元气，向烟翠挥洒，飞来林壑[2]。此事吾怜君不愧，家法早师黄鹤[3]。怅望洋川，化人城远，粉墨悲萧索[4]。枫林月黑，故人入梦如昨。每叹辽海升沉，烟霞终老，犹胜闲漂泊[5]。回首黄公垆下路，谁念酒人零落[6]。别后相思，衍波迟寄，自悔当初错。[7]朗吟遗句，鹤声应唳寥廓。

编年

道光三十年（1850），权石阡府教授任上作。此词上片述写友人，下片咏叹个人遭际，兼述两人情谊。

注释

[1] 田雪樵：据《黔诗纪略后编》，田溥，号雪樵，贵州绥阳人，道光中贡生，善画山水。曾为《遵义府志》协采，为黎兆勋故交。

[2] 烟翠：指杨柳。挥洒：挥毫洒墨，形容运笔自如。杜甫《寄薛三郎

中璩》诗："赋诗宾客间,挥洒动八垠。"

[3] 黄鹤：指元末明初画家王蒙（1308—1385），字叔明，湖州（今浙江吴兴）人。元末张士诚据浙西，曾应聘为理问、长史，弃官后隐居临平（今浙江余杭临平镇）黄鹤山，自号黄鹤山樵。朱元璋建立明朝，王蒙出任泰安（今属山东）知州，因胡惟庸案牵累，死于狱中。王蒙能诗文，工书法，尤擅画山水，得外祖赵孟𫖯法，以董源、巨然为宗而自成面目。山水之外，兼能人物。他与黄公望、吴镇、倪瓒合称为"元四家"，所作对明、清山水画影响甚大。

[4] "怅望"以下五句：意思是想望画家田溥的家乡洋川，却离"我"如此遥远，不免兴起惆怅之情，枫林月黑，故人（田溥）又像昨天一样入"我"梦中。洋川：指田溥的家乡今绥阳县洋川镇。化人城：本指佛寺，这里仍是指画家田溥的家乡。佛教谓佛、菩萨变形为人以化度众生而栖居佛寺，故称佛寺为"化人城"。唐代诗人鲍溶《宿悟空寺赠僧》："迷路喜未远，宿留化人城。"化人，指有道术或幻术的人。画家能绘画人形，故亦可称化人。粉墨：绘画用的白粉与黑墨，泛指绘画颜料或借指图画。

[5] 辽海升沉：盖用汉末管宁事。管宁为汉末隐士，天下大乱时，与邴原及王烈等人至辽东避乱，只谈经典而不问世事，曹魏时返回中原，数次征召，都未应命。辽海：辽东，泛指辽河以东沿海地区。东晋桓温《荐谯元彦表》："园绮之栖商洛，管宁之默辽海，方之于（谯）秀，殆无以过。"升沉：升降，谓际遇的幸与不幸。唐代元稹《寄乐天》诗："荣辱升沉影与身，世情谁是旧雷陈。"烟霞：指山水胜景。

[6] 黄公垆："黄公酒垆"的略称，常以指朋友聚饮之所。唐代李颀《别梁锽》诗："朝朝饮酒黄公垆，脱帽露顶争叫呼。"酒人：好酒之人。零落：飘零，流落。南朝王僧孺《何生姬人有怨》诗："逐臣与弃妾，零落心可知。"

[7]"别后"三句：自谓与田溥分别许久，才写得这首词来品评田氏的画册以寄相思，并寄寓自伤身世之情。

声声慢[一]
江头客思

竹花漠漠，桐叶离离，江头送我南行[1]。沙鸨翻飞，背人远去烟汀[2]。朝来寄言江水，又何堪、足茧山程[3]。牂江路，怕阑凭愁外，日暮山青。

闻道诚州云栈，有孤员斜竖，危径长萦[4]。回忆东溪，月明花绕孤亭。夜凉藕香飞处，有烟波、鸥梦难醒[5]。谁念我，搅离怀、愁待五更。

编年

道光三十年（1850）夏，权石阡府教授任上作。词云"竹花漠漠，桐叶离离"，又回忆东溪（禹门乐安江），有"花绕孤亭""夜凉藕香""烟波""鸥梦"云云，故知当作于夏季，为游宦石阡时作。按黎兆勋《侍雪堂诗钞》卷二《春晚思归盼代者不至》（道光三十年）诗有云："折腰真愧尉，箝尾不如丞。愁杀羁旅客，情同退院僧。"知当时似离任在即，而替者不至。本首词又云"闻道诚州云栈"，似将离任往诚州。然竟不知何故，黎兆勋仍在石阡府教授任上待了一段时间。

注释

[1] 竹花：竹子开的花。漠漠：茂盛、密布貌。离离：浓密貌。曹操《塘上行》："蒲生我池中，其叶何离离。"

[2] 沙鸨：鸨鸟的一种，常栖息沙滩或沙渚上，故称。南齐谢朓《休沐重还丹阳道中》诗："田鹄远相叫，沙鸨忽争飞。"烟汀：烟雾笼罩的水边平地。晚唐杜荀鹤《鸂鶒》诗："一般毛羽结群飞，雨岸烟汀好景时。"

[3] 寄言：犹寄语、带信。《楚辞·九章·思美人》："愿寄言于浮云兮，

遇丰隆而不将。"足茧：脚掌因摩擦而生出的硬皮，喻指跋涉辛劳。

[4] 诚州：今湖南靖州、会同、通道及贵州天柱、锦屏、黎平一部。云栈：悬于半空中的栈道。危径：险峻的山路。

[5] 鸥梦：指隐逸的志趣。

瑞鹤仙

春色已阑，客子不归。渺渺余怀，寄情花鸟，乃其小焉者耳。

朝晖萦晓郭。正荒城人去，马嘶林薄[1]。山烟帽檐著。怅云边长坂，戍楼吹角。离愁自觉。怕池塘、归来冷落[2]。写相思、密密重重，付与故园红药[3]。

良托。花亭护月，柳馆藏莺，几番幽约。旧时红萼[4]。问何事，空飘泊。纵年华未老，音尘寂寞，渐把芳盟误却[5]。又还须、双燕呢喃，护持翠箔[6]。

编年

作年不可确知，姑系于咸丰元年（1851）春。此词"寄情花鸟"，设写相思，或亦将身世之感寄寓其中。

注释

[1] 荒城：荒凉的古城。林薄：交错丛生的草木。《楚辞·九章·涉江》："露申辛夷，死林薄兮。"

[2] "怕池塘"句：化用宋郑子玉《八声甘州》词句："冷落池塘残梦，是送君归后，南浦消魂。"

[3] 红药：芍药花。南齐谢朓《直中书省》诗："红药当阶翻，苍苔依砌上。"

[4] 红萼：红花。萼，花蒂。南朝谢灵运《酬从弟惠连》诗："山桃发红萼，野蕨渐紫苞。"

[5] 音尘：踪迹。李白《忆秦娥》词："乐游原上清秋节，咸阳古道音尘

绝。"芳盟：与芳华的盟约。

[6] 呢喃：燕鸣声。五代刘兼《春燕》诗："多时窗外语呢喃，只要佳人卷绣帘。"翠箔：绿色的帘幕。唐代温庭筠《酒泉子》词："掩银屏，垂翠箔，度春宵。"

一剪梅

却寄

抱月飘烟病后身[1]。凤带[一]鸾裾[2]，惜别销魂。湘帘亲卷怨东君[3]。一树梨花，春雨如尘。[4]

栀子同心恨最真[5]。鹦鹉阑边，不敢伤春。[6]斑骓人去月黄昏[7]。灯火屏山，花掩重门。

校记

【一】凤带：原作"风带"，各本同，误。据李贺《洛姝真珠》诗句"金鹅屏风蜀山梦，鸾裾凤带行烟重"改。

编年

作年不可确知，姑系于咸丰元年（1851）春，客寓贵阳作。

注释

[1] "抱月"三句：形容别后身形消瘦，失魂落魄如病后初愈。抱月飘烟：语出温庭筠《张静婉采莲曲》诗："抱月飘烟一尺腰，麝脐龙髓怜娇娆。"抱月，环绕如月的身材。飘烟，飘动如烟的腰肢。温诗本以形容张静婉纤腰袅娜。宋代蒋捷《蝶恋花》词："莫是羊家张静婉。抱月飘烟，舞得腰肢倦。"

[2] 凤带鸾裾：语出唐代李贺《洛姝真珠》诗："金鹅屏风蜀山梦，鸾裾凤带行烟重。"凤带，绣有凤凰花饰的衣带。鸾裾，绣有鸾鸟花饰的

衣襟。凤带鸾裾为古代贵族女子所系。

［3］湘帘：用湘妃竹做的帘子，宋代已有。东君：司春之神。唐代王初《立春后作》诗："东君珂佩响珊珊，青驭多时下九关。"

［4］"一树"二句：化用南宋刘辰翁《鹊桥仙·自寿二首》其二词句："人间何处得飘然，归梦入、梨花春雨。"刘词谓梦中梨花带雨的春景才是超尘绝谷的人生归宿，黎词则谓春雨过后一树梨花被碾成尘，表达伤春之意。

［5］栀子同心恨最真：语本南梁徐悱妻刘三娘（令娴）《摘同心栀子》诗："两叶虽为赠，交情永未因。同心何处恨，栀子最关人。"

［6］"鹦鹉"二句：化用唐代白居易《春词》诗句："斜倚阑干背鹦鹉，思量何事不回头。"之所以"鹦鹉阑边，不敢伤春"，是怕鸟儿学舌，勾起伤心之事。

［7］斑骓：毛色青白相杂的骏马。唐代李商隐《春游》诗："桥峻斑骓疾，川长白鸟高。"

摸鱼子

唐子方方伯嘱题梦研斋[一]图[1]，研为明陈忠愍[二]公邦彦遗物[2]。公顺德人，自号岩野，堂名雪声，高明之战兵败殉节死。砚背铭云："郁勃者何忠义气！黯黮者何家国泪！我为铭之永勿坏。"为东吴惠公士奇所题，左侧分书"岩野先生遗研"，乃梁公佩兰所书。方伯得此研时，其尊公直圃先生方去清远县任[3]，梦一伟丈夫过访，以故物嘱托而去。方伯适于是日以研归，乃悟梦中之托为忠烈[愍]公也。

其一

一声声、奈何呼帝，江山尚剩啼鸟。咸阳王气清如水[4]，犹战海洲蛮峤。公自悼。可恨是、十年鹃[三]泪难枯槁[5]。砚田漫恼。有玉带桥亭，

海天旭日，与尔作同调[6]。

南朝事[7]，尽化寒烟蔓草。岩泉风雨悲啸。星精月魄常无恙，此是雪声怀抱[8]。烦细考。须审识、梁分惠楷镌名早[9]。铭词更好。又几度沧桑，销磨片石，留与后人宝。

校记

【一】序文"梦研"及另三"研"字，同治本、黔图本作"砚"。按：《说文》云："砚，石滑也。"段玉裁注："谓石性滑利也。"这里"砚"的本义不是砚台（或早期的砚台：研磨器），而是石头。早期的"砚"被古人唤作"研"。《后汉书·班超传》："安能久事笔研间乎？"宋代孙奕《示儿编》卷二十三云："古无砚字……凡研磨处不必砚，但可研处即为之尔。""砚"字真正释义为研磨工具即砚台，是在东汉晚期以后，刘熙《释名》云："砚，研也，研墨使和濡也。"朱骏声《说文通训定声·乾部》："研，假借为砚。"故研、砚二字通用。

【二】忠憨：同治本、黔图本均作"忠烈"，光绪本（底本）予以订正前处而遗忘后处，黔南丛书本均予订正。

【三】鹮：黔南丛书本作"鹤"。

编年

咸丰元年（1851）秋，寓居贵阳作。此词咏唐树义"梦砚斋"；是年冬，郑珍《巢经巢诗钞·前集》卷九有《梦砚斋歌为唐子方方伯赋并序》，莫友芝《邵亭诗钞》卷六有《梦砚斋歌为唐子方方伯作并序》（咸丰元年），皆咏唐树义书斋"梦砚斋"。此词两首，其一由砚台而咏陈邦彦，其二由砚台而咏唐树义。

注释

[1] 唐子方：唐树义（1793—1854），字子方，贵州遵义人，嘉庆二十一年（1815）中举，道光六年（1826）以大挑一等，分湖北补知县用，

历官咸丰、监利、江夏知县。道光十四年（1834），擢汉阳府同知，升甘肃巩昌府知府，调甘肃兰州府知府，擢升兰州道道员。二十五年（1845）迁陕西按察使，旋署陕西布政使，调湖北布政使，道光二十九年（1849）曾代理巡抚，后称病辞官回乡，于贵阳修筑"待归草堂"（人称唐家花园），闲居养老。咸丰三年（1853）诏令在籍办团练。张亮基奏调湖北，署按察使。奉命剿灭捻军，扼守随州、应山一带。太平军攻克安庆，威胁湖北，唐树义奉命驻守广济。既而黄州、汉阳相继陷落，树义征剿德安，进军滠口。咸丰四年（1854），湖广总督吴文镕在黄州大败，唐树义撤回省城，被褫职留任，而所统之兵被调离，只得率舟师抵御金口，船破，死之，谥威恪。《清史稿》有传。著有《梦砚斋遗稿》传世。其子唐炯（1829—1909）字鄂生，与黎兆勋、郑珍、莫友芝等交谊甚深，仕至云南巡抚。方伯：殷、周时指地方诸侯，后泛指地方长官。

[2] 陈邦彦：字令斌（1603—1647），号岩野，广东顺德龙山人，陈恭尹之父。早年设馆讲学，为当时南粤硕儒名师。明亡，年届四十的陈邦彦疾书《中兴政要策论》万言书，并参加南明广东乡试，中举人，擢升兵部职方司主事，被派往赣州参与军事。顺治四年（1647）与陈子壮密约，起兵攻广州，兵败入清远，城破被捕，惨遭磔刑，谥忠愍。

[3] 尊公：对他人或自己父母的敬称。唐树义父唐源准（1767—1820），字以平，号直圃，嘉庆三年（1798）举人，十三年（1808）大挑一等，以知县分发广东，授广东阳山知县，历署英德、清远知县，钦州知州，廉州海防清军府。二十三年（1818）特授阳山县知县，敕授文林郎，二十五年，逝于阳山任上。遵义湘川唐氏自唐源准举家迁往贵阳，遂别称成山唐氏。

[4] "咸阳王气"二句：言满清王业已成，如清水显而易见，但南明王朝

仍于西南边鄙负隅顽抗。元代黄哲《临高台》词:"丹霞曙色明九垓,咸阳王气何佳哉。"

[5] 鸜泪:即泣鸜鹆,谓为祸乱而悲伤。鸜鹆即今之八哥。清代黄遵宪《流求歌》:"东川西川吊杜鹃,稠父宋父泣鸜鹆。"

[6] 砚田:即砚台。同调:音调相同,比喻有相同的志趣或主张。

[7] 南朝:指南明政权(1644—1662),是明朝都城北京失陷后明王朝宗族在南方相继建立政权的统称,历时18年。

[8] 星精月魄:指星之灵气与月之光华。唐郑良士《郑明府池亭》诗:"月魄星精称逸才,讼亭南面小亭开。"雪声:据前词序,指陈邦彦堂名,即指陈邦彦。

[9] 梁分惠楷:即序文所云梁佩兰的八分书和惠士奇楷书所题砚背铭。

其二

海云低、怒涛呜咽,梦痕摇曳惊寤。白头吊古神明宰,独为紫云凄楚[1]。谁赎汝。似早识、棱棱铁骨真吾侣[2]。英光勃露[3]。待筹笔河湟,回澜江汉,奇气石应吐[4]。

狼山望,岳岳龙鸾开府。掉头一笑归去。摩天画日才难尽,却被烟霞留住。[5]方伯时以引疾归里。闲细数。算只有、云腴堪作传家谱[6]。摩挲自慰[7]。甚陆贾金装,平泉花木,冷笑乃公误[8]。

注释

[1] 紫云:紫色云,借指紫石砚。唐代李贺《杨生青花紫石砚歌》:"端州石工巧如神,踏天磨刀割紫云。"

[2] 棱棱:威严方正貌。

[3] 英光:明亮有神的目光,或言光辉。

[4] 筹笔河湟:指唐树义在道光十五年(1835)得林则徐等保荐,升甘肃巩昌府知府,代理道员。十八年(1838),调任甘肃兰州府知府。

筹笔：运笔筹划。河湟：指青海、甘肃黄河流域一带。回澜江汉：唐树义在道光年间曾任职湖北咸丰、监利、江夏知县及汉阳府，道光二十七年（1847）调湖北布政使，二十九年（1849）亦曾代理巡抚。

[5]"狼山"以下五句：言唐树义在湖北布政使任上锋芒毕露，与巡抚意见不合，引疾辞官归贵阳。岳岳：喻人位尊气盛，锋芒毕露。《汉书·朱云传》："五鹿岳岳，朱云折其角。"此为双关语，以鹿角高耸突出，喻五鹿充宗之为人。摩天画日：指为帝王草拟诏令。

[6]云腴：茶或酒的别称。

[7]摩挲：消磨。

[8]陆贾金装：指官吏退休后安排家业，分发钱财。唐骆宾王《帝京篇》："陆贾分金将宴喜，陈遵投辖正留宾。"平泉：指平泉庄，此指唐树义在贵阳花钱修筑的"待归草堂"。白居易《醉游平泉》诗："洛客最闲唯有我，一年四度到平泉。"乃公：你的父亲。此指唐树义之父唐源准。

祝英台近

九月二十一日，东老庵同人小集，适傅确园先生携酒过访，席上赋呈。先生名汝怀，瓮安明经，工诗，其尊人为傅竹庄先生。[1]

冶墙花，桑落酒，莫漫赋乌有[2]。冻雨初晴，聊复展重九[3]。却怜张丈殷兄，冷吟闲醉[4]，都让与、公之佗叟。确翁时年七十有一。

相思久。不耐萧瑟江祠，夕阳挂衰柳。有约能来，一笑各分手。那禁吹笛梅边，烹茶雪夜，重挽住、仙翁吟袖[5]。

编年

咸丰元年（1851）秋，寓居贵阳作。郑珍道光三十年（1850）赴任威宁学正途中经黔西时，曾拜谒傅汝怀，有《赠瓮安傅确园明经时为黔

西主讲》诗,知傅汝怀彼时尚在黔西书院,至此时已在贵阳谋职。此日莫庭芝与会,莫庭芝《青田山庐诗钞》卷上有《九月廿一日伯庸招集同人于东老庵适傅确园汝怀先生至即席赋此》,莫氏诗作于咸丰元年。又黎兆勋尚有《九日傅山人携酒过访》,诗题"人"字下自注"汝怀",可参。

注释

[1] 同人:同好,志趣相投之人。傅确园:名汝怀,字渊伯,号确园,清代瓮安草塘人,嘉庆贡生,主讲于贵州黔西万松书院,晚年以贡生选校官,著有《确园诗稿》十余卷。其父傅玉书(1746—1812),字素余,号竹庄,贵州著名诗人,以才华学识饮誉黔中,著有《竹庄诗文集》四十卷、《鸳鸯镜传奇》及《桑梓述闻》十卷、《读书拾遗》十余卷、《象数蠡测》四卷、《汉笺诗》四卷等。傅汝怀晚年整理其父所辑黔诗,编成《黔风旧闻录》六卷和《黔风鸣盛录》十八卷,并增辑《黔风演》数卷。《黔风旧闻录》《黔风鸣盛录》《黔风演》为明清两代贵州最早的诗歌集成。傅汝怀死后与其父同葬于贵阳市三桥阿江河畔。

[2] 桑落酒:古代美酒名,创于北魏末年,距今已有1500年历史,因用桑落泉的泉水酿制,味道独特,是中国传统名酒之一。北魏郦道元《水经注·河水四》:"(河东郡)民有姓刘名堕者,宿擅工酿,采挹河流,酿成芳酎,悬食同枯枝之年,排于桑落之辰,故酒得其名矣。"

[3] "重九"句:是年重九,傅汝怀与黎兆勋便在贵阳聚会,黎兆勋《侍雪堂诗钞》卷二有《九日傅山人携酒过访》诗。

[4] 张丈殷兄:二人乃当日宴集之人,不知谓谁,待考。冷吟:犹闲吟。

[5] 吹笛梅边:宋代姜夔《暗香·旧时月色》:"旧时月色,算几番照我,梅边吹笛?"吟袖:诗人的衣袖。

八声甘州

喜胡子何长新进士来贵阳[1]

盼征鸿叠叠寄书来，眷言滞重关[2]。怅南泉云隐，西山寇盗，行旅艰难[3]。为谢残星晓月，送客远冲寒[4]。襟带烊江雪，回首家山。

同是天涯游子，羡阿兄往复，几日来还。试红炉煮酒，浇别恨千端[5]。想经巢子尹孤吟山夜，际此时、风雪卧衰安[6]。梅花下、几回愁望，人远山环。子尹闻子何至贵阳，书招住山中度岁。

编年

咸丰元年（1851）冬，谋事贵阳作。是年胡长新改任贵阳府学教授。

注释

[1] 胡子何长新：胡长新（1819—1885），字子何（一作子和），贵州黎平县人。幼随父在遵义，受业于莫友芝、郑珍，道光二十六年（1846）举人，次年成进士。以知县分发江苏。因受其父被降官职的影响，淡于荣进，弃知县不就，咸丰元年改任贵阳府学教授，三年（1853）改任铜仁府学教授。学使以学异推荐他，擢升翰林院典簿，又不受。遂辞职还乡，主讲于黎平书院，终老不倦，为家乡的文教事业做出了贡献。著有《籀经堂诗钞》《籀经堂文钞》等，校刊《三忠合编》，擅小篆，得秦汉古玺遗意。曾与黎兆勋一起编辑《上里诗系》。

[2] 眷言：回顾貌。言，词尾。《诗经·小雅·大东》："眷言顾之，潸焉出涕。"

[3] 南泉：指南泉山，位于贵州省黎平县城南，是黔、桂、湘交界地带的佛教胜地，有"黔省名山"之称。"南泉"三句，谓胡长新来贵阳路途艰险不易。

[4] 冲寒：冒着寒冷。杜甫《小至》诗："岸容待腊将舒柳，山意冲寒欲

放梅。"

[5] 红炉煮酒：化用白居易《问刘十九》诗意："绿蚁新醅酒，红泥小火炉。晚来天欲雪，能饮一杯无？"

[6] 风雪卧袁安：喻指郑珍（子尹）身处困穷但仍坚守节操的行为。《后汉书·袁安传》唐李贤注引《汝南先贤传》载：汉时袁安未达时，洛阳大雪，人多出乞食，安独僵卧不起，洛阳令按行至安门，见而贤之，举为孝廉，除阴平长、任城令。

百字令

淡月轩，前址为参戎后署[1]，平坡古树八九株，二百年前所植。偎树有洼地则塘之，宽广二亩许，水满时约四尺余，澄明萧瑟，去余轩甚近。旁有葡萄、小柳萦拂池上，入夏凉飙交洒，绿沉几席，歌以志之。

故都乔木，湛清华，孕水凉阴萧飒。一角晴窗含古意，坐看香销炉鸭[2]。老鹤归来[3]，蜻蜓散后，有水风生榻。瑶琴三弄，一声蝉唱新答[4]。

瑟瑟。绿浸斜阳，青飞山色，秋泛千章叶[5]。风日苍凉人意邈，旧梦壶天相接[6]。俯仰吾生，百年陈迹，鸿雪无心踏[7]。临风惆怅，碧云天际初合。

编年

作年不可确知，详词意，当作于宦游武昌时。词中"故都"，当指武昌，黄龙元年（229）孙权在武昌称帝，吴国始都武昌，地在今湖北鄂城县以东一带，俗称"吴王城"。按黎兆勋咸丰七年（1857）腊月赴任湖北，当在年前抵达武昌。又黎兆勋《（菁烟亭词）序》云："予壮岁草《菁烟亭词》二卷，子尹以此规予，遂弃去，几近廿年不复为之。迨宦游武昌，久客无憀，每值事情感触，实有不能尽遏者，长笺短纸，时抒所怀，歌咏之作，由此复成。辛酉腊月，检理书簏，已戢戢如束笋，乃编录成卷，

附于前钞之后。"此自道作词经历,从早年多作到郑珍规劝后弃去不为,中间"几近廿年",直至"宦游武昌"再作,其中间断十余年。然从各卷词的系年来看,"几近廿年不复为之"之说实不可信,有夸大之嫌。

此首以下各篇,应在咸丰七年(1857)至十一年(1861)任职湖北期间作。

注释

[1] 参戎:明清武官参将,俗称参戎。

[2] 晴窗:明亮的窗户。炉鸭:鸭形的香炉。

[3] 老鹤归来:宋代张耒《鲁直示其伯父祖善马鞍松隐斋诗次其韵》诗:"老鹤阅世久,归来毛骨寒。"

[4] 瑶琴三弄:用玉装饰的琴弹奏古曲《梅花三弄》。唐代李郢《赠羽林将军》诗:"惟有桓伊江上笛,卧吹三弄送残阳。"蝉唱:蝉声。

[5] 千章:指大树千株。杜甫《陪郑广文游何将军山林》诗:"百顷风潭上,千章夏木清。"

[6] 壶天:传说仙人施存有一壶,中有天地日月,自号"壶天",人称"壶公"。一说"壶天"谓仙境,胜境。

[7] 鸿雪:鸿鸟在雪泥上留下的爪印,比喻陈迹。语出苏轼《和子由渑池怀旧》诗:"人生到处知何似,应似飞鸿踏雪泥。"

水调歌头

月下望城上夜山,柝声四起,慨然感赋。

日落戍楼悄,月出古城头。夜氛遥辨蛮貘,明灭使人愁。长恨黄州哀角,不放参旗井钺,星彩焕南州[1]。风紧柝声急,河汉欲西流。

莽离合,痕惨淡,黯凝眸。青山明月,问此时孰拥貔貅[2]。郑侠图成难上,益信君门万里,南斗共沉浮。[3]迢递思归客,情思两悠悠。

编年

作年不可确知，姑系于咸丰八年（1858）秋宦游湖北时。词云"黄州哀角"，则在湖北无疑。

按：《侍雪堂诗钞》卷四《武昌秋夜》诗云："置身卑湿地，何敢望琼楼。忽作高寒想，偏惊离乱秋"，当作于一时。当时太平军正盛，"生平喜事，好奇计"（郑珍评黎兆勋语）的黎兆勋或欲献策而不见用，故词云"郑侠图成难上，益信君门万里，南斗共沉浮"，欲对上有所陈献而无路可进。

注释

[1] 长恨：指千古之遗恨。南朝鲍照《代东门行》："长歌欲自慰，弥起长恨端。"黄州哀角：指湘军与太平军作战前线黄州军营中传出的悲壮的角声。角，古乐器。宋代葛长庚《酹江月·咏梅》词："满地苍苔，一声哀角，疏影归幽渺。"参旗井钺：星宿名。星彩：星光。

[2] 貔貅：古籍中的两种猛兽，多连用以比喻勇猛的战士。

[3] "郑侠"句：郑侠（1041—1119），字介夫，北宋英宗治平四年（1067）进士。王安石变法中出现很多社会问题，但王安石听不进逆耳忠言，郑侠遂于熙宁七年（1074）三月画成《流民图》，写成《论新法进流民图疏》，请求朝廷罢除新法。奏疏送到阁门，不被接纳，只好假称秘密紧急边报，发马递直送银台司，才呈给神宗皇帝。君门万里：谓朝廷远在万里之处。

凤凰台上忆吹箫

有蜀客东来，今将取道由沅州回蜀，歌此送别。

吹玉屏箫，唱罗江曲，新翻蜀国弦声[1]。恍锦城春色，影入瑶觥[2]。

试向尊前认取，腰下剑、风雨龙吟。还乡路，江声白帝，云气青城[3]。

休停。此乡瘴疠，纵雾卷烟销，愁与年深[4]。叹登楼王粲，极目伤心[5]。应念关山戎马，空换得、身世飘零[6]。君行矣，繁星满天，水驿山程。

编年

作年不可确知，词序云"有蜀客东来"，显系宦游武昌时作。

注释

[1] 玉屏：清朝雍正五年（1727）置玉屏县，即今贵州玉屏侗族自治县，是驰名中外的箫笛之乡。罗江：即今四川德阳市罗江区，为成都北部门户，有灿烂的三国文化和佛教文化。

[2] 锦城：城名，故址在今四川成都南。成都旧有大城、少城。少城古为掌织锦官员之官署，因称"锦官城"，后用作成都的别称。瑶觥：玉杯。

[3] "还乡"三句：谓蜀客还乡，需经过听见江声的白帝城和云气缭绕的青城山。白帝：古城名，故址在今奉节县东瞿塘峡口。青城：指青城山。庾信《周车骑大将军贺娄公神道碑》："青城仙洞，黄石祠坛。"

[4] 年深：时间久长。柳宗元《祭弟宗直文》："由吾被谤年深，使汝负才自弃。"

[5] "王粲"二句：自比王粲不能回家，谓蜀客可归，抒思乡之情。登楼王粲：汉末王粲避乱客荆州，思归，作《登楼赋》。金人元好问《邓州城楼》诗："自古江山感游子，今人谁解赋登楼。"

[6] "关山戎马"二句：谓自己怀抱从军理想，远官异乡，却落得个漂泊不偶的结果。关山戎马：在山川和关隘里从军打仗。杜甫《登岳阳楼》："戎马关山北，凭轩涕泗流。"

143

蔪烟亭词卷第四

十六字令

琴,惟有君心识我心。从今后,莫又作商音[1]。

编年

系年不可确知,当作于宦游湖北期间。此阕引琴为知音,以怀才得遇为意,亦自勉自励之意。

注释

[1] 商音:五音之一,亦指旋律以商调为主音的乐声,其声悲凉哀怨。

法驾导引

拟陈简斋三阕[1]

其一

苍龙驭[2],苍龙驭,风碾海霞平。万里沧波调玉烛,紫皇垂注视澄清。[3]槎泛碧盈盈[4]。

编年

作年不可确知,姑系于咸丰七年(1857)以后,宦游湖北作。

注释

[1] 陈简斋:指宋代陈与义(1090—1128),字去非,号简斋,仕至参知政事。著有《简斋集》《无住词》。《全宋词》录其词20阕,其中《法驾导引》3阕。

[2] 苍龙驭:谓君临天下。

[3] 调玉烛:谓四季气候调和或四时之气和畅,形容太平盛世。紫皇:《太平御览》卷六五九引《秘要经》:"太清九宫,皆有僚属,其最高

者，称太皇、紫皇、玉皇。"澄清：谓肃清混乱局面，引申为安定。

[4] 槎泛：乘槎泛天河。此指乘船远行。语出晋代张华《博物志》卷三：天河与海通，海边之人见年年八月海上木筏按期往来，便带粮乘筏，泛游至天河，见到了牛郎织女。宋代周密《癸辛杂识》记为张骞使大夏、寻河源，乘槎到天河所经历的事。后遂用"乘槎"等写出使或远行所乘的船只，也泛指游仙、升天所乘的仙舟。

其二

清都迥[1]，清都迥，神语夜深闻。风露九天明海色，蜺旌舒卷拂星辰[2]。仙仗拥红云[3]。

注释

[1] 清都：神话传说中天帝居住的宫阙。

[2] 风露九天：秋天的风和露。形容秋高气爽。元代于立《水调歌头·玉山名胜集》词："忆得影娥池上，金粟盈盈满树，风露九天秋。"蜺旌：彩饰之旗。司马相如《上林赋》："拖蜺旌，靡云旗。"

[3] 仙仗：神仙的仪仗；天子的仪仗。红云：红色的云。传说仙人所居之处，常有红云盘绕。唐代曹唐《小游仙诗》之四七："红云塞路东风紧，吹破芙蓉碧玉冠。"

其三

长生乐，长生乐，东望海天开。晓佩扶桑金简去，群仙抗手出蓬莱[1]。花露满瑶台[2]。

注释

[1] 金简：金质的简册，常指道教仙简或帝王诏书。抗手：举手，示意告别。《孔丛子·儒服》："临刑，文节流涕交颐，子尚徒抗手而已。"

[2] 瑶台：指传说中的神仙居处。

桂枝香
中秋夜泊湖头月下有怀

湖头满月。照水色若空，秋色如水。一片金波不动[1]，惊风吹起。琼楼似近清虚府[2]，恨姮娥、不知人意。水平天远，斗杓下贴，影迷烟翠。念丛桂、山中独倚。赖银汉无声，离思堪洗。谁信瑶华[3]，误我别来憔悴。遥遥水面留残笛，有大鱼人立天底。露寒芦雪[4]，渔灯依客，夜深无寐。

编年

作年不可确知，姑系于咸丰八年（1858）中秋，宦游湖北时作。

注释

[1] 金波：谓月光。《汉书·礼乐志》："月穆穆以金波，日华耀以宣明。"颜师古注："言月光穆穆，若金之波流也。"

[2] 清虚府：指月宫。五代谭用之《江边秋夕》诗："七色花虬一声鹤，几时乘兴上清虚。"

[3] 瑶华："瑶华圃"的省称，为传说中仙人居住的地方。此指月宫。

[4] 芦雪：即芦花。芦花色白如雪，故称。

八声甘州
读义山诗笺意

论陶镕六代艳秾华，幽光数樊南[1]。甚诗人忠爱，潜思古意，臣也犹堪[2]。岂是名除朝籍，暇蝶客心甘[3]。伤美人香草，遗恨谁参[4]。

百世情怀如在，漫碧城锦瑟，刻意虚谙[5]。信身闲思苦，摇落似江潭。尽哀时、辞微文约，待郑笺、逆志已难探[6]。娴辞令、楚骚能继，温段俱惭[7]。

148

编年

作年不可确知,姑系于咸丰八年(1858)宦游湖北时作。

注释

[1] 陶镕:熔化,融合。清代黄景仁《太白墓》诗:"陶镕屈宋入大雅,挥洒日月成瑰词。"幽光:潜隐的光辉。樊南:晚唐诗人李商隐(约813—约858),字义山,号玉谿生,又号樊南生,故常以"樊南"称之。

[2] 潘思:即淫思。深思、沉思。潘,淫的讹字。黔南丛书本作"淫思"。

[3] 朝籍:在朝官吏的名册。唐代陆龟蒙《书〈李贺小传〉后》:"长吉夭,东野穷,玉谿生官不挂朝籍而死。"暱媟:即昵媟,谓亲昵而不庄重。客心:游子之思。

[4] 美人香草:以喻李商隐。美人,品德美好的人。《诗经·邶风·简兮》:"云谁之思,西方美人。"郑玄笺:"思周室之贤者。"香草:比喻忠贞之士。王逸《离骚》序:"《离骚》之文,依《诗》取兴,引类譬谕,故善鸟香草,以配忠贞。"遗恨:至死的悔恨。参:查验,验证。

[5] 碧城锦瑟:指李商隐《碧城》《锦瑟》二诗。碧城:《太平御览》卷六七四引《上清经》:"元始(天尊)居紫云之阙,碧霞为城。"后因以"碧城"为仙人、道隐、女冠所居之处。

[6] 辞微文约:《史记·屈原列传》"其文约,其辞微",指文章简约,言语含蓄。郑笺:汉代郑玄所作《〈毛诗传〉笺》的简称,泛指对古籍所作的笺注。逆志:谓猜测其志向,揣度其原意。《孟子·万章上》:"故说《诗》者,不以文害辞,不以辞害志。以意逆志,是为得之。"朱熹《集注》:"当以己意迎取作者之志,乃可得之。"

[7] "娴辞令"二句:谓李商隐的诗不仅"娴于辞令"(指语言表达得体),

而且继承了屈原《离骚》的比兴传统，超过与其齐名的温庭筠和段成式。温、李、段三人并称"三才子"。（详莫道才《新旧〈唐书〉李商隐传"三十六（体）"为"三才子"之误考》，载《文献》2011年第2期）

宴清都
雪堂怀古[1]

营地谁为主。人言是，此山瓦砾荒土。去年刈草，春江入户，雪堂聊与。而今漫说东坡，但省识[2]、城头屋宇。更阅历、古今烟尘，江天雪月如故。

我来赤壁山寒，黄泥坂滑[3]，陈迹愁睹。平生四海，南迁几个，客愁何许。黄州鼓角朝暮，怨五载、留公不住[4]。甚夜凉、碧汉如烟，横江鹤语[5]。

编年

咸丰九年（1859），黎兆勋檄署藩照磨兼盐库大使，至黄州向湖北巡抚胡林翼述职期间作。按：黎兆勋赴鄂后，为胡林翼留为署藩照磨兼盐库大使，长年往返于武昌、钟祥、新堤之间，为朝廷平定太平天国运动筹集军饷。是时，黎兆勋自钟祥公干返回，至黄州向胡林翼述职，同时作有《自安陆府舟行赴黄州谒胡中丞》《雪堂新构廖益堂司马留宿其中漫赋》诸诗可参，详拙撰《〈侍雪堂诗钞〉编年校注》卷四诸诗编年。

注释

[1] 雪堂：苏轼（号东坡）谪贬黄州时，寓居临皋亭，就东坡筑雪堂，故址在今湖北省黄州市东。

[2] 省识：犹认识。

[3] 黄泥坂：地名。苏轼《黄泥坂词》："出临皋而东骛兮，并丛祠而北转。走雪堂之陂陀兮，历黄泥之长坂。"

[4] "黄州"二句：苏轼因"乌台诗案"被贬黄州，元丰三年（1080）二月初到达贬所，七年（1084）四月，苏轼离开黄州，奉诏移汝州安置，在黄州四年多，故词云"怨五载，留公不住。"

[5] 碧汉：银河，亦指青天。鹤语：南朝刘敬叔《异苑》卷三："晋太康二年冬，大寒，南洲人见二白鹤语于桥下曰：'今兹寒，不减尧崩年也。'于是飞去。"后以"鹤语"谓鹤寿长而多知往事。唐代崔湜《幸白鹿观应制》诗："鸾歌无岁月，鹤语记春秋。"

木兰花慢

偕同人游元佑观，遂至松林山入显陵[1]。

访重重梵宫，兴献邸、旧园林[2]。听法鼓声寒[3]，空林云薄，过客初经。登临。春归草木，伴颓垣破瓦沍残冰[一]。烟冷繁红腻眼，雨余惨绿凄心[4]。

沉吟。鹤籞帝京深[5]。龙去楚天青。叹承统皇都，兴衰帝业，遗恨山陵。觚棱[6]。百灵朝护，愧孤臣议礼哭朝廷[7]。争得龙楼凤阙[8]，照残戍火渔灯。

校记

【一】冰：同治本、黔图本作"水"，误。

编年

当为咸丰九年（1859）檄署藩照磨兼盐库大使，至钟祥公干时作。

注释

[1] 元佑观：即元佑宫，位于钟祥郢中镇南隅，镜月湖北岸，为明嘉靖

皇帝御敕所建，供皇帝返乡、皇室宗亲和州府官员朝奉显陵或举行其他重大祭祀活动的焚修祝厘之所。《钟祥县志》载：明正德年间，"纯一道人居玄妙观，道行甚高，兴王（朱祐杬，嘉靖皇帝朱厚熜生父）尝与之游，一日假寐，见纯一入宫中，及觉问左右曰：'纯一来此乎？'俄报宫中生世子矣！"世子即后来的嘉靖皇帝。纯一道人法号元佑，自幼修道法无边，与兴王朱祐杬结为至交。朱厚熜所生之日，正是纯一道人羽化之时，故朱厚熜被说成是纯一道人的化身。朱厚熜继皇位后，敕建此宫，题名元佑宫，以示纪念。"元佑"者，取玄天元佑之意。黎兆勋《侍雪堂诗钞》卷四《三月三日偕舍弟游元佑观诸寺感事》诗可参。显陵：明朝追谥恭睿献皇帝朱佑杬（嘉靖皇帝朱厚熜生父）的陵墓，位于湖北省钟祥市城东北方纯德山上。

[2] 梵宫：即元佑观。兴献邸：兴献王朱佑杬的府邸。朱佑杬受封"兴王"，去世后正德帝赐谥"献"，世宗朱厚熜即位后推尊为"兴献帝"。

[3] 法鼓：佛教法器之一。举行法事时用以集众唱赞的大鼓；亦指禅寺法堂东北角之鼓，与茶鼓相对。《法华经·化城喻品》："击于大法鼓，而吹大法螺。"

[4] 繁红：繁花。宋代晏殊《采桑子》词："何日解系天边日，占取春风，免使繁红，一片西飞一片东。"惨绿：浅绿色。《太平广记》卷一五七引《河东记·李敏求》："又过西庑下一横门，门外多是着黄衫惨绿衫人。"

[5] 鹤籞：犹鹤禁。唐代王勃《七夕赋》："剪凫洲于细柳，披鹤籞于长楸。"清代厉荃《事物异名录·宫室·鹤禁》："《汉宫阙疏》：'鹤宫，太子所居，凡人不得出入，故曰鹤禁。'"

[6] 觚棱：亦作"觚陵"，宫阙上转角处的瓦脊成方角棱瓣之形，亦借指宫阙。此指显陵。

[7] "百灵朝护"二句：谓藩王朱厚熜在百官拥戴下即皇帝位，称嘉靖帝，

但不久即与杨廷和、毛澄为首的武宗旧臣之间关于以谁为嘉靖帝皇考（即宗法意义上的父亲），以及嘉靖帝生父尊号的皇统问题发生长达三年半的"大礼议"之争；"大礼议"使杨廷和等与嘉靖帝彻底决裂，杨被削官为民，其党羽多遭贬窜，嘉靖帝独揽乾纲，威慑群臣，并由此酿成谄媚之风、党争之风。孤臣：孤立无助或不受重用的远臣。南朝江淹《恨赋》："或有孤臣危涕，孽子坠心，迁客海上，流戍陇阴。"

[8] 龙楼凤阙：帝王宫阙。欧阳修《鸭鹈词》诗："龙楼凤阙郁峥嵘，深宫不闻更漏声。"

东风第一枝

以崇茶[1]寄家人戏赠，盖予尝往来茶园者，试略言之。

残雪犹莹，轻雷初碾，芳萌隐约生树[2]。春教园户先知，碧怜茗香欲度。琼芽细摘，又还待、踏青儿女[3]。记隔林、翠袖揎寒，玉腕乍笼霏雾[4]。

檐杲杲、细痕翻露。灯灼灼、嫩尖发乳。典钗早祀茶神，索租预愁吏怒[5]。茸茸抟合，倩谁念、蓬门辛苦[6]。试密封、遥寄山家，莫怨故园机杼。

编年

当为咸丰九年（1859）宦游湖北，檄署藩照磨兼盐库大使时作。此词反映茶农生活，描写了采茶姑娘的茶园采摘活动，刻画了她由喜而愁的心理，揭露了苛税扰民暴政，对"蓬门辛苦"寄予深切同情。

注释

[1] 崇茶：崇阳茶。明代黄一正《事物绀珠》载："茶类，今茶名……崇阳茶、蒲圻茶、圻茶、荆州茶、施州茶、南木茶（出江陵）。"崇阳

位于湖北省南陲,居湘、鄂、赣三省交界处,明、清时属武昌府,今隶咸宁市,以产茶著名。

[2] 残雪:尚未化尽的雪。唐代杜审言《大酺》诗:"梅花落处疑残雪,柳叶开时任好风。"轻雷:隐隐的雷声。唐代高适《陪窦侍御灵云南亭宴诗得雷字》诗:"新秋归远树,残雨拥轻雷。"芳盟:叶芽,花蕾。

[3] 踏青:清明节前后郊野游览的习俗,旧时并以清明节为踏青节。唐代孟浩然《大堤行》诗:"岁岁春草生,踏青二三月。"

[4] "隔林"三句:描写青年女子采摘云雾新茶时的情景。翠袖:青绿色衣袖,泛指女子的装束。玉腕:洁白温润的手腕,亦借指手。霏雾:飘拂的云雾。

[5] 典钗:谓妇女典当首饰。茶神:指唐代湖北竟陵(今天门)人陆羽,因其精于茶,故尊之为"神"。《新唐书·隐逸传·陆羽》:"羽嗜茶,著经三篇,言茶之原、之法、之具尤备,天下益知饮茶矣,时鬻茶者,至陶羽形置炀突间,祀为茶神。"预愁:谓在忧愁之中。南唐李中《送孙明府赴寿阳》诗:"预愁别后相思处,月入闲窗远梦回。"

[6] 蓬门:指贫寒的采茶人家。

百字令
送监利龚子贞学博罢官归里

白头朱十[1],羡归田正是,著书时节。先辈风流君自信,不待啼鹃声彻。葛令移家,幼安过海,予意烦君决[2]。遂初能赋,几人帆挂江月[3]。

谁识问字堂空,檐花霏雨,短曲伤离别[4]。宦绩名场尘海梦,付与荆南山色[5]。生恐鸡虫,杜陵闲咏,愁思频遥结[6]。客怀如寄,东风双燕能说[7]。

编年

咸丰九年（1859）宦游湖北，檄署藩照磨兼盐库大使时作。《侍雪堂诗钞》卷四有《别子贞三首》诗，系于咸丰九年。又龚昌运《〈侍雪堂诗钞〉序》云："余意君负干济之才，方声噪缙绅间，当必拔擢见用于世，不徒托诸空言；视余潦倒闲职，失意罢归，行年六十莫遂所怀者，何啻霄壤？乃黎君频寓书来，亦郁郁不得行其志，将图高蹈，退归泉石。"可以想见当时二人仕宦情况。

注释

[1]"朱十"三句：以朱彝尊比龚子贞。朱十：指朱彝尊（1629—1709），字锡鬯，号竹垞，晚号小长芦钓鱼师，清初浙江秀水（今嘉兴市）人。康熙十八年（1679）举博学鸿词科，以布衣授翰林院检讨，入直南书房。曾参加纂修《明史》，后因疾未及毕其事而罢归，遂潜心著述。朱彝尊学识渊博，博通经史，工诗词古文，为清代著名学者。词推崇姜夔，为浙西词派领袖；诗与王士禛齐名，时称"南朱北王"。著述甚丰，有《经义考》《日下旧闻》《曝书亭集》等，编有《词综》《明诗综》等。顺治十四年（1657），朱彝尊在广东与诗人屈大均交游，屈有《过朱十夜话》诗，知其排行第十。康熙二十四年（1685），纳兰性德卒，彝尊作《祭纳兰侍卫文》有云："我官既谪，我性转迁。老雪添鬓，新霜在须。君见而愕，谓我太臞。"知其未及六十已白须发。龚子贞：名昌运，今湖北荆州市监利市人，黎兆勋在鄂诗友，曾官钟祥训导，与黎兆勋唱和颇多，后为《侍雪堂诗钞》作序，著有《大雅堂诗集》《清愁绮恨篇》等。

[2]"葛令移家"三句：自谓困于出处，请龚昌运为作抉择。葛令移家：晋代葛洪（283—363）世代显赫，葛洪也因战功被封为"伏波将军"，并屡次升迁；然葛洪心里却非常冷静，在政治昏暗、社会动荡的情

况下，他看破红尘，一心修道，请求去广西做一名县令，以就近采炼丹砂度过余生。得到皇帝允许后，葛洪举家南迁，至广东，为当地官员挽留，隐居在罗浮山修道炼丹，最后老死山中，传说他羽化成仙。幼安过海：汉末管宁（158—241），字幼安，值天下大乱，与邴原及王烈等人渡海至辽东避乱，只谈经典而不问世事。苏辙《管幼安画赞》说："幼安少而遭乱，渡海居辽东，三十七年而归。归于田庐，不应朝命，年八十有四而没，功业不加于人。而予独何取焉？取其明于知时，而审于处己云尔。"

[3] 遂初能赋：西汉后期刘歆由河内太守徙五原时，作《遂初赋》以纪行，抒发在混乱时局下内心的不安与忧郁，隐含归隐之意。又《晋书·孙绰传》："（孙绰）少与高阳许询俱有高尚之志。居于会稽，游放山水，十有余年，乃作《遂初赋》以致其意。"遂初：遂其初愿，谓去官隐居。二句谓龚子贞罢官归里，帆挂江月，能遂初心。

[4] 问字：据《汉书·扬雄传》载，扬雄多识古文奇字，刘棻曾向扬雄学奇字。后来称从人受学或向人请教为"问字"。此句词人自谓龚子贞罢官归里后，便无缘再向他请教。檐花：靠近屋檐下边开的花。唐代李白《赠崔秋浦》诗："山鸟下听事，檐花落酒中。"

[5] "宦绩"二句：谓龚子贞收起仕途功名之念，归隐故园。

[6] "鸡虫"二句：语本杜甫《缚鸡行》诗："鸡虫得失无了时，注目寒江倚山阁。"鸡虫，即杜诗所言"鸡虫得失"，像鸡啄虫或人缚鸡那样的得失；比喻微小的得失，无关紧要。杜陵：指杜甫。

[7] 东风双燕：语出宋代无名氏《喜迁莺·物中双美》词："愿岁岁，见东风双燕，满城桃李。"又五代冯延巳《长命女·春日宴》词："一愿郎君千岁，二愿妾身常健，三愿如同梁上燕，岁岁长相见。"

忆王孙
江皋晚望

碧天无际雁行遥。风卷飞蓬上九霄。野色游心自寂寥。黯魂销。鄂渚寒沙正落潮[1]。

编年

作年不可确知，姑系于咸丰九年（1859）秋宦游湖北，檄署藩照磨兼盐库大使时作。

注释

[1] 鄂渚：相传在今湖北武昌黄鹤山上游三百步长江中。隋置鄂州（含今武汉武昌区等地），即因渚得名。世亦称鄂州为鄂渚。

鹧鸪天
梦影

黄叶溪头梦影牵。书来私语意缠绵。低吟骨出飞龙句[1]，药店谁分子母钱[2]。

无恨月，已凉天。清辉何事向人圆。明朝莫杀南飞雁，送我乡愁到汝前。

编年

作年不可确知，姑系于咸丰九年（1859）秋宦游湖北，檄署藩照磨兼盐库大使时作。细绎词意，盖思念妻妾之作。

注释

[1] "低吟"句：语出《乐府诗集》卷四十六南朝乐府《读曲歌》："自从别郎后，卧宿头不举。飞龙落药店，骨出只为汝。"诗以"飞龙""骨

出"形容思妇相思之"苦而瘦骨憔悴之态",后遂用为咏伤相思之典。飞龙,指中药龙骨,比喻人瘦骨嶙峋。唐代李贺《恼公》诗:"心摇如舞鹤,骨出似飞龙。"

[2]"药店"句:语本唐代许浑《赠王山人》诗:"君臣药在宁忧病,子母钱成岂患贫。"子母钱:即青蚨钱,典出晋代干宝《搜神记》卷十三:传说青蚨生子必依草叶,大如蚕子;取其子,母即飞来,不以远近;虽潜取其子,母必知处。以母血涂钱八十一文,以子血涂钱八十一文,每市物,或先用母钱,或先用子钱,皆复飞归,轮转无已。

鬲溪梅令
忆南坞梅花

坞南一树隐茅茨[1]。念娇姿。旧种江梅春色、早垂垂[2]。别来谁护持。可能花好似当时。小红枝。月解怜花花定、诉相思。怨侬归去迟。

编年

作年不可确知,姑系于咸丰九年(1859)冬,宦游湖北,檄署藩照磨兼盐库大使时作。黄万机先生认为此词为"思念内人的词"。(《黎兆勋〈莳烟亭词〉初探》,《贵州文史丛刊》1985年第4期)按:黎兆勋所居曰"姑园",其中有藏诗坞,即南坞。

注释

[1] 茅茨:茅草盖的屋顶,亦指茅屋,或用以谦称自己的家。
[2] 垂垂:生长延伸的样子。

点绛唇
别意送客

管领春愁,是南都酒旗歌板[1]。楚江潮满。只恨君归晚。

故国莺花，不见长洲苑[2]。情何限。管弦零乱。旧曲声声变。

编年

作年不可确知，姑系于咸丰九年（1859）冬，宦游湖北，檄署藩照磨兼盐库大使时作。

注释

[1] 管领：过问，理会。宋代刘克庄《满江红》词："落日登楼，谁管领，倦游狂客。"酒旗歌板：即酒帘，酒店的标识。歌板：即拍板，一种乐器，歌唱时用以打拍子，故名。唐代李贺《酬答》诗之二："试问酒旗歌板地，今朝谁是拗花人？"

[2] 莺花：莺啼花开，泛指春日景色。杜甫《陪李梓州等四使君登惠义寺》诗："莺花随世界，楼阁倚山巅。"长洲苑：又称吴王苑、吴苑，春秋吴王阖闾所建，以江水洲为苑，为吴王圈养禽兽、种植林木、游猎的场所。《汉书·枚乘传》："枚乘复说吴王曰：'……（汉）修治上林，杂以离宫，积聚玩好，圈守禽兽，不如长洲之苑。'"晋代为战争所毁，历代文人墨客多有题咏，遗址在今苏州相城区望亭镇。后亦以借指吴地。由此可知词人所送之客为吴地人。

锁窗寒

友人以胡叟画竹索题，戏用山谷谢黄斌老墨竹诗韵。[1]

墨竹真传，江南李主，柳书神会[2]。湖州老笔，瘦硬力能追配[3]。想当时、铁钩锁成，笔锋秀辣风霜外[4]。任雪梢雨叶，名家争起，更无人对。

文派。名空在。君试问苏黄[5]、应谙变态。吾衰好古，论画尝轻流辈。叹襟期、长寄莽苍，肺肝槎枒芒角大[6]。爱山翁、坚挺通灵，圣处公当逮[7]。

编年

作年不可确知，姑系于咸丰九年（1859）冬，宦游湖北，檄署藩照磨兼盐库大使时作。黎兆勋善于作画，亦好论画。

注释

[1] 山谷谢黄斌老墨竹诗：指黄庭坚《次韵谢黄斌老送墨竹十二韵》诗。

[2] 墨竹：竹的一种，此指墨竹的画法。宋代黄休复《茅亭客话·滕处士》："有丝竹，叶细而青，茎瘦而紫，亦谓之墨竹。""江南李主"二句：南唐后主李煜，北宋《宣和画谱》记载其在"政事之暇，寓意于丹青，颇到妙处"，他独创"金错刀"书体，并以书入画，用源自唐代楷书大家柳公权的笔法画竹。

[3] "湖州"二句：盖指宋代苏轼、文同开创的"湖州竹派"只有黄庭坚的瘦硬笔法可以追配。《苏轼诗话集录》"补遗《题憩寂图诗（并鲁直跋）》"条录黄庭坚诗句："东坡虽是湖州派，竹石风流名一时。"此处形容胡叟画竹，亦可通。

[4] "铁钩"二句：黄庭坚《次韵谢黄斌老送墨竹十二韵》诗："江南铁钩锁，最许诚悬会。"自注："世传江南李主作竹，自根至梢极小者，一一钩勒成，谓之铁钩锁。自云惟柳公权有此笔法。"可知黄庭坚认为"江南铁钩锁"就是李煜所创的一种竹的画法，这种勾勒画竹的笔法源自柳公权。

[5] 苏黄：宋代苏轼、黄庭坚的并称。

[6] 襟期：襟怀、志趣。肺肝：比喻内心。槎枒：亦作"槎牙""槎岈"，形容错落不齐之状。芒角：棱角，指人的锋芒或锐气。

[7] 山翁：指黄庭坚，号山谷道人。坚挺：坚强刚直。通灵：善于应变，不拘泥。

玲珑四犯

夜声欲雪，枕上不寐，赋此，用"白石体"。

一岁行踪，五移吟榻，孤怀长伴灯影[1]。楚天云雨梦，不是羁人恨[2]。今宵又当细省。怪乡愁、欲眠难稳。破壁呼风，冻云巢月，人与鹤同醒。[3]

壮时喜歌幽夐。怅峥嵘岁暮[4]，垂老才尽。席无豪士赋，酒谢胡姬饮[5]。迷离蝶梦庄生笑[6]，争留得、寒光生枕。情黯淡，翠衾外、瑶窗夜永。

编年

作年不可确知，姑系于咸丰九年（1859）冬，宦游湖北，檄署藩照磨兼盐库大使时作。

注释

[1]"一岁"三句：谓一年之内辗转五地，羁旅漂泊，只有孤灯相伴。孤怀：孤高的情怀。唐代孟郊《连州吟》："孤怀吐明月，众毁烁黄金。"

[2]"楚天"二句：即羁人恨不是楚天云雨梦。羁人：羁旅之人自称。楚天云雨梦：语本后唐李存勖《阳台梦·薄罗衫子金泥凤》词："楚天风雨却相和，又入阳台梦。"用宋玉《高唐赋》中楚襄王梦游高唐，与巫山神女于高台之下欢会事。后因用以指男女亲昵之事。

[3]"破壁"三句：形容天气寒冷，把人和鹤都冻醒了。破壁呼风：指寒风穿墙破壁而入。冻云巢月：指月亮钻进了严冬的阴云里。

[4]峥嵘：形容岁月逝去。鲍照《舞鹤赋》："岁峥嵘而愁暮，心惆怅而哀离。"《文选》李善注："岁之将尽，犹物之高。"

[5]豪士赋：指豪士于席上作赋。又西晋陆机曾作《豪士赋》。胡姬：原指胡人酒店中的卖酒女，后泛指酒店中卖酒的女子。宋代周邦彦《迎春乐》词之二："解春衣贳酒城南陌，频醉卧胡姬侧。"

[6] 蝶梦：《庄子·齐物论》："昔者庄周梦为胡蝶，栩栩然胡蝶也，自喻适志与！不知周也。俄然觉，则蘧蘧然周也。不知周之梦为胡蝶与，胡蝶之梦为周与？"后因以"蝶梦"喻迷离惝恍的梦境，亦喻现实人生如虚幻梦境。"蝶梦"前后七句：谓壮时才华深邃，而今垂垂老矣，壮志消磨，才思枯竭，席不作赋，宴不饮酒，觉人生十年一晃而过如虚梦一场，只有清冷的月光照在枕上。

庆宫春

次夜，雪月交辉，中庭散步，念子尹隐居处，亦用"白石体"。

春满瑶阶[1]，月明华屋，鄂城夜静楼阁。更鼓声沉，星河影散，隔城初生晓角[2]。亭亭闲馆，净尘梦，孤云一握[3]。故山风雪，高士林园，客愁遥托[4]。

情知龙性难驯，豹隐求深，道心坚卓[5]。空伤吟侣，尘劳自误，也学扬州骑鹤[6]。梅坨松岑[7]，又还是、襟期淡泊。萧条人事，儒老乾坤，君应念着[8]。

编年

与上首作于同时，系于咸丰九年（1859）冬，宦游湖北，檄署藩照磨兼盐库大使时作。

注释

[1] 春满瑶阶：谓春意弥漫在石阶上。

[2] 更鼓：报更的鼓声。星河：银河。晓角：报晓的号角声。唐代沈佺期《关山月》诗："将军听晓角，战马欲南归。"

[3] 闲馆：宽广的馆舍。汉代司马相如《封禅文》："鬼神接灵圉，宾于闲馆。"尘梦：尘世的梦幻。五代齐己《送禅者游南岳》诗："尘梦是非都觉了，野云心地更何妨。"一握：犹言一把，亦常喻微小或微少。

[4] 高士：志行高洁之士。此指郑珍（字子尹）。

[5] 情知：明知，深知。龙性：倔强难驯的性格。南朝颜延之《五君咏·嵇中散》："鸾翮有时铩，龙性谁能驯？"豹隐：汉代刘向《列女传·陶答子妻》："妾闻南山有玄豹，雾雨七日而不下食者，何也？欲以泽其毛而成文章也，故藏而远害。"后因以"豹隐"比喻洁身自好，隐居不仕。"情知"以下六句：设想好友郑珍深知"我"性格倔强难驯，也想隐居不仕，此心坚贞；却又一时妄想，学人家扬州骑鹤，终为世俗所误，薄宦羁旅，沉沦下僚，对此，你也伤感"我"的身世吧！

[6] 尘劳：泛指世俗事务的烦恼或旅途劳累。扬州骑鹤：《渊鉴类函·鸟·鹤三》引南朝殷芸《小说》："有客相从，各言所志，或愿为扬州刺史，或愿多赀财，或愿骑鹤上升。其一人曰：腰缠十万贯，骑鹤上扬州，欲兼三者。"后以"扬州骑鹤"形容如意之事，或形容贪婪、妄想。

[7] 梅圯松岑：郑珍（子尹）居所望山堂（子午山）配景。望山堂配景有米楼、乌桕轩、桐冈、梅圯、松崖、团湖、紫竹亭、怪岛、酒泉等。望山堂在咸丰十一年毁于兵燹。

[8] "萧条人事"三句：自谓岁月消磨，仕途惨淡，被老友牵挂。

百字令
咏古

汉阳城远，放山色、飞渡澄江楼堞。黄鹄矶头涛怒涌，西望愁心千叠[1]。杂霸山川，残兵鼓角，往事生眉睫[2]。蛮烟销尽，夜声悲啸城阙。

谁更酾酒临风[3]，伤今怀古，问多情明月。陶侃雄军千载上[4]，那忍声销心歇。星火生寒，罍更乍瞑[5]，正暮涛呜咽。几回凝望，碧云天外初合。

编年

作年不可确知，姑系于咸丰十年（1860）春，宦游湖北，檄署藩照

磨兼盐库大使时作。此首怀古伤今，借咏陶侃而伤当日战乱未宁。

注释

[1] 黄鹄矶：在今武汉市蛇山西北，其上有黄鹤楼。

[2] 杂霸山川：谓用王道搀杂霸道治江山。残兵：战败剩余的军队。鼓角：战鼓和号角，军队亦用以报时、警众或发出号令。

[3] 酾酒：斟酒。《晋书·周处传》："及吴平，王浑登建邺宫酾酒，既酣，谓吴人曰：'诸君亡国之余，得无戚乎？'"

[4] 陶侃：字士行（259—334），东晋名将，出身贫寒，曾任武昌太守、荆州刺史，官至侍中、太尉、荆江二州刺史、都督八州诸军事，封长沙郡公。曾率军平定陈敏、杜弢、张昌起义，又作为联军主帅平定了苏峻之乱，为稳定东晋政权立下赫赫战功，备受后世尊崇。

[5] 鼍更：指更鼓声。因鼍夜鸣与更鼓相应，故名。

前调
咏古

是何年少，振奇兵、捷似风霆行疾。收取江东名士会，臣本孤忠汉室[1]。孟德长留，周郎早死，灭贼真难必[2]。他年臣魏，阿兄灵愤应郁[3]。　　谁见遗庙千秋，石头城古[4]，旌旆寒斜日。不死狮儿迟十载[5]，焉肯三分专一。社鼓神鸦，荒原凭吊，更客愁飘忽。长江天堑，萧条吴下人物。

编年

作年不可确知，当与前首作于同时，系于咸丰十年（1860）春，宦游湖北，檄署藩照磨兼盐库大使时作。此首咏孙策（175—200）。策字伯符，吴郡富春（今浙江富阳）人，孙坚长子，孙权长兄，骁勇多谋而善用兵，三国孙吴的奠基者之一。为继承父亲遗业而屈事袁术，后脱离袁术，统一江东。在一次狩猎中为刺客所伤，不久身亡，年仅二十六岁。

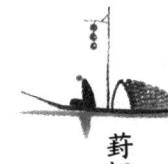

其弟孙权接掌孙策势力，称帝后，追谥孙策为长沙桓王。此词亦借古伤今，面对"长江天堑"，颂扬汉末崛起江东的少年英雄孙策，悲叹其英雄早逝，慨叹当今"萧条吴下人物"。

注释

[1]"收取"二句：《三国志·吴志·孙策传》："（孙）策字伯符。（孙）坚初兴义兵，策将母徙居舒，与周瑜相友，收合士大夫，江、淮间人咸向之……"裴松之注引《吴历》曰："初策在江都时，张纮有母丧。策数诣纮，咨以世务，曰：'方今汉祚中微，天下扰攘，英雄俊杰各拥众营私，未有能扶危济乱者也。先君与袁氏共破董卓，功业未遂，卒为黄祖所害。策虽暗稚，窃有微志，欲从袁扬州求先君余兵，就舅氏于丹杨，收合流散，东据吴会，报仇雪耻，为朝廷外藩。'"

[2]孟德：指曹操。周郎：指东吴大都督周瑜。

[3]"他年"二句：孙权奉表向曹丕称臣，被册封为吴王、大将军、领荆州牧，节督荆、扬、交三州诸军事，死去的孙策对此应当感到愤郁。

[4]石头城：古城名，故址在今江苏南京市清凉山。本楚金陵城，汉建安十七年（212）孙权重筑改名。城负山面江，南临秦淮河口，当交通要冲，六朝时为建康军事重镇。

[5]猘儿：《三国志·吴志·孙策传》："（孙）策并江东，曹公力未能逞，且欲抚之。"裴松之注引《吴历》："曹公闻策平定江南，意甚难之，常呼'猘儿难与争锋也'。"

菩萨蛮
纪事

江天雪浪春南极。云中忽见孤帆立。疑是月边舟。来从天尽头。

夔巫波塞峡。江拥愁云合。巨涨记今年。庚申五月前。

编年

咸丰十年庚申（1860），宦游湖北，檄署藩照磨兼盐库大使时作。按：词题"纪事"，又云"巨涨记今年，庚申五月前"，知为咸丰十年作。是年入夏以来，金沙江下游、三峡地区、清江及荆江一带，先后普降暴雨，金沙江洪水与三峡区间洪水遭遇，出峡后又与清江及荆江暴雨遭遇，遂形成流域性的特大洪灾，"为数十年来未有之水""宜昌水涌入城，平地水深六七尺，出现前所未有之灾。枝江水入城，民舍漂没殆尽，荆江万城堤破，藕池口溃决后，洪水倾泻入洞庭湖，洞庭湖滨湖各州县均被淹，沿江滨湖地带积水甚深"。（参王俊、孙军胜《洪水：刻在长江记忆里的伤痕》，载《中国三峡》2021年第3期）

青玉案
曲池

曲池百叠风漪静[1]。镜里丽人花艇。水佩风裳朝露冷[2]。玉壶冰碎，翠罗云薄，摇荡双鬟影[3]。

鸳鸯未打都惊醒。飞过石桥犹省。红藕香中眠怕稳。浣纱人语，采莲人笑，无限情怀迥。

编年

作年不可确知，姑系于咸丰十年（1860），宦游湖北，檄署藩照磨兼盐库大使时作。

注释

[1] 风漪：微风吹拂水面形成的波纹。

[2] 水佩风裳：以水做佩饰，以风为衣裳。语本唐代李贺《苏小小墓》诗："风为裳，水为佩。"本写美人的妆饰，后用以形容荷叶、荷花

之状貌。

[3] 玉壶：玉制的壶。比喻曲池水面。翠罗：绿色的丝织物。双鬟：古代年轻女子的两个环形发髻，借指少女。

三姝媚

友人自湖南来，以湘妃竹数茎见贻，赋此谢之。

九疑离别路[1]。沁湘云湘娥，泪痕千古[2]。丛竹幽篁，正洞庭春远，断风零雨[3]。苔碧斑斑，早遍种、情根无数。春腻团圞[一]，寒晕琅玕，古愁如诉[4]。

玉立[二]纤痕谁护[5]。却付与江南，远行儿女。帝子风波，怨绿云清泣，更无人赋[6]。翠袖天寒，今又睹、瑶姬无所[7]。应怪苍梧万里，灵妃不去[8]。

校记

【一】圞：同治本、黔图本作"欒"，黔南丛书本作"圙"，意同。

【二】立：底本作"玄"缺点避康熙讳、黔南丛书本作"玄"，据同治本、黔图本改。《钦定词谱》中本调凡三体，此处均作仄声。

编年

作年不可确知，姑系于咸丰十年（1860），宦游湖北，檄署藩照磨兼盐库大使时作。

注释

[1] 九疑：山名，又称九嶷山、苍梧山，在今湖南省宁远县，传说舜帝南巡，死于九疑。《山海经·海内经》："南方苍梧之丘，苍梧之渊，其中有九嶷山，舜之所葬，在长沙零陵界中。"清代段玉裁《说文解字注》："九嶷山也，舜所葬……按诸书多作'九疑'，惟《山海经》

作'嶷',音'疑'。""九疑"的来历说法不一,主要有"九溪九峰"说和"尾宿九子"说两种。"九溪九峰"说可查典籍较多,如《史记·五帝本纪》:"(舜)南巡狩,崩于苍梧之野。葬于江南九疑,是为零陵。"三国刘劭《皇览》:"舜冢在零陵营浦县,其山九溪皆相似,故曰九疑。"南朝任昉《述异记》:"九山相似,行者望之有疑,因名曰九疑山。"北魏郦道元《水经注》:"蟠基苍梧之野,峰秀数郡之间。罗岩九举,各导一溪,岫壑负阻,异岭同势,游者疑焉,故曰九疑山。""尾宿九子"说则从"星象分野"的角度解释,认为最初的"九嶷"是指三分石,九嶷山的三分石正好对应"星象分野"里东方苍龙之尾宿,"九疑"之"九"源于尾宿九子之数,"疑"则与龙的变化相应。

[2] "沁湘云"二句:传说舜帝南巡,他的两个妃子娥皇、女英千里寻追,到洞庭君山,闻舜帝已崩,抱竹痛哭,流泪成血,滴落竹上形成斑点,故名"泪竹""斑竹",或称"湘妃竹"。湘娥:指湘妃。张衡《西京赋》:"感河冯,怀湘娥。"《文选》李善注引王逸曰:"言尧二女,娥皇、女英随舜不及,堕湘水中,因为湘夫人。"

[3] 幽篁:指幽深的竹林。《楚辞·九歌·山鬼》:"余处幽篁兮终不见天。"零雨:慢而细的小雨。《诗经·豳风·东山》:"我来自东,零雨其濛。"

[4] 团圞:即团栾,团聚。琅玕:形容竹之青翠。古愁:怀古之幽思。

[5] 玉立:犹言挺拔、矗立。此句问斑竹玉立,谁来护持。

[6] 帝子:指娥皇、女英,传说为尧帝的女儿。《楚辞·九歌·湘夫人》:"帝子降兮北渚,目眇眇兮愁予。"王逸注:"帝子,谓尧女也。"绿云:喻女子染成墨绿色的秀发,借指年轻女子。南朝鲍照《代陈思王京洛篇》:"扬芬紫烟上,垂彩绿云中。"

[7] 瑶姬:女神名,相传为天帝的小女,即巫山神女。此指娥皇、女英。

[８]灵妃：指娥皇、女英。唐代王邕《湘灵鼓瑟》诗："宝瑟和琴韵，灵妃应乐章。"

水龙吟
咏蕲州竹簟

画堂净展琉璃，水纹漾碧冰纹界[1]。帘波不动，炉烟淡袅，平铺金薤[2]。庭沁骄阳，榻生清雾，琼肤姿态。任华胥入梦，纱㡡宝枕，应难取、青奴代[3]。

笛竹风漪堪爱[4]。笑阳山、法曹愁贷[5]。体坚色静，无瑕凉滑，倾资求卖。燕寝凝香，萤窗索句，小眠清快[6]。恨玉人、不伴瑶华，欲寄客愁无奈[7]。

编年

作年不可确知，姑系于咸丰十年（1860）夏，宦游湖北，檄署藩照磨兼盐库大使时作。

注释

[１]画堂：华丽的堂舍。水纹：指竹簟水波状的花纹。冰纹：见下一首注释[4]。

[２]帘波：帘影摇曳如水波。金薤：此指竹簟上的薤菜图案。

[３]华胥：《列子·黄帝》："（黄帝）昼寝，而梦游于华胥氏之国。华胥氏之国在弇州之西，台州之北，不知斯齐国几千万里。盖非舟车足力之所及，神游而已。其国无帅长，自然而已；其民无嗜欲，自然而已……黄帝既寤，怡然自得。"后用以指理想的安乐和平之境，或作梦境的代称。纱㡡：亦作"纱厨"，指纱帐，室内张施用以隔层或避蚊。宝枕：指三国魏甄后的玉镂金带枕，曹植持此枕，至洛水，思甄后而作《感甄赋》，即《洛神赋》。青奴：夏日取凉寝具，用竹

青篾编成，或用整段竹子做成，又名竹夫人。宋代黄庭坚《赵子充示竹夫人诗，盖凉寝竹器，憩臂休膝，似非夫人之职，予为名曰青奴，并以小诗取之》之二："我无红袖堪娱夜，正要青奴一味凉。"殿本诗末原注云："冬夏长青，竹之所长，故命曰青奴。"

[4] 笛竹风漪：用笛竹编织的竹席。风漪：借指竹席。宋代范成大《谢龚养正送蕲竹杖》诗："一声霜晓漫吹愁，八尺风漪不耐秋。"

[5] "阳山"二句：盖以自嘲官卑而贫穷。阳山：古县名，在今广东省阳山县东，唐代韩愈《送区册序》："阳山，天下之穷处也。"法曹：古代司法官署，亦指掌司法的官吏。

[6] 燕寝凝香：指睡觉时竹簟散发出竹子的香味。萤窗：晋代车胤以囊盛萤，用萤火照书夜读，后因以"萤窗"借指读书之所，或形容勤学苦读。

[7] 玉人：对所爱者的爱称。唐代权德舆《送卢评事婺州省觐》诗："客愁青眼别，家喜玉人归。"瑶华：即瑶花，玉白色的花。后多以指美玉，以喻贵重。此比喻贵重的蕲州竹簟。

前调
咏绿毛龟

石溪云洞寻来，玉盘碧注寒泉水[1]。日华潋滟[2]，苔痕浮动，茸茸秀媚。漫选青钱，几番凝注，绿衣黄里[3]。怪凌波步月，瑶妃去后，翠翘㜞、花钿坠[4]。

细小供人游戏。错疑池〔一〕藕香巢尔[5]。神龟暗识，吾家碧玉，别来幽丽[6]。此岂能灵，桐花么凤，差堪并美[7]。恨故园、却寄无多，雅玩也应欢喜。

170

校记

【一】池：同治本、黔图本作"他"，误。

编年

作年不可确知，姑系于咸丰十年（1860）夏，宦游湖北，檄署藩照磨兼盐库大使时作。

注释

[1] 石溪：岩石间的溪流。云洞：云雾缭绕之山洞。玉盘：指水池。

[2] 日华：太阳的光华。潋滟：光耀貌。

[3] 青钱：即青铜钱。杜甫《北邻》诗："青钱买野竹，白帻岸江皋。"绿衣黄里：以绿色为衣，用黄色为里。此处描写绿毛龟的外表和内里。语出《诗经·邶风·绿衣》："绿兮衣兮，绿衣黄里。心之忧矣，曷维其已。"

[4] 凌波步月：形容绿毛龟在月光下的水池中游走。瑶妃：女神名，传说是西王母之女。一说即瑶姬，为神话中的巫山神女。后常用以比喻美女。翠翘：古代妇人首饰的一种，状似翠鸟尾上的长羽，故名。花钿：用金翠珠宝制成的花形首饰。

[5] "错疑"句：谓错把池中的莲藕当作自己的住处。

[6] 碧玉：借指年轻貌美的婢妾或小家女。唐代白居易《南园试小乐》诗："红萼紫房皆手植，苍头碧玉尽家生。"

[7] 桐花么凤：谓"吾家碧玉"挽着桐花发式。桐花，古时女子发式之一。么凤，借喻少女。差堪：略可。

汉宫春

咏腊梅

清瘦江梅[1]，怨离离疏影，娇冱[一]寒云。暗从香国别树，分孕浓

春[2]。芳名依旧，怕林家、误认花身。还更借、瑶妃剪彩，硬黄付与东君[3]。

叠叠冰纹寒晕，有檀心磬口，黯淡伤神[4]。涪翁冻吟已晚，空染情芬[5]。却愁香烈，把春心、撩乱双文[6]。看蜡泪、盈盈凝注，一枝折赠何人[7]。

校记

【一】冱：同治本、黔图本作"洹"，误。

编年

作年不可确知，姑系于咸丰十年（1860）冬，宦游湖北，檄署藩照磨兼盐库大使时作。

注释

[1] 江梅：一种野生梅花。宋代范成大《梅谱》："江梅，遗核野生、不经栽接者，又名直脚梅，或谓之野梅。凡山间水滨荒寒清绝之趣，皆此本也。花稍小而疏瘦有韵，香最清，实小而硬。"

[2] 香国：犹花国。宋代许月卿《木犀》诗："分封在香国，筮仕得黄裳。"

[3] 瑶妃：女神名，西王母之女，一说即瑶姬。杜甫《奉酬薛十二丈判官见赠》诗"自云帝季女"清仇兆鳌注："杨慎曰：《道藏》：神女名瑶妃，乃西王母之女。曾助禹治水，故称帝女。《水经注》：宋玉谓天帝之季女，名曰瑶姬，封于巫山之台。"硬黄：硬黄纸，用以写经和临摹古帖。以黄檗和蜡涂染，质坚韧而莹彻透明，便于法帖墨迹的响拓双钩，又因色黄利于久藏而多用于抄写佛经。宋代赵希鹄《洞天清禄集·古翰墨真迹辨》："硬黄纸，唐人用以书经，染以黄檗，取其辟蠹，以其纸加浆，泽莹而滑，故善书者多取以作字。"东君：司春之神。

[4] 冰纹：人字形伞盖状的花纹。唐代李益《写情》诗："冰纹珍簟思悠

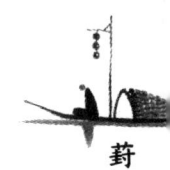

悠，千里佳期一夕休。从此无心爱良夜，任他明月下西楼。"檀心：浅红色的花蕊；亦指女子额上点的梅花妆。后蜀毛熙震《女冠子》词："修蛾慢脸，不语檀心一点。"磬口：即磬口梅，省作"磬口"，腊梅品种之一。宋代范成大《范村梅谱》："（蜡梅）经接，花疏，虽盛开，花常半含，名磬口梅。言似僧磬之口也。"

[5] 涪翁：宋代黄庭坚别号。《爱日斋丛钞》卷二引《复斋漫录》："山谷谪涪州别驾，因自号涪翁。"

[6] 双文：指唐传奇小说人物崔莺莺，借指美女。宋代赵令畤《侯鲭录》卷五："仆家有微之作《元氏古艳诗》百余篇，中有《春词》二首……其诗中多言'双文'，意谓二莺字为'双文'也。"明代高启《和逊庵效香奁体》诗："重寻未省双文去，只道羞郎不出来。"

[7] "折赠"句：南朝陆凯曾寄范晔诗一首、梅一枝，以寄托好友久别之思，其诗云："折花逢驿使，寄与陇头人。江南无所有，聊赠一枝春。"

湘月
冬日有怀郭南村处士[1]

楚江雪霁，似残秋湛湛，苍翠林表。一棹凌波，难访戴、可是烟山深窈[2]。琴坞天寒，诗龛春瘦[3]，谁共梅花笑。文章千古，夜来冰雪怀抱[4]。

几度木叶亭皋，江湖岁晚，有鱼书难到[5]。却寄通仙[6]，无一字、负尔吟愁多少。涩茧抽丝，饥蝉咽露，我亦堪投老[7]。异时相忆，好凭江月知道。

编年

作年不可确知，姑系于咸丰十年（1860）冬，宦游湖北，檄署藩照磨兼盐库大使时作。

注释

[1] 郭南村：郭谱，事迹不详。黎兆勋《侍雪堂诗钞》卷四《芦中吟》诗"我怀南村叟"句下自注："名谱，监利处士。"

[2] 访戴：南朝刘义庆《世说新语·任诞》："王子猷居山阴，夜大雪……忽忆戴安道。时戴在剡，即便夜乘小船就之。经宿方至，造门不前而返。人问其故，王曰：'吾本乘兴而行，兴尽而返，何必见戴。'"后因称访友为"访戴"。

[3] 诗龛：存放诗画的小阁。

[4] 冰雪怀抱：谓郭南村心地纯净洁白，操守清正贞洁。隋代江总《入摄山栖霞寺》诗："净心抱冰雪，暮齿逼桑榆。太息波川迅，悲哉人世拘。"

[5] 亭皋：水边的平地。《汉书·司马相如传上》："亭皋千里，靡不被筑。"鱼书：书信的雅称。唐代韦皋《忆玉箫》诗："长江不见鱼书至，为遣相思梦入秦。"

[6] 逋仙：宋代林逋隐于西湖孤山，不娶，种梅养鹤以自娱，人谓之"梅妻鹤子"，后世常以"逋仙"称誉之。

[7] 涩茧抽丝：即抽茧取丝，比喻缓慢或根据顺序寻求事物的发展过程。陆倕《新漏刻铭》："微若抽茧。"《文选》吕向注："言水下之微，如茧之抽丝。"如：病来如山倒，病去若抽丝。饥蝉咽露：化用宋代范成大《晓出北郊》诗："浓露蜕蝉咽，小风饥燕高。"投老：告老返乡。东晋王羲之《杂帖》："迎集中表，亲疏略尽，实望投老，得尽田园骨肉之欢。"此三句谓自己到了告老还乡的年龄。

前调
答李眉生驾部所问[1]

钓鱼城下，舣扁舟曾访，岷江遗躅[2]。二冉襟期[3]，云月在、江上清

风断续。画策心深，谈兵语寂，胜似阴符读[4]。斯人长往[5]，也应遗恨空谷。

谁信兰雪高标，薜萝幽影，待尔音金玉[6]。我本乡人，惭后学、遗址频寻楠木。二冉故居为楠木坪，去予家卅余里。老鹤巢空，定军山远，烟冷平芜绿[7]。南云荒杳，不堪遥送春目。

编年

作年不可确知，姑系于咸丰十一年（1861）春，宦游湖北，檄署藩照磨兼盐库大使时作。

注释

[1] 李眉生：李鸿裔（1831—1885），字眉生，号香严，又号苏邻，四川中江人，与剑阁李榕、忠县李士棻合称"蜀中三李"。咸丰元年（1851）举人，才高学赡，咸丰十一年（1861）投至曾国藩幕下，参与机要。曾任十府粮道，因镇压捻军有功，补官徐海道，擢江苏按察使加布政使衔，官兵部主事。以耳疾辞官，居于苏州，与吴县潘祖荫、独山莫友芝等交谊极深。长于书法，工于古诗文，治经之余，对金石文字颇有研究。著《苏邻诗集》等。

[2] "钓鱼城"三句：诗人追忆道光年间曾入巴蜀之事，黎兆勋因祭祖曾由江津至成都等地。钓鱼城：原为钓鱼山，在重庆市合川区嘉陵江南岸。传说古有一巨神在此钓嘉陵江中的鱼，以解一方百姓饥馑，山由此得名。南宋淳祐三年（1243），兵部侍郎、四川安抚制置使兼重庆知府余玠始筑钓鱼城，以阻遏蒙古军东进南下。钓鱼城峭壁千寻，古城门、城墙雄伟坚固，嘉陵江、涪江、渠江三面环绕，俨然兵家雄关，是驰名巴蜀的远古遗迹。遗躅：犹遗迹。

[3] 二冉：指南宋播州绥阳名士冉琎（？—1253）、冉璞（？—1260）兄弟，军事战略家，事迹附载《宋史·余玠传》。宋理宗淳祐二年（1242），

余玠任四川安抚制置使兼重庆知府，招贤任能，积极准备抵御蒙古军南侵。冉氏兄弟闻余玠贤能，便去重庆拜谒余玠，献保西南计，主张徙合州城于钓鱼山。余玠采纳了冉氏兄弟的计策，密奏朝廷，任冉琎为承事郎，代理合州知州，任冉璞为承务郎，代理合州通判。兄弟二人迁合州于钓鱼山，修以钓鱼城为主体的城堡联防工事，建成了青居、大获、钓鱼、方顶、天生等十余座城池，固若金汤。在后来抵抗蒙古统治者倾国之师的进攻中，钓鱼城工事历经大小战斗两百多次，坚持抗战36年，发挥了巨大作用。宝祐元年（1253），余玠遭投降派谗害，冉氏兄弟亦卸职回乡，是年，冉琎病逝。开庆元年（1259），蒙军败于钓鱼城，元宪宗蒙哥被宋军乱箭所中，死于撤军途中。冉璞闻蒙哥战死，狂欢而卒。

[4] 画策：谋画策略，筹划计策。阴符：古兵书名；泛指兵书。《战国策·秦策一》："（苏秦）乃夜发书，陈箧数十，得《太公阴符》之谋，伏而诵之。"

[5] 长往：死亡的婉词。

[6] "谁信"三句：谓二冉品行似兰之幽香，如雪之洁白，高标出尘而名声不彰如薜萝幽影，有待于李鸿裔的金玉之词。李白《别鲁颂》："独立天地间，清风洒兰雪。"尔音金玉：比喻珍贵和美好。《诗经·小雅·白驹》："毋金玉尔音，而有遐心。"

[7] 老鹤巢空：即驾鹤西归，"逝去"的委婉表达。唐代刘禹锡《伤桃源薛道士》诗："坛边松在鹤巢空，白鹿闲行旧径中。"定军山：位于陕西省汉中市勉县城南5千米，三国时期古战场，有"得定军山则得汉中，得汉中则定天下"之美誉，蜀将黄忠曾斩夏侯渊、赵颙于此。

蝶恋花
城东

独自寻春心暗语。花事今年，都是愁情绪。江上轻阴烟外绿。断肠三月飞花路。

城里楼台人尽去。烽火城东，春色销魂处。抵死莺声留不住[1]。啼鸦数点同朝暮。

编年

作年不可确知，姑系于咸丰十一年（1861）春，宦游湖北，檄署藩照磨兼盐库大使时作。

注释

[1] 抵死：终究，毕竟。宋代辛弃疾《沁园春》词："甚云山自许，平生意气；衣冠人笑，抵死尘埃。"

小重山令
离愁

眉月随人载小舟。波潆金璨碎[1]、散流寒。一声孤雁入江秋。团沙黯、灯火带离愁。

相忆恨难休。今年谁念我、楚江头。莫怀云梦泽南州。伤心事、惊梦几人留。

编年

作年不可确知，姑系于咸丰十一年（1861）秋，宦游湖北，檄署藩照磨兼盐库大使时作。

注释

[1] 金璨碎：谓月亮在回旋的水波中金光摇曳。宋代苏颂《次韵签判张太博移竹》诗："璨碎青金影，纤圆碧玉枝。"

浪淘沙
小楼

杨柳短长亭，渐作秋声。北来消息怕分明。愁杀黄昏人字雁，书破天心[1]。

新月带江城，云白山青。小楼人去碧阴阴。只有秋香迷客梦，暗扑帘旌[2]。

编年

作年不可确知，姑系于咸丰十一年（1861）秋，宦游湖北，檄署藩照磨兼盐库大使时作。

注释

[1] 天心：天空中央。李白《临江王节士歌》："白日当天心，照之可以事明主。"

[2] 秋香：秋日开放的花。多指菊花、桂花。唐代李贺《金铜仙人辞汉歌》："画栏桂树悬秋香，三十六宫土花碧。"客梦：异乡游子的梦。帘旌：帘端所缀之布帛，亦泛指帘幕。

卜算子
感怀

借问鄂城秋，何处秋先晓。童子开门宿鸟鸣，露浥寒塘草。

独立数残星，替月光争小。谁信秋槐守故宫，落叶无人扫。[1]

编年

作年不可确知，姑系于咸丰十一年（1861）秋，宦游湖北，檄署藩照磨兼盐库大使时作。

注释

[1]"谁信"二句：化用王维《菩提寺禁，裴迪来相看，说逆贼凝碧池上作音乐，供奉人等举声便一时泪下，私成口号诵示裴迪》诗句："秋槐落叶空宫里，凝碧池头奏管弦。"

小重山令
送李眉生赴安庆军中

君欲西行马首东[1]。留君难久住、意匆匆。鄂王祠下哭英雄[2]。萧条意、帆峭一江风。

相对惜游踪。赠行无一语、耻雷同。秣陵天远恨无穷[3]。江山事、都付楚人弓[4]。

编年

咸丰十一年（1861）秋，宦游湖北，檄署藩照磨兼盐库大使时作。按：是年，清军攻占安徽省省会安庆，太平军陈玉成军团惨败。

李眉生：即李鸿裔（1831—1885），字眉生，号香严，又号苏邻，"蜀中三李"之一。咸丰元年（1851）举人，咸丰十一年（1861）赴安庆，投至曾国藩幕下，参与机要，累官至兵部主事。长于书法，工古诗文，著有《苏邻诗集》等。事迹可参本卷《湘月·答李眉生驾部所问》词注。

注释

[1]马首东：马头向东，指东赴安庆军中。

[2] 鄂王祠：纪念宋代抗金名将岳飞的祠堂。岳飞四次北伐抗金出师于武昌老城，后冤死。昭雪后，宋孝宗诏复其原官，鄂州请求为岳飞建庙，乾道六年（1170），庙落成于武昌城大东门外五里，孝宗御赐"忠烈庙"。嘉泰四年（1204），宋宁宗追封岳飞为"鄂王"，故忠烈庙又俗称"鄂王庙"。该庙不幸于咸丰初毁于兵乱。今庙址在中南财经政法大学首义校区内。

[3] 秣陵：今南京市，秦朝称为秣陵，太平天国定都所在地。

[4] 楚人弓：《孔子家语·好生》："楚王失弓，楚人得之，又何求之？"后"楚人弓"常用为典，多比喻失而复得之物，表示对得失的达观态度。

补　遗

卖花声
送行作

离合悲欢都是梦。子细思量，情语全无用。底事临歧情又动。转嫌情比他人重。

我有新词君试诵。字字沉吟，欲敛依然纵。万种奇愁无处送。算来唯有君堪共。

编年

辑录于莫友芝《影山词》（黔南丛书本）。《影山词》卷二《蝶恋花·留别柏容》正文后附黎兆勋此词。莫氏词云："拾得闲愁无处放。去了愁来，来又愁归去。寒食清明浑暗度，黄昏几阵潇潇（一作萧萧）雨。　预算香风山下路。飞瀑跳珠，乱上须眉舞。应自凭阑看日暮。杜鹃啼过檐前树。"莫词当作于道光二十五年（1845）春。

此词亦见于严迪昌《近代词钞》第565页。

附录一：黎兆勋词集版本源流考

黎兆勋词集主要有五种版本：常见通行的两种是清同治四年（1865）敦复堂刻四卷本《葑烟亭词钞》（简称同治本）和清光绪十五年（1889）黎庶昌于日本使署刊刻《黎氏家集》中所收四卷本《葑烟亭词》（即黎氏家集本，简称光绪本），另三种分别是遵义市图书馆藏二卷本《葑烟亭词》、贵州省图书馆藏四卷本《葑烟亭词钞》及《黔南丛书》第四集第六册所收四卷本《葑烟亭词》。细加调查，发现学术界对这几种版本有一些认识上的错误，故有辨章学术、考镜源流之必要。

1. 遵义市图书馆藏二卷本《葑烟亭词》为道光初刻本

《遵义丛书》第 145 册收录了黎兆勋两种词集，编纂者在所撰《〈葑烟亭词〉提要》中说：

> 是书有三种底本：道光本、同治本及光绪本。道光本即道光二十六年初刻本，存词三卷；同治本为同治初年刊刻黎氏家刻本，二卷，遵义市图书馆有藏；光绪本为光绪十五年黎庶昌在日本使署刊刻之《黎氏家集》本，附于《侍雪堂诗钞》后。[1](P1)

这段话有一些错误，需指出并予以辨正：一是误认为遵义市图书馆藏二卷本《葑烟亭词》为同治本，且将同治本与黎氏家集本（光绪本）混为一谈。二是误认为道光本《葑烟亭词》存词三卷，不知三卷本《葑烟亭词》系以讹传讹，并无传刻。同治本和黎氏家集本（光绪本）相关情况待下文论述，此不赘。兹考证道光本《葑烟亭词》为二卷本，即遵义市图书馆所藏之本。

按贵州省遵义市图书馆藏《葑烟亭词》一册，凡二卷，署题"遵义

黎兆勋柏容"撰。此本前有莫友芝《〈菭烟亭词〉序》，云："今年夏，编其《菭烟亭词》二卷，将付雕，而属余序。"这篇序文的落款时间为"道光二十六年丙午中夏"。莫友芝《邵亭遗文》卷二收录此文，题作《〈菭烟亭词草〉序》，内容同上。[2](P582)又国家图书馆藏同治四年（1865）敦复堂刻四卷本《菭烟亭词钞》、贵州省图书馆藏四卷本《菭烟亭词钞》都收录了莫友芝此序，皆作"二卷"；二本中还有一篇黎兆勋"自序"，作于咸丰十一年辛酉（1861），皆云："予壮岁作《菭烟亭词》二卷。"

由上可知，黎兆勋壮岁所刊之《菭烟亭词》，乃二卷而非三卷。"三卷"之本，并无传刻。详编纂者致误之由，乃因误据黎庶昌之说。光绪十五年（1889）黎庶昌在日本使署刊刻《黎氏家集》，其中第四、五册收录了黎兆勋诗词集《侍雪堂诗钞》《菭烟亭词》（光绪本），并作《从兄伯庸先生墓表》，其文有云："（从兄）早岁刻有《菭烟亭词》三卷，后续一卷"[3]；该文收入黎庶昌《拙尊园丛稿》，云"早岁刻者有《菭烟亭词》四卷"[4](P179)。黎庶昌两处说法不一，且均为误记。或为自圆其说，黎庶昌刊刻黎氏家集本《菭烟亭词》时，又将莫友芝为《菭烟亭词》所作之序做了窜改："今年夏，编其《菭烟亭词》三卷。"[5]同时，又改动了从兄黎兆勋为词集所写之"自序"："予壮岁草《菭烟亭词》三卷。"[5]以上四处说辞，前两处出自黎庶昌同一篇文章，而说法不一；后两处所云，仅见黎氏家集本（光绪本）中，比勘后可知与原作不符，因为黎庶昌在刊刻时窜改了原文。

详黎庶昌之所以会窜改致误，似又据黎兆勋《菭烟亭词序》中所云：

予壮岁作《菭烟亭词》二卷，子尹以此规予，遂弃去，几近廿年不复为之。迨宦游武昌，久客无憀，每值事情感触，实有不能尽遏者，长笺短纸，时抒所怀，歌咏之作，由此复成。[6]

黎兆勋说他刊行《菭烟亭词》后便听从郑珍（字子尹）的劝诫不再

作词，后来宦游武昌，困于迁调，内心悲苦无所寄托，方又填词抒怀。然而黎兆勋自道其"几近廿年不复为之"未免夸大之嫌——即便从道光二十六年（1846）搁笔，到咸丰七年（1857）宦鄂提笔，中间也就十一二年。又检视同治本《莳烟亭词钞》卷三所收23首词作，时间跨度从道光二十七年（1847）至咸丰七年（1857）以后，何来"廿年不复为之"一说？盖黎庶昌刊刻《黎氏家集》时在日本，未能见到道光本《莳烟亭词》，而从兄又自道其"几近廿年不复为之"——这就为他刊刻黎氏家集本《莳烟亭词》时，认为"早岁刻者有《莳烟亭词》三卷，后续一卷"[3]提供了一个致误的解释——黎庶昌无暇详考卷三中诸阕词作之作年，手头又没有道光本《莳烟亭词》可以依据，故有此一失。今《遵义丛书》编纂者又误信黎庶昌所言而不加考据，遂致以讹传讹。尤当重要的是，黎庶昌所谓"三卷本"《莳烟亭词》，未见传世。

因此，《遵义丛书·莳烟亭词》的编纂者所谓"道光本即道光二十六年初刻本"或无误，但"存词三卷"则谬[1](P1)，因为三卷本《莳烟亭词》并不存在。遵义市图书馆藏黎兆勋二卷本《莳烟亭词》，亦非编纂者所谓"同治初年刊刻黎氏家刻本"，实际上正是所谓"道光二十六年初刻本"，即道光本。

道光本《莳烟亭词》，国内其他图书馆均不见著录，惟见遵义市图书馆所藏，具有重要的典藏价值和文献研究价值。该本全一册，上下单边，左右双边乌丝栏，上下黑口，双鱼尾，版心题"莳烟亭词卷 X"及每卷页码。页十行，行二十一字，宋体，文字较下文所见同治本《莳烟亭词钞》精美，字距亦较之从容。书皮题签"莳烟亭词"，藏家识"时敏书室莘岩藏，黎伯颜赠"。封面单边乌丝栏，中间隶书"莳烟亭词"四字，藏家于书题右识"沙滩黎君伯颜持赠"，左识"时敏书室主人莘岩藏"，封页、序言页、卷首、卷尾、书尾等有多处藏章，包括藏家印章，可见此本之珍贵。封页后是莫友芝《〈莳烟亭词〉序》，以下是第一、二卷词之

正文，每卷卷首署"遵义黎兆勋伯容"，书尾无跋，亦无牌记，共收录词作87首。

2. 贵州省图书馆藏所谓"道光本"《葑烟亭词钞》应刊于光绪本之后

贵州省图书馆藏有一本《葑烟亭词钞》，一册，四卷，馆藏著录为"道光二十六年刻本"[7]，误。因该本国内罕见著录，或为孤本，编排亦与他本不同，故有考辨之必要。

此本书皮题签"葑烟亭词钞"五字，楷体。上下单边、左右双边乌丝栏，上下黑口，双鱼尾，版心题"葑烟亭词钞卷×"及每卷页码。页十行，行二十一字，宋体。其编次为：莫友芝《〈葑烟亭词钞〉序》，以下分别为第一、二、三卷；第三卷之后是黎兆祺所作《后序》，此《后序》实际上是《侍雪堂诗钞》之《后序》；《后序》下为黎兆勋自序，称《序》；《后序》与《序》在装帧时倒置一页；兆勋自序之后为第四卷。书尾无跋，无牌记。为后文表述方便，姑称之为"黔图本"。

首先，黔图本收录了作于咸丰十一年（1861）的黎兆勋自序，显然绝非道光本。其次，黔图本在内容编排上，将黎兆祺《后序》、黎兆勋自序编排在第三卷之后、第四卷之前，应是被黎庶昌《从兄伯庸先生墓表》中所云"（从兄）早岁刻有《葑烟亭词》三卷"[3]一说误导。因此，黔图本在刊刻时，受到了黎氏家集本《葑烟亭词》（光绪本）的影响。再次，黔图本内容上并无超出道光本、同治本、光绪本、黔南丛书本之文献，又无牌记等信息，所以具体刊刻情况无从知晓和判断。今拟通过与上述版本之异文比勘，考察其版本渊源。

表：黎兆勋词集诸本异文比勘统计

篇目	道光本	同治本	光绪本	黔南丛书本	黔图本
1. 莫友芝《菁烟亭词序》	栢容；云耳；《菁烟亭词》二卷	伯庸；云耳；《菁烟亭词》二卷	伯尔；云尔；《菁烟亭词》三卷	伯庸；云尔；《菁烟亭词》三卷	伯庸；《菁烟亭词》二卷
2. 黎兆勋《序》	不录	作《菁烟亭词》二草卷；附于"诗钞"之后	作《菁烟亭词》三草卷；附于"前钞"之后	作《菁烟亭词》二草卷；附于"前钞"之后	作《菁烟亭词》二卷；附于"诗钞"之后
3. 卷一《南楼令·坡上》	看遥天	看遥天	看天遥	看天遥	看遥天
4. 卷一《高阳台·落梅用梦窗韵》	竹舞青鸾	竹舞青鸾罢	竹舞青鸾罢	竹舞青鸾罢	竹舞青鸾罢
5. 卷一《沁园春·南园感事》	流落天涯	流落天涯	落天涯	落天涯	流落天涯
6. 卷一《天香》	云子；绿萼	云子；绿萼	云字；萼绿	云字；萼绿	云子；绿萼
7. 卷一《蝶恋花·秋夜听蛩鸣作》	拍以蠨枝鸟	拍以蠨枝鸟	拍似蠨枝鸟	拍似蠨枝鸟	拍以蠨枝鸟
8. 卷一《台城路·南望山中遇风雨》	南山暗暗	南山暗暗	南山暗暗	南山暗暗	南山暗暗

186

续表

篇目	道光本《莳烟亭词》	同治本《莳烟亭词钞》	光绪本《莳烟亭词》	黔南丛书本《莳烟亭词》	黔图本《莳烟亭词钞》
9. 卷一《虞美人·秋思》	满地苔花老	满地苔花老	满地苔花老	满地苔花老	满地苔花老
10. 卷一《八声州第一·归云》	更难销	更难销	更难消	更难消	更难销
11. 卷二《八归·李王祠下夜泊》	古木鸦啼	古木鸦啼	古木鸦啼	古木鸦啼	古木鸦啼
12. 卷二《蝶恋花·以词草正郘亭》	以词草正郘亭	以词草正郘亭	以词草就正郘亭	以词草就正郘亭	以词草正郘亭
13. 卷二《满庭芳·示小腾侄》	示侄小腾	示小腾	示小腾侄	示小腾侄	示小腾
14. 卷二《金缕曲·寄子尹》其一	烟昏蛮岭	烟昏蛮岭	烟昏蛮岭	烟昏蛮岭	烟昏蛮岭
15. 卷二《金缕曲·寄子尹》其三	无	无	地名（小字夹注）	地名（小字夹注）	无
16. 卷二《金缕曲·寄子尹》其四	旧日何人知己	旧日何人知己	旧日何人知己	旧日何人知己	旧日何人知己

续表

篇目	道光本《莳烟亭词》	同治本《莳烟亭词钞》	光绪本《莳烟亭词》	黔南丛书本《莳烟亭词》	黔图本《莳烟亭词钞》
17.卷二《齐天乐·游桃溪归来》	一样情怀	一样情怀	一样清怀	一样清怀	一样情怀
18.卷二《迈陂塘·白水河观瀑》	流渐欲去还住	流渐欲去还住	流渐欲去还住	流渐欲去还住	流渐欲去还住
19.卷二《贺新凉·送介亭弟之大姚》	送介弟之大姚；乌啼天晓	送八弟之大姚；乌啼天晓	送介弟之大姚；乌啼天晓	送介弟之大姚；乌啼天晓	送八弟之大姚；乌啼天晓
20.卷三《风入松》	不录	谁向江湄伐木	谁向江头伐木	谁向江头伐木	谁向江湄伐木
21.卷三《满江红》		吹我上崇崖	吹我上崇岩	吹我上崇岩	吹我上崇岩
22.卷三《摸鱼子》		梦砚；忠烈	梦研；忠懋	梦研；忠懋	梦砚；忠烈
23.卷四《木兰花慢》		伴颜垣破瓦泯残冰	伴颜垣破瓦泯残冰	伴颜垣破瓦泯残冰	伴颜垣破瓦泯残水
24.卷四《三姝媚》		春腻团蘖；玉立	春腻团圞；玉玄	春腻团蘖；玉玄	春腻团蘖；玉立
25.卷四《水龙吟·咏绿毛龟》		错疑他藕香巢尔	错疑池藕香巢尔	错疑池藕香巢尔	错疑他藕香巢尔
26.卷四《汉宫春·咏腊梅》		娇涴寒云	娇涴寒云	娇涴寒云	娇涴寒云

从上表可明显看出，道光本、同治本、黔图本在文本上基本保持一致，在校勘的 19 则文本中，第 5~10、12、14~18 计 12 则文本不存在异文。而在第 1~26 则校勘文本中，黔图本与同治本均不存在异文；即便是第 7、11、12、16、19、23、25、26 共 8 则有误，黔图本依旧照刊同治本，而没有采用光绪本正确的文本。所以，从异文校勘上说，黔图本在文字刊录上完全以同治本《葑烟亭词钞》为蓝本，但在内容编排上参考校对了光绪本，增加了《行状》《墓表》等内容。

综上，"黔图本"绝非"道光本"，其刊刻时间也应在光绪十五年（1889）刊刻的黎氏家集本之后；但刊刻之具体信息无从知晓。刊刻者以《葑烟亭词钞》为名，知是以同治本为蓝本，参校光绪本，且在编排时误信黎庶昌"（从兄）早岁刻有《葑烟亭词》三卷"一说而将黎兆勋"自序"编排在第三卷之后、第四卷之前。其初盖欲刊行一本更符合黎兆勋创作实际和成书过程的词集，但由于误信人言，有失考据，以讹传讹。

3. 黎兆勋词集的结集、版本传刻及诸本之渊源

（1）道光本《葑烟亭词》初拟名"无咎庵词草"，当刊于道光二十七年

道光二卷本《葑烟亭词》是黎兆勋词集的最早刊本，已如上所考，遵义市图书馆有藏，今《遵义丛书》145 册影印收录。"道光本"亦被称为黎兆勋词"初集"，如莫友芝《陈息凡〈香草词〉序》（咸丰十年）云："因念乡里词人，自辰六《春芜》、鹿游《明日悔》两集后罕有闻者，近则黎伯庸、郑子尹、黄子寿、章子和、张半塘诸君子，颇复讲求，伯庸尤自信，已有初集问世。"[2](P586)

黎兆勋词初拟名"无咎庵词草"，后改题"葑烟亭词"。详查黎兆勋、莫友芝诗词集，道光二十五年（1845）黎、莫二人往来频繁，集中多有讨论诗词之作。就词言，检黎兆勋道光本《葑烟亭词》卷二有《蝶恋花·以

词草就邵亭》，莫友芝《影山词》卷二答词为《蝶恋花》（裂石穿云），词牌下云："答柏容，即书其《无咎庵词草》后。"[2](P525)又《邵亭诗钞》卷二有《次韵答柏容时挟〈词草〉相视》（道光二十五年）。据上可知，黎兆勋是年将词集交给莫友芝删订，并拟将词集命名为"无咎庵词草"——无咎庵为黎兆勋书斋名。道光二十六年（1846）春，黎兆勋自云南回遵义，请莫友芝删订其词并作序。莫序收在《邵亭遗文》卷二，题名《〈葑烟亭词草〉序》；而黎兆勋词集道光本、光绪本、黔南丛书本均作《〈葑烟亭词〉序》；同治本则题作《序》，黔图本题作《〈葑烟亭词钞〉序》。是序文末署题："道光二十六年丙午中夏，独山莫友芝。"综上，道光二十五年（1845）时，黎兆勋便有编辑词集以刊刻的打算，并将词集命名为"无咎庵词草"；二十六年五月（中夏），莫友芝为其词集作序，是时词集已改题"葑烟亭词（草）"。

正是依据莫友芝这篇词序，学术界认为黎兆勋词初集刊于道光二十六年。事实上，道光本《葑烟亭词》并无明确刊刻时间及相关牌记信息，学界认为其刊于道光二十六年，其所据仅莫友芝所作这篇词序而已。今详察道光本《葑烟亭词》最后四首词，依次为《解花语·昆明池上早春》《丑奴儿令·宿白水河》《八声甘州·寄王子赓》及《贺新凉·送介亭弟之大姚》，按时间先后编排：前两首作于道光二十六年春由滇返黔途中，后两首作于遵义，其中《贺新凉》有"叹今年，兄来弟去，行踪颠倒"之句云云，知作于是年秋冬黎兆祺自遵义赴云南侍父游宦时。换言之，道光本最后一首词的写作时间为道光二十六年（1846）秋冬。据此推断，道光本《葑烟亭词》从结集、排版、刊印到发行，完成这一流程理应在道光二十七年（1847）。

（2）同治本《葑烟亭词钞》为黎兆勋生前审定，其卷一、卷二祖述道光本

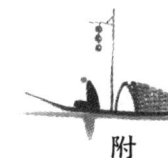

同治本《葑烟亭词钞》黎兆勋《序》云："予壮岁作《葑烟亭词》二卷，子尹以此规予，遂弃去，几近廿年不复为之。迨宦游武昌，久客无憀，每值事情感触，实有不能尽遏者，长笺短纸，时抒所怀，歌咏之作，由此复成。"[6]黎兆勋说他初集刊行后便听从郑珍的劝诫放弃了作词，"几近廿年不复为之"，实是夸大其词。事实上初集刊行后黎兆勋并未敛手，同治本《葑烟亭词》卷三《摸鱼子》（一声声）、《祝英台近》（冶墙花）二词均作于咸丰元年（1851）在贵阳谋官时，所涉人物分别为湖北布政使唐树义和贵州名士傅汝怀。又详察同治本《葑烟亭词钞》卷三所收 24 首词，前 21 首当作于赴任湖北前，故其自序云宦游武昌后才复提笔作词并不可信。不过，《葑烟亭词钞》卷四所收 30 首作品可以确定作于赴任湖北之后。

同治本《葑烟亭词钞》出于黎兆勋自编审定。该本黎兆勋《序》云："辛酉腊月，检理书簏，已戢戢如束笋，乃编录成卷，附于诗钞之后。若云新声漫赋，自当韵谐律吕，则仆病未能也。咸丰辛酉腊八日，涧门黎兆勋。"又黎兆祺《〈侍雪堂诗钞〉后序》云："（兄）出平生诗词示祺，因令删定，遂敢略剪繁芜，得诗四百余首。顷即匆匆旋里，不相见者三年。同治二年秋，先君子见弃，兄奔丧回籍，哀毁之余，绝口不道风雅。无何，兄亦继逝。祺收遗稿，淋漓墨渖，手迹犹新，追念往昔，徒增悲痛。以贼迫近砦堡，深惧稿草散失无以传后。时方刻先君子行状、诗钞，始检兄前后著述，编次成卷，词则出兄自审定，因并付梓，质诸当世。"[3]"咸丰辛酉"即咸丰十一年（1861），是时黎兆勋尚从宦武昌，这是《葑烟亭词钞》的成书时间，它由黎兆勋亲自编辑审定。同治四年（1865）秋，《葑烟亭词钞》与《侍雪堂诗钞》一起由敦复堂刊刻。据上段所引两条材料可知，同治三年（1864）黎兆勋、郑珍为黎恂编成了遗集，但尚未定稿二人便于这一年相继去世。同治四年乙丑（1865）夏，黎兆祺"乃克校刊成帙"，同时也仓促编成了胞兄黎兆勋的遗集，并于是年秋交由敦

复堂刊行，黎恂遗集为《蛉石斋诗钞》，黎兆勋遗集则为八卷本《侍雪堂诗钞》、四卷本《葑烟亭词钞》——即同治敦复堂刻本《葑烟亭词钞》。

同治敦复堂刻本《葑烟亭词钞》四卷，单行本，二册，上下单边，左右双边乌丝栏，上下黑口，双鱼尾，版心题"葑烟亭词钞卷×"及每卷页码。页十行，行二十一字，硬体（宋体），行款中词题、词序比正文低三格。封面文武边栏，隶书"同治乙丑秋敦复堂开雕"十字，其中与《侍雪堂诗钞》不同的是"秋"用了异体字"穐"，翻面篆书"葑烟亭词钞"五字。上下册各二卷，内容编排依次为，上册：莫友芝《〈葑烟亭词钞〉序》、卷一、卷二；下册：黎兆勋自序、卷三、卷四。每卷卷首署"遵义黎兆勋伯庸"，书尾无跋。全书录词143首。详其卷次、篇目编排情况，卷一、卷二篇目沿袭了道光本《葑烟亭词》之卷一、卷二，卷三所收24首作于道光末至咸丰八年（1858）左右，卷四所收32首均作于宦游湖北期间，最后一首《小重山令·送李眉生赴安庆军中》作于咸丰十一年（1861）秋，这也证实了黎兆祺所说黎兆勋在同治二年（1863）之后"绝口不道风雅"。换言之，黎兆勋审定词集之后便真的敛手了。这就是同治本《葑烟亭词钞》的成书经过和刊刻编排情况。它不同于光绪本的是，同治本黎兆勋诗集、词集因刊刻时间仓促，未将黎庶焘《从兄伯庸府君行状》和黎庶昌《从兄伯庸先生墓表》二文收入，直至光绪本才将二文补入，置于龚昌运序之前。

（3）光绪本《葑烟亭词》据同治本刊校而成；黔南丛书本《葑烟亭词》又据光绪本校印；黔图本《葑烟亭词钞》以同治本为蓝本并参校光绪本而成

光绪十四至十五年（1888—1889）驻日本国大臣黎庶昌在日本使署刊刻《黎氏家集》，其中第四、五册为堂兄黎兆勋诗词集，第四册录《侍雪堂诗钞》第一至四卷，第五册录《侍雪堂诗钞》第五、六卷，后接《葑烟亭词》四卷。此本《葑烟亭词》上下单边、左右双边乌丝栏，上下黑

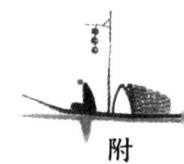

口，单鱼尾，版心题"葑烟亭词卷×"及每卷页码。页十行，行二十一字，小字双行，软体（楷体），词序比正文低三格。词集首页楷书"葑烟亭词"，翻面题"光绪己丑春日刊于日本使署"十二字。

光绪本《侍雪堂诗钞》以敦复堂本《侍雪堂诗钞》为蓝本，诗歌篇目排列顺序亦与敦复堂本同，但将八卷缩编为六卷，内容编排依次为：黎庶焘《从兄伯庸黎府君行状》、黎庶昌《从兄伯庸先生墓表》、龚昌运《侍雪堂诗钞序》和六卷正文，各卷卷首署"遵义黎兆勋伯庸"，最后是黎兆祺《后序》。黎兆祺《后序》之后即接《葑烟亭词》，其内容编排依次为：莫友芝《〈葑烟亭词〉序》、黎兆勋自序、卷一至四。第四卷后刻"同里后学夏与赓谨写"九字，并于版面外左边印有牌记"日本东京　木村嘉平刻"数字。书尾无跋。全书录词143首，与同治本相同。综上，光绪十五年（1889）日本使署刊刻黎氏家集《葑烟亭词》四卷本，在卷次、篇目编排上完全沿袭了同治本《葑烟亭词钞》，仅在文字上做了一些校刊工作。

近代任可澄（1878—1945）主持编印的《黔南丛书》第四集第六册收录了黎兆勋《葑烟亭词》，凡四卷。封面正中隶书书名"葑烟亭词"，左右分别题识"黔南丛书第四集""据黎氏原刻本校印"。此本四周单边粗黑线，上下黑口，单鱼尾，版心题"葑烟亭词卷×"及每卷页码，页码下左右分别识"黔南丛书""贵阳文通书局代印"两行字。页九行，行二十一字，小字双行，宋体。编次内容依次为：莫友芝《〈葑烟亭词〉序》、黎兆勋《自序》、黎兆祺《〈葑烟亭词〉后序》、贵阳陈田《〈黔诗纪略后编〉黎州判兆勋传证》，并在文后小字双行附刊黎庶昌《从兄伯庸先生墓表》；以下分别为第一、二、三、四卷词作正文，每卷卷首题署"黔南丛书第四集""遵义黎兆勋伯庸"，每卷卷终题署"贵阳文宗潞校字"，书末是陈德谦《〈葑烟亭词〉跋》。是本首次标黎兆勋《序》为《自序》，又将黎兆祺《〈侍雪堂诗钞〉后序》改为《〈葑烟亭词〉后序》，陈田又作《黎

州判兆勋传证》，故编排内容比黎氏家集本更为丰富。此本刊行于1938年，系校印光绪黎氏家集本《莳烟亭词》而成，在少量词句上有异文，具有一定的校勘价值。

黔图本《莳烟亭词钞》四卷已如前所述，其以《莳烟亭词钞》为名，可见是以同治本为蓝本。通过各本异比勘文，知黔图本在文字上完全照刊同治本，但又参校了光绪本，在卷次编排时还误信黎庶昌"（从兄）早岁刻有《莳烟亭词》三卷"[3]一说，而将黎兆勋自序编排在第三卷之后第四卷之前，有失考信。是本绝非贵州省图书馆著录的"道光本"，其刊刻时间必在光绪十五年（1889）黎氏家集本《莳烟亭词》之后；但刊刻之具体信息无从知晓。它是继道光本、同治本、光绪本之后出现的一种新的黎兆勋词集，具有重要的校勘与典藏价值。

参考文献

[1] 黎铎：《〈莳烟亭词〉提要》，黎兆勋《莳烟亭词》（影印本），《遵义丛书》第145册，北京：国家图书馆出版社，2018年。

[2]〔清〕莫友芝著，张剑、陶文鹏、梁光华编辑校点：《莫友芝诗文集》（增订版），北京：人民文学出版社，2013年第2版。

[3]〔清〕黎庶昌：《从兄伯庸先生墓表》，黎兆勋《侍雪堂诗钞》，《黎氏家集》第4册，清光绪十五年（1889）日本使署刊本。

[4]〔清〕黎庶昌：《从兄伯庸先生墓表》，黎铎、龙先绪点校《黎庶昌全集》第1册，上海：上海古籍出版社，2015年。

[5]〔清〕黎兆勋：《莳烟亭词》，《黎氏家集》第5册，清光绪十五年（1889）日本使署刊本。

[6]〔清〕黎兆勋：《莳烟亭词钞》，中国国家图书馆藏，清同治四年（1865）敦复堂刻本。

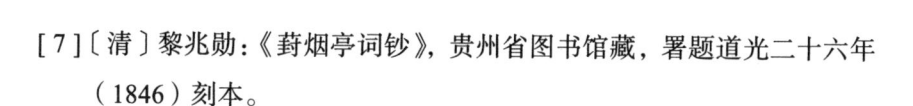

［7］〔清〕黎兆勋：《葑烟亭词钞》，贵州省图书馆藏，署题道光二十六年（1846）刻本。

（本文刊发在《贵州师范学院学报》，2023年第8期，关于黔图本的论述及其他个别字句略有改动）

附录二：民国以前黎兆勋研究资料

1. 黎庶焘《从兄伯庸黎府君行状》

兄讳兆勋，字伯庸，号树轩，一号檬村，晚又称涧门居士，遵义黎氏。祖讳安理，以举人官山东长山县知县。考讳恂，字雪楼，以进士官云南巧家厅同知。妣周宜人。

兄为雪楼府君冢子，生有殊禀，九岁即能口占五七字诗戏赠同辈。稍长，先后随宦山东、浙江。倜傥有大志，不屑为乡曲诹儒，人或目为狂。雪楼府君之自桐乡归也，以诗古文倡诱后进，于科举之学未甚属意，故兄年逾弱冠，犹未令习制举业。二十三出应童子试，不售，归乃取坊塾时艺揣摩之，以为不足学，弃去。比逾岁，再试，遂以古学第一补诸生。学使钱唐许尚书乃普负知人鉴，得兄卷，惊异之，未深信；于覆试日面以温飞卿诗句命题，令独赋，兄顷刻成五言八韵四首，尚书披吟移晷，谓曰："子他日必以诗鸣，第品骨近寒，恐禄位不及才名耳。"自是益肆力于古，与外兄郑子尹珍共砚席者七八年。

兄天性高旷，其读书串穴古今，尤纵其才力为诗，诗所不能尽，溢而填词。诗不专主一格，词则服膺辛、刘、周、秦为多。岁己亥，山阴平樾峰太守翰来守吾郡，聘子尹及独山莫子偲孝廉同修郡志。平公故爱才下士，笃嗜风雅，偶闻两君道兄才，即以所作"感怀"八律邮筒索和。兄一夕次韵寄答，平公得诗，诧为"奇伟"，即延至署订交。兄以一诸生布衣，芒屩往来二千石之庭，升堂抗礼，忘其势分之相悬也。然文章诗酒外，绝不及公私一语。平公尤重之，会雪楼府君令滇南，兄策马趋庭，比至，登五华、泛昆明，尽揽金马、碧鸡之胜，歔吊庄蹻、南诏，益以助其诗境，于功名未尝汲汲也。年逾强仕，雪楼府君乃援永昌军例，为

196

报捐教职。兄闻之,叹曰:"吾黎氏世以科第起家,此事可自我作俑乎?"既而曰:"青毡亦吾家故物也,使得藉此读书,余薄禄了吾亲三径资,亦未为不义。"

己酉秋,权石阡教授。石阡旧称僻壤,兄至,被以弦歌,泽以文藻,士习为之一变。又二年,补开泰训导,课士一如石阡;暇复重编董忠烈公三谟《莲花山墓纪略》,又蒐辑明末贞臣逸士零章断句为《黎平诗系》,又欲辑本朝贵州人诗,拳拳于乡先掌故。未几古州苗变,洊扰黎平,兄奉檄防堵,出入蛮乡瘴岭间,濒危者屡矣。事后尝曰:"吾于蛮村夜宿时,每柝声四寂,星斗芒寒,静验身心,反诸平旦,乃知龙场谪戍得悟良知,亦缘处境始然也。"兄至是殆欲刊落词华,一归于性命之旨矣。后以防苗功,擢湖北鹤峰州州判。兄念两亲年高,不欲远离,而雪楼府君归老林下,杖履方健,促令出山。丙辰秋赴鄂,至则益阳胡文忠公方开府是邦,以兄才士,又黎平故吏也,留居省垣摄藩照磨,人咸谓守令可旦夕致,而兄不肯趋伺长官,故每值迁调,忌者多以简傲见阻。癸亥,调补随州州判。

兄性豪爽,重交游,顾取友必慎:于黔惟唐鄂生观察、胡子何、赵晓峰学博、赵雨三同守,及子尹、子偲两孝廉最称友善;至楚,则监利王子寿比部、龚子贞学博、阳湖徐子楞布衣、江宁汪梅岑孝廉、中江李眉生观察数君子而已。所至无标榜声,闲居洒洁,一室环列图史,瀹茗赋诗其中,歌啸自如。明年,遭雪楼府君忧,奔丧旋里。兄痛一官羁滞,未得躬亲敛窆,哀毁之余偶染时疾,十日竟卒,同治甲子八月二十日也,享年六十有一。配阮孺人,妾陈氏、梁氏,无子,以叔弟兆祺子汝弼为嗣,孙一棣。著有《侍雪堂诗集》八卷、《蓺烟亭词》四卷。

兄生平笃于友爱,余家期功兄弟九人,多从兄授读。庶焘服兄教二十年,深愧学行无似,惟略陈梗概,冀当代立言君子锡以传志而传之不朽云。

从弟庶焘谨状。

(录自光绪己丑黎庶昌日本使署刊刻黎氏家集本《侍雪堂诗钞》)

2. 黎庶昌《从兄伯庸先生墓表》

同治二年癸亥八月二十九日，我世父雪楼公告终。明年春，兄自随州州判任内奔丧旋里，年六十矣。先以水陆撼顿，失饮食节，至又哭泣摧，哀伤弥甚，既葬疾作，八月二十日亦卒，春秋六十加一，十一月初三日祔葬车田芝山世父墓右。

兄讳兆勋，字伯庸，晚号涧门居士。九岁即能为五七言诗，持赠同辈，长老惊叹。既冠，俊迈有奇气，不肯役志帖括，世父亦雅不欲强之。兄进则奉盘御食，左右就养；退则与外兄郑子尹珍同事研席，锐志求通于古，而趣向各殊。子尹稽经諏史志为通儒；兄则尚力于诗，上起风、骚，讫于嘉、道，无不讽味，以为诗者，性情之极则也。治之六七年，而业日以精。

道光壬寅、癸卯间，世父出宰滇南，会独山莫子偲友芝奉其尊犹人先生之柩，东葬吾里青田山，去黎氏旧庐六里而近，三家者互为婚姻，又同志友善。兄于是方领家政，外憙宾客，内督诸昆季，积苦力行，井井有条理。日夕发书与子尹、子偲相违覆，以诗古文辞交摩互厉，风气大开。久之，群从子弟服习训化，彬彬皆向文学矣。

年二十四，补县学生员。十试于乡，不得志于有司，始援永昌军例报捐教职。己酉，署石阡府教授。又二年，补黎平府开泰县训导。最后以防苗功，选湖北鹤峰州州判。至楚，檄署藩照磨兼盐库大使。同治元[二]年，调补随州州判。时丧乱之后，兄以薄宦羁旅鄂疆，位卑而禄微，权轻而事减，恒不能以通其志，悲愉欣戚一寓于诗间。与监利王子寿柏心、龚子贞昌运、阳湖徐子楞华廷、中江李眉生鸿裔，往来唱酬，讪讥笑歌，肝胆谿露，多不平之鸣，盖才人不得志于时者之所为也。少作千数百篇，至老删削且尽，仅存四百余首，弟辈强编为《侍雪堂诗钞》八卷，尚非意所欲留；早岁刻者有《莳烟亭词》三[二]卷、后续一[二]卷；余著多未成。

家世具世父《墓表》。配阮氏，妾陈氏、梁氏，无子；以叔弟兆祺子汝弼嗣，孙二。兄与郑、莫两征君同时并兴，名在其次，而知之者少，独今吴县尚书潘祖荫称之，曰："郑子尹、莫子偲、黎伯庸，皆黔之通人也。"眉生亦亟称之，曰："伯庸天机活泼，洒落尘埃，吾弗如也。"余为次叙厓略，俾异世治黔故者，有所考论焉。

从弟庶昌表。

（录自光绪己丑黎庶昌日本使署刊刻黎氏家集本《侍雪堂诗钞》）

3. 龚昌运《〈侍雪堂诗钞〉序》

黎君伯庸之官楚北也，余司铎钟祥，耳其名而未识其人。每友辈从鄂垣来者，必讯黎君，皆啧啧称风雅士。盖素以能诗名黔疆，中原才士鲜弗知有黎君者。心窃慕之，亟欲快睹其为人而诵其所作。

咸丰四年秋，流寇逼郢郡，合境团练为防御计。钟祥，太守治所也，黎君以藩署参军奉檄来司馈饷捐输事，余始获与订交。倾盖谈心，遂往还无间。因递窥其著述，领其绪论，乃知黎君当代人豪，洞悉古今治乱，不仅以风雅自居，其形诸歌咏者，特寄兴焉耳。故君诗高古简劲，其言多悲悯时艰，独披胸臆，抉去雷同剿袭积弊。尤难及者，君以厕近大僚近属，不欲显为危言激论，恣肆讥评。虽值山水登临之会，朋俦赠答之篇，隐然抒其愤懑慷慨，而终寄托遥深，譬喻微婉，令读者从言外挹之。其善养复如此，岂区区以笔藻自炫者比哉！

余意君负干济之才，方声噪缙绅间，当必拔擢见用于世，不徒托诸空言；视余潦倒闲职，失意罢归，行年六十莫遂所怀者，何啻霄壤？乃黎君频寓书来，亦郁郁不得行其志，将图高蹈，退归泉石。嗟乎！君之遭际竟复同然。余既悲，已而更惜君：奈何天生我辈，例必穷愁抑塞之不遗余力？昔贤谓"诗必穷而后工"，岂真古今一辙耶？殆至是而知天之所以命若人者，不在彼而在此焉。

君自今骞举尘埃之表，取助烟霞，学养弥邃，蕴为金石之音，一于诗泄之。虽蹇在一时，要必声施后世。立言之效，宁多让于立功之不朽乎？今将梓厥旧稿质诸世，远属序于余。余无当于知言，而忝在交厚，不能缄默，爰书鄙意若此。

监利龚昌运。

（录自光绪己丑黎庶昌日本使署刊刻黎氏家集本《侍雪堂诗钞》）

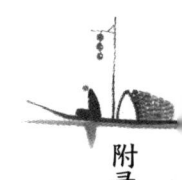

4. 黎兆祺《〈侍雪堂诗钞〉后序》

嘉庆间，先君子奉讳归里，以经学、诗古文词启迪后进，一时从游之士数十百人，其中弁冕群才者，惟子尹先生及先伯兄称最。

祺自束发授书，父兄指示先在歌咏。稍长，从侍笔砚，寖详其法，每有所构，必敬呈兄；兄规之，纪律森严。初则格格不相入，久之，始近似一二。旋侍宦滇云，每归，辄挟册就正，兄则进以风骨、气度，与前论迥然不侔。未几，兄官楚北，祺随往省，时与王君子寿、龚君子贞、徐君子楞畅论篇章。出平生诗词示祺，因令删定，遂敢略剪繁芜，得诗四百余首。顷即匆匆旋里，不相见者三年。

同治二年秋，先君子见弃，兄奔丧回籍，哀毁之余，绝口不道风雅。无何，兄亦继逝。祺收遗稿，淋漓墨渖，手迹犹新，追念往昔，徒增悲痛。以贼迫近砦堡，深惧稿草散失无以传后。时方刻先君子行状、诗钞，始检兄前后著述，编次成卷，词则出兄自审定，因并付梓，质诸当世。惟兄生性倜傥，好学不倦，少壮才气挥洒，横肆精锐，晚境敛华就实，专主神韵，深薄少作粗浅，什不留一矣。

以祺陋僿不文，何敢论诗？第侍兄四十年，凡素习言论风采，耿耿在目，系述原流，责无旁贷。秋宵雨夜，把卷沉吟，犹似曩昔青灯荧炯伴兄诵读时光景，不觉凄然泣下，仿佛音容邈焉难属，复何言哉！剞劂将竟，谨志其始末如此。

弟兆祺谨识。

（录自光绪己丑黎庶昌日本使署刊刻黎氏家集本《侍雪堂诗钞》）

5. 黎庶昌《遵义沙滩黎氏家谱·十世长房之长》

从兄兆勋，字伯庸，晚号涧门居士。嘉庆九年甲子九月二十一日酉时生。伯父雪楼公冢子。同治三年甲子八月二十日卒于禹门寺寨，年六十一，葬车田芝山。无子，以弟兆祺子汝弼为嗣。

初聘王氏，未娶前卒。配阮氏，绥阳人，嘉庆九年甲子九月初三日生，同治五年丙寅二月初一日卒，葬金盆山杨太夫人墓侧。妾陈氏，嘉庆二十一年丙子二月初一日生，同治元年壬戌二月初六日卒，葬宅后野茶冈。妾梁氏，嘉庆二十年四月二十四日生，光绪十二年三月某日卒，葬坟林。养女寄毓适杨氏。道光十年三月生，其母弃之庙林，不知何姓。村人怜而饲之。在草堆中自出痘，已结痂矣。伯父雪楼公遇此见之，携归，令伯兄收养。

（录自黎铎、龙先绪校点《黎庶昌全集》第二册《遵义沙滩黎氏家谱》）

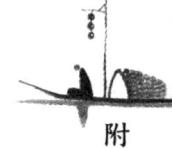

6. 陈田《黔诗纪略后编·黎州判兆勋传证》

兆勋字伯庸,一字檬村,晚称涧门居士,遵义人,同知恂子。檬村生有异禀,九岁能占五七字诗戏赠同辈。父恂自桐乡归,购书极黟,以诗古文倡诱后进。檬村笃好诗学,不屑为制举业,以古学补诸生。学使钱塘许尚书乃普以温飞卿诗句命题,檬村顷刻成四诗,学使极赏异之,且曰:"他日必以诗名,第品骨近寒,恐禄位不及才名耳。"与外兄郑先生子尹共砚席,子尹博通多著述,檬村读书能贯串,独纵其才力为诗,诗所不能尽溢而为词。是时独山莫征君子偲侨寓于播,与子尹齐名,当世称为"郑莫"。君驰骤于二君之间,虽成就各有不同,才名颇与之埒。观其为诗选词隽颖,摆脱凡近,晚岁尤极深沉之思。游楚而后,格律益进。

以诸生入资,补开泰训导,在任防苗匪有功,擢湖北鹤峰州判。改随州州判。薄宦羁旅,位卑权轻,恒不能以通其志。与监利王柏心、龚昌运、阳湖徐华廷、中江李鸿裔往来酬唱,肝胆豁露,多不平之鸣。尤留意于乡邦掌故,官黎平时曾辑《上里诗系》,莫子偲辑《黔诗纪略》,约与檬村各任一朝。明代黔诗早经流播海内,此《纪略后编》,犹续檬村未了之绪也。有《侍雪堂诗》八卷,《莳烟亭词》四卷。

(录自《黔南丛书》第四集第六册《莳烟亭词》)

7. 陈德谦《〈葑烟亭词〉跋》

昔人评词，多以辛、刘为不可学。其实非不可学，特不易学耳。学之，虑得其犷悍粗疏耳。能学其清雄沈挚之处，济以清真、淮海之婉约，斯为得之。邵亭眲叟序黎伯庸先生之词曰："伯庸少近辛、刘，幡然自嫌，严芟痛改，低首周、秦诸老，而引出以白石空凉之音。"盖亦以近辛、刘为嫌。

今观伯庸先生词曰"葑烟亭"者，凡四卷，中如《百字令·怀邵亭》《金缕曲·寄子尹》诸阕，《霜叶飞·白水河观瀑》，以及薄游昆明诸作，诚如莫偲老所云，于稼轩、龙洲为近。其浑灏而不沦于粗犷，非善学者不能到。固不仅虎贲之似中郎，泂永师之能临逸少者矣。至如《水龙吟·月下闻渔歌》，寄兴深遥，碧山、玉田入林把臂，知其于南渡诸家皆曾三致拳拳，又不徒以善学辛、刘为能事者。大抵名家为词，初不妨专致力于一二古人，求其与性分之所近、环境之相同者，精研而殚思之，然后傍及别家，纵横探赜，镕于心而入于手，郁结喷薄而出之，初不能以一二古人之作衡之也。昌黎所谓"务去陈言"，东坡所谓"我书意造"，《巢经巢诗》云"言必是我言，字是古人字"，其墨守一派，规规一先生之说者，乌足语此？邵亭称伯庸先生不为习气所囿，斯可以卓然自树也乎！

德谦曩从稼泉乐先生学词，尝论清代词家如竹垞、伽陵所为，各有精迈绝人之处，后学踵其履迹，往往自标浙水、阳羡，分隶一帜，届其末流，诚符谭仲修伤碎厌率之论。夫创始者成其大，而沿波者遗其精，静志居湖海楼之作，厥初何尝以一派自炫哉？迨皋文兄弟振声常州，病二派末流之失，思有以矫之，复昌比兴之说，重意内言外之旨。继之者如砭儒解经，羁縻门户，又不免涉于牵合，伤于情景。茗柯立山初心当不若是也。

黔人为词者，本甚寥寥，亦无派别之可言。为之专且善，允推伯庸先生。当时与柴翁、眠叟以锄经之余绪致力倚声，惜萍梗仕途，未能时时相聚，使昕夕劘砻。吾逆知黔中词史将异军特起，别立宗风，以与浙水、阳羡、常州相颉颃，抑先生将不屑此为也！尤有进者，填词制谱，原出乐章，于管弦繁会，沤波鹢艇之乡为盛，有旗亭之可睹，近井水而能歌，盖宜尔也。黔地万峰崒矗，山林畏佳，无追欢竞伎之场，非若名都大邑，触耳而成声，侔色而称调，虽滋大、渔潢[璜]诸老，流誉诗坛，海内同钦，顾以词名者，阒尔弗闻。非必无人之鲜且难也，地势使然也。方今梯航便捷，凿五尺而成坦夷，声色之竞随交通以俱入。然则酒边花外，低唱浅斟，固其时乎？吾读先生登贵阳城《百字令》"西南锁钥，荒缴危程"之句，而重有慨焉。

民纪二十五年八月二十五日，贵阳后学陈德谦谨识。

（录自《黔南丛书》第四集第六册《莳烟亭词》）

8. 莫友芝《〈石镜斋诗略〉序》

伯庸尹[一作承]过庭之教，于侪辈中最先有诗声。少作千余篇无留存稿。既自风骚汉魏，逮乎近代名家制作，靡不含咀熟烂，彻其正变源流，宵焉得所以置我。乃摭壮艾以来迄开泰校官，为《侍雪堂诗集》若干卷，之鹤峰州判后，别题曰《石镜斋》，以江夏寓庐负高冠山，昔曾掘出石镜，放翁《入蜀记》所谓"鄂州访黄鹤楼故址，在石镜亭、南楼之间，出汉阳门游仙洞少南，即石镜山麓者也"。（编者按：陆游《入蜀记》原文云："二十八日，同章冠之秀才甫，登石镜亭，访黄鹤楼故址。石镜亭者，石城山一隅，正枕大江，其西与汉阳相对，止隔一水，人物草木可数……[黄鹤楼]今楼已废，故址亦不复存。问老吏，云在石镜亭、南楼之间，正对鹦鹉洲……复与冠之出汉阳门游仙洞，止是石壁数尺，皆直裂无洞穴之状。旧传有仙人隐其中……今鄂人谓之吕公洞……洞少南，即石镜山麓，粗顽石也，色黄赤皴驳，了不能鉴物，可谓浪得名者。"）

咸丰庚申秋杪，余自京师还，道鄂，尊酒话旧，流连浃辰，皆颓然老境，无复昔年豪纵。亟待付梓其诗，而《侍雪》旧编半不存箧中，因先以《石镜斋集》而为之引其端。

十月五日书于石镜斋。

（录自张剑、陶文鹏、梁光华编辑校点《莫友芝诗文集》[增订本]，人民文学出版社2013年第2版）

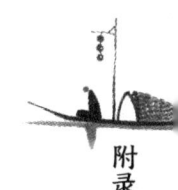

9. 凌惕安《影山词跋》

吾黔故多诗人，而词家则甚少。道、咸以来，经师若郑子尹先生珍、莫邵亭先生友芝，皆尝寄兴于此。邵亭自言春官数摈，牵迕人事，幽忧无聊，始与黎伯容兆勋上下五季、两宋逮当时诸巨公之制，准玉田绪论以相切劘，故于伯容之作持论甚苛，即一字清浊小戾于古，必奋笔乙之，锻炼切磋，不尽善不止。然则自作之，必雕琢肝肾伯容"怀邵亭"《百字令》语以出之，可断言也。

余生也晚，未获接近风采。柏容先生《莳烟亭词》幸有刻本，而影山之作徒付瑶想。往岁杨覃生先生在志局有一钞本，亦未寓目。今春试向邗江访求先生文，孙经农始以原稿本寄示，并谓近代词宗朱彊村祖谋曾击节叹赏，亟钞副本去，拟序而刊之，未果，而彊村遽逝，是诚遗憾，嘱将此本刊行以餍海内之望。展阅之下，见其中朱墨斑斓，密批浓抹，多系伯容手笔。有乙而复存存而复涂者，亦有豫空字句几经钻研乃复谱入前后字墨不类者，当日谐律之专精诚可叹服。兹据原本所去取详加参校，交志局印入丛书四集，并嘱贵阳文通书局多印单行本以广流传。

惕安于词学，望道未见顾嗜之笃，每牢落抑塞，辄藉倚声以抒积愤，读此篇不啻道出心之所欲言也。独惜柴翁《经巢瘗语》一卷，邵亭尝序而存之者，竟不知飘零何许。即与邵亭所唱酬，此本亦未附见，惟冀神明呵护，庶几多方访求，得诸意外，一若影山之不致终闷耳。

丙子浴佛日，贵阳后学凌惕安笋香室雨窗谨识。

（录自《黔南丛书》第四集第五册《影山词》，据莫氏家藏稿本校印）

10. 莫友芝《陈息凡〈香草词〉序》

词自皋闻选论，出其品第，乃跻诗而上，遒然国风、乐府之遗，海内学人始不以歌筵小技相疵絮。嘉、道以来，斯道大畅，几于人《金荃》而户《浣花》。然或意随言竭，则浅而寡蕴；音逐情靡，又荡而不归。其贮兴也风舒，其审味也水别，其引喻不出乎美人香草，而古今升降、事物变态，罔不可以掇诸意言之表，荡堙郁而理性情。

同岁息凡子，夙擅诗笔，年余四十，始涉为词，即洞其奥。亦既更历世故，牵挚宦场，属时多事鞅掌，鲜有居息。溷忾耳目，怅怅怀抱，默之不甘，言之不可，忧从中来，辄假闺闱謦笑，倚声而写之。如集中无题诸令、引，读之迷离惝恍，使人无端哀乐，一往而深。非真有妙会于风舒、水别之微旨，决不能道其一字。其近、慢诸制，亦复揉才于律，翕然雅音。

尝与息凡尊酒细论，当其超诣，每欲取右诗文，息凡未尝不首肯，平生得力，饮水自知，其虚语哉？咸丰庚申，将举十年所得授梓以存，命友芝序其端。因念乡里词人，自辰六《春芜》、鹿游《明日悔》两集后罕有闻者。近则黎伯庸、郑子尹、黄子寿、章子和、张半塘诸君子，颇复讲求，伯庸尤自信，已有初集问世，然当以慢、近擅场，引、令一道，不能不为息凡避舍。他日两君相遇，宫吕互兴，于喁间作，倘不议吾漫轩轻也。正月立春日，书于赵州试院西厅。

（录自张剑、陶文鹏、梁光华编辑校点《莫友芝诗文集》[增订本]，人民文学出版社 2013 年第 2 版）

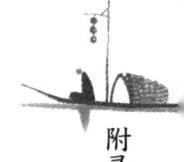

11. 杨恩元《〈弗堂词〉跋》

姚崇光（编者：姚华，字重光，又作崇光，号茫父）先生以宏达之才崛起边方，清末由进士游学东洋，供职邮部，入民国后任北京女子师范校长。顾以性长文学，不耐案牍，又一时任事者多非同类，奔竞成风，素所深耻，乃退而精研艺术，确有心得，书画诗词皆卓然自成一家，而画尤冠绝燕京，驰誉中外。得其碎幅零缣，无不珍为鸿宝。惜乎五十过二，遽辞人间，诚艺文界之一大损失矣。夫天之赋予于人也，不能使其完全；而人之生于世也，往往多留缺陷。向使崇光先生得位乘时，勋猷彪炳，其尚有余力以专攻文艺，优入纯粹以精之域乎？韩昌黎谓柳子厚斥不久，穷不极，其文学词章必不能自力以致必传于后无疑，诚知言也。

燕京七百年来为中国唯一之都会，名书古画乃藏庋之渊薮。自经庚子乱后，加以民国改革，时势变迁，从来罕见之图籍，出现于市廛间者不少。先生适逢其会，久滞彼都，日惟与厂甸营此业者相周旋，过目珍奇不下数千种。虽寒素家风，为力有限，百难购一，而借此遍览千古名家，以发抒其抑塞磊落之气。所谓得江山之助，握造化之权，心领神会，豁然贯通，故能臻此绝诣，岂偶然哉！

世人多谓黔中僻陋，黔地诚僻陋，而黔人之游历于外者，开拓心胸，激扬志趣，其所成就每凌驾乎中原。亦以中原数千年来文物声名发泄已甚，而边省磅礴郁积，名山大川之灵秀甫启其端倪。虽在交通阻隔之世，人才已渐奋兴焉。况今之飞机铁道，一日千里。行见重门洞开，贤哲潜发，其必能超越全国，可断言也。

先生捐馆后，门人王君伯群搜集平生著作，编为《弗堂类稿》三十余卷，中以题跋为最多，诗文次之，词二卷，曲一卷，惟临殁之庚午春词二十余阕未编入。今印丛书四集，悉采入以为诸词家之殿。溯黔中自

明设省，三百年间，诗人接踵，专集颇多，惟词则阒焉寡闻。清代词家，始有江辰六显于康熙之际。延至中叶，倚声渐盛，而附载各家集中者，要皆篇幅寥寥，略备一格。其有妙谐声律，专精此道，以黎伯庸之《菾烟亭》为最，陈息凡、邓花溪两家，各体尚称完备，而终不及先生之造诣深醇，尽工尽善也。先生之词，在黔中诸词人中固称后劲，即在清代诸词人中亦翼然翘楚。此殆如六朝结局之有庾子山，前明结局之有钱蒙叟，皆可谓集其大成。故文艺一日不泯灭，即中国一日能存在。昔人称言者心之声，又称声音之道与政通，安得曰"雕虫小技，壮夫不为也"？然则中华民族复兴之枢纽，黔省人文蔚起之关键，将以先生之词卜之！识者当不以余言为河汉焉。

民国第一丙子季夏，安顺杨恩元覃生识。

（录自姚华《弗堂词》，《黔南丛书》第四集第十册）

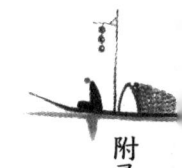

12.《续遵义府志·黎兆勋传》

黎兆勋，字伯庸，号檬村，晚称涧门居士，遵义人，恂长子。九岁能诗，恂藏书万卷，兆勋尽发读之。与郑子尹共研席八年，又与莫子偲交，三人最莫逆。年二十四，补诸生。十试于乡不售，益纵其才为诗，又为诗余以达其趣。一时知名士如监利王柏心、龚子贞，阳湖徐华廷，中江李洪[鸿]裔，邑之唐炯，黎平胡长新皆友善。后援永昌军例，报捐教职，署石阡教授，补开泰训导。时苗叛，奉檄募勇御贼。旋以防苗功擢湖北鹤峰州判。抵鄂，巡抚胡林翼重其才，留省，署藩照磨兼（盐库）大使。同治元[二]年，调补随州州判。三年，奔丧，卒于家。著有《侍雪堂诗钞》《葑烟亭词》，所辑有《黎平诗系》。又尝与莫庭芝辑《黔诗纪略（后编）》，未蒇事，贵阳陈田续成之。

（录自民国周恭寿修，杨兆麟初纂，赵恺、杨恩元续纂《续遵义府志》）

附录三：黎兆勋年谱简编

嘉庆九年甲子（1804） 一岁

黎兆勋，字伯庸，又作柏容、伯容，号树轩，一号檬村，晚号涧门居士。九月二十一日生于遵义沙滩禹门。

祖父黎安理，举人，官山东长山知县；父黎恂，进士，官至云南巧家厅同知。母周氏。

世系清晰可考。黎庶昌《遵义沙滩黎氏家谱》叙其入黔世系：始迁祖黎朝邦，本贯四川广安，明万历十年（1582）与长子怀仁率一小支族人卜居贵州龙里卫（今龙里县），居十九年更徙卜遵义沙滩，从此占籍承种，繁衍生息。二世至十一世，历历在书：二世怀仁、三世民忻、四世燿、五世天明、六世国柄、七世正训、八世安理、九世恂，兆勋为十世长房之长。黎氏以诗书传家，耕读为业，至八世安理渐张大门第，远播声名，终成黔中名门。

同胞兄弟五人，兆勋为长，次兆熙、兆祺、兆铨、兆普；姊妹三人。

叔父黎恺。恺子四人：庶焘、庶蕃、庶昌、庶諴，为兆勋从弟。

妻阮氏。妾陈氏、梁氏。无子，以兆祺子汝弼为嗣。孙二：棣、栻。栻出嗣兆祺子汝贞。

嘉庆十七年壬申（1812） 九岁

能诗，已展露文学才华。

嘉庆十八年癸酉（1813） 十岁

与父黎恂及表弟郑珍侍宦祖父黎安理至山东长山，次年父黎恂中进士，又侍父官浙江桐乡。

道光三年癸未（1823） 二十岁

居家，以父黎恂为师，学习诗古文，对科举时文未甚属意，表弟郑珍（1806—1864）同学。

道光七年丁亥（1827） 二十四岁

以古学第一，补县学生员（秀才）。文才为贵州学政许乃普（1787—1866）称赏。

道光八年戊子（1828） 二十五岁

居家读书。表弟郑珍辞别湖南学政程恩泽（1785—1837），由长沙返回遵义，拜遵义府学教授莫与俦（1763—1841）为师，并与其子莫友芝（1811—1871）订交。

道光十一年辛卯（1831） 二十八岁

与自云南赶回贵阳的郑珍同应乡试，皆未中，莫友芝乡试得中。

道光十七年丁酉（1837） 三十四岁

黎兆勋与郑珍又一次参加乡试，郑珍中式，兆勋名落孙山。

报罢后黎兆勋匹马趋庭，自贵阳往西南漫行，经安平（今平坝）、关岭、寻甸至昆明。于是登五华、泛滇池，尽揽金马、碧鸡之胜，然后侍父之新平、大姚等地，多有诗词创作。

道光十八年戊戌（1838） 三十五岁

侍父游宦滇南。

郑珍、莫友芝联袂上京参加礼部试，均未第；返乡应遵义知府平翰聘，主持修纂《遵义府志》。

道光十九年己亥（1839）　三十六岁

春，自滇回遵，与遵义知府平翰为布衣交。

夏秋之际，遵义送别方仲坚，黎兆勋、郑珍、莫友芝等皆有诗或词。

九月，招郑珍、莫友芝过禹门，遂再赴昆明省觐。

道光二十年庚子（1840）　三十七岁

春，自滇返遵，家居。暮春时或至四川灌县祭扫。

八月七日至泸州，欲助父黎恂运京铜北上，因家事九月底回遵。

是年三月，郑珍母黎氏（兆勋姑母）辞世；五月，叔父黎恺之开州任学官。

道光二十一年辛丑（1841）　三十八岁

黎兆勋居家遵义课读。

夏，郑珍、莫友芝《遵义府志》稿成，是冬刻成。

七月，莫友芝父莫与俦卒，年七十九。

道光二十二年壬寅（1842）　三十九岁

居家主理家政，督诸弟力学，与郑珍、莫友芝等相交莫逆。

四月，父黎恂运京铜回滇，便道归家省视，幕宾姚世俊曾随同北上运铜而客死京城，其亲人遂来家坐骗；黎恂命黎兆勋赴县具控，兆勋赴案，与姚世俊之弟姚五对质，官判结案；六月初六，黎恂携子黎兆祺赴云南，七月初十抵昆明会城，九月还知大姚县。

八月，恭贺郑珍望山堂成，席上联句。

十二月，莫友芝葬父于遵义县东青田山，并建青田山庐，与诸弟守墓。青田山庐距郑珍望山堂三里，距沙滩黎兆勋所居姑园六里。从此三家往来频繁。

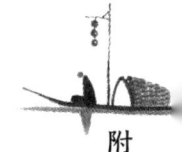

十二月十八日，叔父黎恺卒于开州训导任上，诸子幼不识事，兆勋奔开州，次年正月，率诸从弟扶柩归遵义禹门。

道光二十三年癸卯（1843）　四十岁

居遵义禹门主理家政，督诸弟力学，与郑珍、莫友芝诸昆弟遍游沙滩禹门。

是年，莫友芝兄弟、黎庶焘兄弟均在禹门居守父丧。

冬，郑珍释服，赴贵阳办理进京会考手续，然后北上应试。

道光二十四年甲辰（1844）　四十一岁

在遵主理家政，督诸弟力学，与诸昆弟及郑珍、莫友芝、丁元勋、赵旭、张子聘、王槐琛等交游论诗，饱览青田、尧湾、檬村的山水风光，多有唱和。

郑珍会试再次不中，萌仕进困顿不与强求之心。莫友芝释服，主讲启秀书院。是年，黎兆勋与郑珍、莫友芝多讨论诗词。

道光二十五年乙巳（1845）　四十二岁

正月四日，黎兆勋纳妾。是月，郑珍赴任古州厅学训导，黎兆勋、莫友芝有诗相送。

冬，往云南大姚省觐，父黎恂时任大姚县令。莫友芝亦启程去麻哈（今麻江）探望岳父夏辅堂，并在麻哈高枧堡过年。冬，郑珍辞古州厅学训导任，回遵义。

道光二十六年丙午（1846）　四十三岁

侍父游宦大姚；开春回黔，途经贵阳与邹汉勋（字叔绩）交游唱和。

中夏五月，莫友芝为作《〈蔚烟亭词〉序》，道光二卷本《蔚烟亭词》应于次年刊行。

冬，黎兆勋居家遵义。岁晏，莫友芝赴贵阳办理会试手续，与邹汉勋交游唱和，兆勋有诗柬邹汉勋。随后，莫友芝北上应试，樊城道中逢友生胡长新，相携赴京应试，长新次年得中。

是年，郑珍自尧湾迁入望山堂。

道光二十七年丁未（1847）　四十四岁

居家遵义。与莫友芝、郑珍多有交游唱和，与邹叔绩贵遵两地诗歌往来。

是年春，莫友芝会试下第，于琉璃厂书肆与时任翰林院侍讲学士曾国藩订交；夏初，归至遵义影山草堂。郑珍继续掌教遵义湘川书院，冬，过水西（今黔西），与张琚（字子佩）相聚月余。

道光二十八年戊申（1848）　四十五岁

居家遵义。与莫友芝、郑珍多有交游唱和。莫友芝是年于沙滩、青田山及乐安江一带，拣取三十几个景点各赋五绝纪之。

道光二十九年己酉（1849）　四十六岁

秋，第十次参加乡试，落第；始援永昌军例报捐教职，署石阡府教授。到任，与石阡府学训导丁光钊（字敬堂）等交游。

郑珍居遵义，时往来贵阳；莫友芝主讲湘川书院。郑、莫二人时与邹汉勋诗歌唱和。

是年，唐炯（字鄂生，唐树义子）乡试中举，莫友芝六弟莫庭芝拔贡生。黎平胡长新来遵，与郑珍、莫友芝交游。黔西诗人张琚（字子佩）来遵团馆，与郑珍交游深厚，旋归。

道光三十年庚戌（1850）　四十七岁

在石阡府教授任上。

是年春，郑珍往受威宁学正，三日还遵。秋末，再往权镇远府训导，黎兆勋有诗赠之。

是春，胡子何还黎平，郑、莫有诗相送。莫友芝为湘川书院山长，秋冬之际，营建新居于遵义城西南碧云山麓下，仍用"影山草堂"之名。

咸丰元年辛亥（1851）　四十八岁

秋，离石阡任来贵阳选官，未果。拜谒唐树义，有词咏其"梦砚斋"，郑、莫二人亦有诗咏。九月，又与莫庭芝、傅汝怀饮酒贵阳。

是年正月，郑珍从镇远回遵义。莫友芝主讲湘川书院，七月初五，东汉经学大师郑玄诞辰，莫友芝、郑珍、杨开秀、萧光远等共祭祀于湘川讲舍。从弟黎庶焘（1827—1865）乡试中举。

是年春，太平军在金田起义，是秋攻占永安（今广西蒙山县），并在此封王。

咸丰二年壬子（1852）　四十九岁

春二月，客寓贵阳，拜谒唐树义，与莫友芝、莫庭芝等饮唐树义"待归草堂"，并商略《黔诗纪略》编纂事宜。

秋九月，客寓贵阳，有感于粤西太平军起义事，作《重城》《闸渠》等诗，忧虑贵阳防御。冬，仍在贵阳，送从弟黎庶焘、庶蕃（是年秋中乡试）北上赴礼部试，有诗。

是年，郑珍常在贵阳。秋，郑珍送子知同参加乡试，拜谒唐树义；为莫友芝作《〈郘亭诗钞〉序》。郑珍《巢经巢诗钞》望山堂家刻本刊行。

是年，莫友芝主讲湘川书院。春，回都匀奔岳母丧，并省祖墓；夏返遵义。冬，北上入京应试兼候大挑，黎兆勋有《送郘亭莫五入都》诗。腊月中旬，行至湖南澧州顺林驿，闻太平军已攻克武昌、岳阳，北上道阻，乃自贵阳返遵义。

咸丰三年癸丑（1853）　五十岁

客寓贵阳。秋，得官开泰县训导，十月赴任。

郑珍是年春送唐树义署湖北按察使；檄权仁怀厅学务，不就。

莫友芝为湘川书院讲席，作《癸巳三月遵义三异记》，记录是年三月遵义发生的天灾、考试之乱和征粮之乱。三月下旬，往独山奔长兄丧；夏末，返遵义，仍主湘川书院讲席。

咸丰四年甲寅（1854）　五十一岁

在黎平府开泰县训导任上，蒐辑《黎平诗系》及采集清代黔诗，又奉府檄委办南路团练。

是年，黔北战乱。莫友芝主讲湘川书院，有《遵乱纪事》等诗，黎恂挈家至石阡避乱，黎兆勋有《闻遵义贼氛太剧排闷》等诗。郑珍是年多在贵阳，冬，补荔波县训导。

是年，唐树义率军与太平军作战殉职，黎兆勋、郑珍等皆有悼挽诗傅汝怀谢世。

咸丰五年乙卯（1855）　五十二岁

在黎平府开泰县训导任上，蒐辑《黎平诗系》及采集清代黔诗，有诗《手缉黎平明季诗系二卷呈赵雨三校正索赋二律》；又奉府檄委办南路团练，有《高微山寨旅夜》等诗纪戎旅。

郑珍补荔波县训导；荔波乱，官军不能制，遂辞职回贵阳，十月抵筑，栖于待归草堂。

莫友芝在遵义整理战乱所存文稿。秋，赴贵阳，欲返独山探亲，因战乱道不通，无奈回返贵阳，与唐炯、郑珍、莫庭芝等时常相聚；冬末，返回遵义。

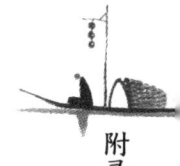

咸丰六年丙辰（1856）　五十三岁

在黎平府开泰县训导任上，奉府檄委办南路团练。从事开泰县已届三年，多有谋划而不见信用，作《三月十六日柬胡子何学博》《七夕感念往事》等诗，颇感怀才不遇。冬，因患毒疮由省垣回家，有《十一月十八日因患病由省垣回家值手植江梅花盛开病稍减偕诸弟往观二首》等诗。

是年，莫友芝受遵义县令颜昆阳礼聘为启秀书院主讲。

郑珍曾短暂入贵阳知府刘书年幕府，后回遵义。

咸丰七年丁巳（1857）　五十四岁

在黎平府开泰县训导任上，奉府檄委办南路团练。夏，因"河鱼之疾"卧病黎平。

秋，擢湖北鹤峰州州判，腊月赴任武昌。

是年夏，莫友芝应聘贵阳知府刘书年家塾讲席，与刘书年、贵州按察使裕瑚鲁承龄（号尊生）及六弟莫庭芝（道光二十九年拔贡）时常相聚唱和；中秋曾回遵义，并取冬装。

郑珍是年长居遵义。

咸丰八年戊午（1858）　五十五岁

是年在湖北，檄署藩照磨兼盐库大使。夏，胞弟黎兆铨（字季和）、黎兆普（字少存）至鄂。

莫友芝在贵阳知府刘书年家塾，秋欲计偕赴京，推荐郑珍继主刘府家塾讲席；冬十二月，偕子绳孙赴京。

郑珍长居遵义，十月初赶至贵阳话别莫友芝，有《贵阳送邵亭赴京就知县选兼试春官》，除日回遵义。

咸丰九年己未（1859）　　五十六岁

檄署藩照磨兼盐库大使，常至安陆府治地钟祥及汉阳府新堤（今属洪湖市）"司馈饷捐输事"。盖直接受命于湖北巡抚胡林翼，为其筹集军饷钱粮之事效犬马之劳。

夏秋之际，胞弟黎兆祺自成都来鄂，黎兆勋以诗集《侍雪堂诗钞》出示，令兆祺删定。约翌年春，兆祺离鄂回黔。

是年春，郑珍病，二月病愈后辞刘书年书馆；季弟郑珏亡；十月，往依四川南溪县令表弟唐炯，腊尽回遵。

春，莫友芝入闱应试，仍未售；夏四月，援例引见，奉旨以知县用；在京等候补缺期间，与祁寯藻、王少鹤、许乃普、张之洞、王闿运等名流交接；因生计艰难，往依赵州陈钟凡度岁。

咸丰十年庚申（1860）　　五十七岁

檄署藩照磨兼盐库大使，常至安陆府治地钟祥及汉阳府新堤（今属洪湖市）"司馈饷捐输事"。春夏之际，从弟黎庶昌自遵义来武昌，足资北附顺天乡试。

是春三月，莫友芝试恩科未中，留待京城截取知县。八月，英法联军攻入北京，遂避乱出都之武昌见老友黎兆勋。九月下旬，莫友芝自京师抵武昌，与黎兆勋相晤，留武昌浃辰，为黎兆勋《石镜斋集》作序。十月八日，沿江东下之怀宁探望九弟莫祥芝，黎兆勋有《送郘亭之怀宁县署》。

郑珍是年避乱桐梓，居数月，与赵旭为邻，多有唱和，作《避乱纪事》等诗；后返遵义。

咸丰十一年辛酉（1861） 五十八岁

檄署藩照磨兼盐库大使。时在鄂所交游者，有龚昌运、王柏心、徐华廷、李鸿裔、但培良等。八月，湖北巡抚胡林翼病逝，黎兆勋极为沉痛地写下《部曲》诗以表哀悼，叹报恩无时，命运不济。

是春，莫友芝先后拜访曾国藩于祁门、拜访胡林翼于太湖，因道路不畅留胡幕襄赞笔墨，并与但培良、彭玉麟、李续宜、翁同书等交游。三月，受胡林翼委托往武昌为其校所著《读史兵略》，五月校毕，其间与黎兆勋、廖文善、刘熙载、但培良、李鸿裔、阎敬铭等交游。六月，以《读史兵略》交付胡林翼，遂告别往双流大营谒曾国藩，从此依曾氏十年之久。

是年，郑珍在遵义，主讲湘川、启秀两书院。

同治元年壬戌（1862） 五十九岁

檄署藩照磨兼盐库大使。

正月，遵义禹门寺寨遭战乱，里宅悉毁，郑珍望山堂亦遭焚烧。冬，黎兆祺子汝勤来武昌省视，有《汝勤侄自乡里来武昌遣其仆夫先归书寄汝弼侄》《雪夜忆梅示汝勤》等诗。兆勋是年多在武昌，颇感前程暗淡，心灰意冷，在仕与隐的挣扎中困顿忧愁又孤立无助。

是年，莫友芝在曾国藩安庆幕中；郑珍在遵义，主讲湘川、启秀两书院。

同治二年癸亥（1863） 六十岁

檄署藩照磨兼盐库大使。秋，出调随州州判。

是年，郑珍留居禹门山寨，莫友芝仍在曾国藩安庆大营。

同治三年甲子（1864） 六十一岁

在随州州判任上。春，接到父亲黎恂去世的讣告，即奔丧返里，一

路水陆并行数千里，旅途劳顿，饮食失节，到家后又哀伤过度，丧事完毕后感染时疫，于是年八月二十日病逝。

九月，郑珍病卒。

是年，莫友芝在安庆幕中，之后清军攻克金陵（南京），遂随曾国藩入金陵幕中。此后，莫氏一直依曾氏从事古籍整理工作，往来苏州、扬州、常州等地，同治十年（1871）九月病发兴化舟中，卒。

参考书目

[1]〔汉〕孔安国传,〔唐〕孔颖达正义,黄怀信整理:《尚书正义》,上海:上海古籍出版社,2007年。

[2]〔宋〕朱熹集注:《四书章句集注》,北京:中华书局,1983年。

[3] 杨伯峻编著:《春秋左传注》(修订本),北京:中华书局,1990年。

[4] 王文锦译解:《礼记译解》,北京:中华书局,2016年。

[5] 程俊英,蒋见元著:《诗经注析》,北京:中华书局,2017年。

[6]〔宋〕洪兴祖撰,白化文等点校:《楚辞补注》,北京:中华书局,1983年。

[7] 陈鼓应,赵建伟译注:《周易今注今译》,北京:商务印书馆,2016年。

[8] 方韬译注:《山海经》,北京:中华书局,北京:中华书局,2011年。

[9] 曹础基著:《庄子浅注》(修订重排本),2007年。

[10] 周勋初校注:《韩非子校注》,南京:凤凰出版社,2009年。

[11] 杨伯峻撰:《列子集释》,北京:中华书局,1979年。

[12]〔汉〕司马迁撰:《史记》,北京:中华书局,1959年。

[13]〔汉〕班固撰:《汉书》,北京:中华书局,1962年。

[14]〔南朝宋〕范晔撰,〔唐〕李贤等注:《后汉书》,北京:中华书局,1965年。

[15]〔晋〕陈寿撰,〔南朝宋〕裴松之注:《三国志》,北京:中华书局,1959年。

[16]〔唐〕房玄龄等撰,《晋书》,北京:中华书局,1974年。

[17]〔晋〕常璩著,《华阳国志》,济南:齐鲁书社,2012年。

[18]〔唐〕李百药撰,《北齐书》,北京:中华书局,2008年。

[19]〔唐〕李延寿撰,《南史》,北京：中华书局,1975年。

[20]〔唐〕姚思廉撰,《陈书》,北京：中华书局,1972年。

[21]〔唐〕魏徵等撰：《隋书》,北京：中华书局,1973年。

[22]〔后晋〕刘昫等撰：《旧唐书》,北京：中华书局,1975年。

[23]〔宋〕司马光编著：《资治通鉴》,北京：中华书局,2011年。

[24]赵尔巽等撰：《清史稿》,北京：中华书局,1977年。

[25]〔清〕黄乐之、平翰等修,郑珍纂：道光《遵义府志》(影印本),台北：成文出版社,1967年。

[26]陈广忠译注：《淮南子》,北京：中华书局,2012年。

[27]〔汉〕王充著,马宗祥校注,郑绍昌标点：《论衡校注》,上海：上海古籍出版社,2010年。

[28]〔南朝宋〕刘义庆著,〔南朝梁〕刘孝标注,余嘉锡笺疏：《世说新语笺疏》,北京：中华书局,2011年。

[29]〔东晋〕葛洪撰,王明校释：《抱朴子内篇校释》,北京：中华书局,2021年。

[30]〔唐〕徐坚辑：《初学记》,北京：中华书局,1962年。

[31]〔唐〕张鷟著：《朝野佥载》,北京：中华书局,1979年。

[32]〔五代〕孙光宪撰,贾二强点校：《北梦琐言》,北京：中华书局,2002年。

[33]〔宋〕李昉等编纂：《太平御览》,北京：中华书局,2011年。

[34]〔宋〕李昉等编：《太平广记》,北京：中华书局,1961年。

[35]〔宋〕范成大著,陈振岳校点：《吴郡志》,南京：江苏古籍出版社,1986年。

[36]〔宋〕罗大经著,王瑞来点校：《鹤林玉露》,北京：中华书局,1983年。

[37]〔宋〕赵令畤撰,孔凡礼点校：《侯鲭录》,北京：中华书局,2002年。

[38]〔明〕田汝成撰，欧薇薇校注：《炎徼纪闻校注》，南宁：广西人民出版社，2007年。

[39]〔清〕赵翼著：《瓯北诗话》，北京：人民文学出版社，1981年。

[40]〔南朝梁〕萧统编，〔唐〕李善注：《文选》，上海：上海古籍出版社，1986年。

[41]〔清〕彭定求等编：《全唐诗》，北京：中华书局，1960年。

[42]〔清〕董诰等编：《全唐文》，北京：中华书局，1983年。

[43] 曾昭岷、曹济平等编著：《全唐五代词》，北京：中华书局，1999年。

[44]〔后蜀〕赵崇祚选编，高峰注评：《花间集注评》，南京：凤凰出版社，2008年。

[45] 唐圭璋编：《全宋词》，北京：中华书局，1965年。

[46] 北京大学古文献研究所编著：《全宋诗》，北京：北京大学出版社，1992年。

[47] 曾枣庄、刘琳主编：《全宋文》，上海：上海辞书出版社，2006年。

[48]〔清〕莫庭芝，黎汝谦采诗，陈田传证，张明，王尧礼点校：《黔诗纪略后编》，贵阳：贵州人民出版社，2019年。

[49]〔汉〕扬雄著，张震校注：《扬雄集校注》，上海：上海古籍出版社，1993年。

[50]〔三国〕曹植著，赵幼文校注：《曹植集校注》，北京：人民文学出版社，1998年。

[51]〔晋〕陶渊明撰，袁行霈笺注：《陶渊明集笺注》，北京：中华书局，2011年。

[52]〔南朝宋〕鲍照著，钱仲联增补集说校：《鲍参军集注》，上海：上海古籍出版社，1980年。

[53]〔南朝梁〕刘勰著，范文澜注：《文心雕龙注》，北京：人民文学出版

社，1958年。

[54]〔唐〕孟浩然著，徐鹏校注：《孟浩然集校注》，北京：人民文学出版社，2014年。

[55]〔唐〕高适著，刘开扬笺注：《高适诗集编年笺注》，北京：中华书局，1981年。

[56]〔唐〕岑参撰，廖立笺注：《岑参诗笺注》，北京：中华书局，2018年。

[57]〔唐〕李白著，瞿蜕园、朱金诚校注：《李白集校注》，上海：上海古籍出版社，1980年。

[58]〔唐〕杜甫著，〔清〕仇兆鳌注：《杜诗详注》，北京：中华书局，1979年。

[59]〔唐〕韦应物著，陶敏、王友胜校注：《韦应物集校注》，上海：上海古籍出版社，2011年。

[60]〔唐〕韩愈著，钱仲联集释：《韩昌黎诗系年集释》，上海：上海古籍出版社，1984年。

[61]〔唐〕韩愈著，〔清〕马其昶校注，马茂元整理：《韩昌黎文集校注》，上海：上海古籍出版社，2014年。

[62]〔唐〕孟郊著，华忱之点校：《孟东野诗集》，北京：人民文学出版社，1984年。

[63]〔唐〕白居易著，朱金诚笺校：《白居易集笺校》，上海：上海古籍出版社，1988年。

[64]〔唐〕元稹著，周相录校注：《元稹集校注》，上海：上海古籍出版社，2011年。

[65]〔唐〕刘禹锡撰，卞孝萱校订：《刘禹锡集》，北京：中华书局，1990年。

[66]〔唐〕柳宗元著：《柳河东集》，上海：上海古籍出版社，2008年。

[67]〔唐〕杜牧著，吴在庆校注：《杜牧集系年校注》，北京：中华书局，2013年。

[68]〔唐〕李商隐著，刘学楷，余恕诚集解：《李商隐诗歌集解》（增订重排本），北京：中华书局，2004年。

[69]〔唐〕李贺著，〔清〕王琦等评注：《三家评注李长吉歌诗》，上海：上海古籍出版社，1998年。

[70]〔唐〕温庭筠著，〔清〕曾益注：《温飞卿诗集笺注》，上海：上海古籍出版社，1998年。

[71]〔唐〕皮日休著，萧涤非、郑庆笃整理：《皮子文薮》，上海：上海古籍出版社，1981年。

[72]〔五代〕韦庄著，聂安福笺注：《韦庄集笺注》，上海：上海古籍出版社，2002年。

[73]〔南唐〕李璟、李煜撰，〔宋〕无名氏辑，王仲闻校订：《南唐二主词校订》，北京：中华书局，2007年。

[74]〔宋〕晏殊、晏几道著，张草纫笺注：《二晏词笺注》，上海：上海古籍出版社，2008年。

[75]〔宋〕欧阳修著，胡可先、徐迈校注：《欧阳修词校注》，上海：上海古籍出版社，2015年。

[76]〔宋〕苏轼撰，〔清〕冯应榴辑注，黄任轲，朱怀春校点：《苏轼诗集合注》，上海：上海古籍出版社，2001年。

[77]〔宋〕苏轼撰，孔凡礼点校：《苏轼文集》，中华书局，1986年。

[78]〔宋〕苏轼著，〔清〕朱孝臧编年，龙榆生校笺，朱怀春标点：《东坡乐府笺》，上海古籍出版社，2009年。

[79]〔宋〕苏辙撰，陈宏天，高秀芳点校：《苏辙集》，北京：中华书局，1990年。

[80]〔宋〕黄庭坚撰，郑永晓整理：《黄庭坚全集编年辑校》，赣州：江西人民出版社，2008年。

[81]〔宋〕黄庭坚著，马兴荣、祝振玉校注：《山谷词校注》，上海：上海古籍出版社，2011年。

[82]〔宋〕秦观著，徐培均笺注：《淮海居士长短句笺注》，上海：上海古籍出版社，2008年。

[83]〔宋〕周邦彦著，罗忼烈笺注：《清真集校注》，上海：上海古籍出版社，2008年。

[84]〔宋〕范成大著，富寿荪标校：《范石湖集》，上海：上海古籍出版社，2006年。

[85]〔宋〕范成大等著，刘向培整理校点：《范村梅谱》，上海：上海书店出版社，2017年。

[86]〔宋〕辛弃疾撰，邓广铭笺注：《稼轩词编年笺注》，上海：上海古籍出版社，2007年。

[87]〔宋〕陆游著，钱仲联校注：《渭南诗稿校注》，上海：上海古籍出版社，2005年。

[88]〔宋〕陆游著，马亚中、涂小马校注：《渭南诗集校注》，杭州：浙江古籍出版社，2015年。

[89]〔宋〕陆游著，夏承焘、吴熊和笺注，陶然订补：《放翁词编年笺注》（增订本），上海：上海古籍出版社，2016年。

[90]〔宋〕吴文英撰，谭学纯校笺：《梦窗词集校笺》，北京：中华书局，2014年。

[91]〔清〕郑珍著，黄万机，黄江玲校点：《巢经巢诗文集》，上海：上海古籍出版社，2016年。

[92]〔清〕莫友芝著，张剑、陶文鹏、梁光华编辑校点：《莫友芝诗文集》（增订本），北京：人民文学出版社，2013年。

[93]〔清〕莫友芝著：《影山词》，《黔南丛书》第四集第五册，贵阳文通

书局铅印本，1938 年。

[94]〔清〕黎恂著，王瑰校注：《〈运铜纪程〉校注》，成都：西南交通大学出版社，2017 年。

[95]〔清〕黎恂著：《蛉石斋诗钞》，《黎氏家集》第 2 册，光绪己丑（1889 年）日本使署刊本。

[96]〔清〕黎兆勋著，向有强校注：《〈侍雪堂诗钞〉编年校注》，长春：吉林大学出版社，2022 年。

[97] 冯楠总编：《（民国）贵州通志·人物志》，贵阳：贵州人民出版社，2001 年。

[98]〔宋〕普济著，苏渊雷点校：《五灯会元》，北京：中华书局，1997 年。

[99]〔宋〕陆游著，蒋方校注：《入蜀记校注》，武汉：湖北人民出版社，2004 年。

[100]〔唐〕沈佺期、宋之问著，陶敏等校注：《沈佺期宋之问集校注》，中华书局，2006 年。

[101]〔清〕莫庭芝者：《青田山庐诗词》，《黎氏家集》第 10 册，光绪己丑（1889 年）日本使署刊本。

后 记

中国古代文学的研究，特别是其中的古籍整理工作，自20世纪七八十年代以来，取得了长足的发展。进入21世纪，党和国家多次倡导系统整理中国传统文献典籍，弘扬中华文化，建立中国学术自信和文化自信。互联网的运用和电脑古籍检索手段的开发，更为古籍整理工作带来了极大的便捷，乃至具有革命性的意义。

古籍整理需要科学严肃的探索精神和丰富深厚的学术功底，手段的先进固然为整理和研究创造了有利条件，却不一定能获得科学与公允的结论。古籍整理中，特别是校勘考订编年笺注之事，可说是古代文学研究最基础最重要的工作，但也往往是费力不讨好的工作。对此，古人往往持非常谨慎的态度，甚至视为畏途。清代钱澄之在为姚文燮《昌谷集注》所作的《序》中感慨道："甚矣！注书之难于著书也。著书者亦欲自成一家言耳，其有言也已为政；注书者无己心而一以作者之心为心，其有言也，役焉而已。故曰：著书者无人，注书者无我。"王文浩《苏文忠公诗编注集成》卷首达三序亦云："至于前人往矣，后人生于数百千年以下，取数百千年以上之诗，伏而诵之，若非脱去形骸，独以神运，以古人之心为心，以古人之境为境，设身处地，性情融洽，则我之精神命脉与古人之精神命脉，隔碍不通，又何能领略其中之甘苦……然欲论其文，必论其人，欲论其人，必论其世。苟于作者生平之事迹，君臣之际遇，品诣之崇卑，贤奸之分判，一事不合，则古人之面目不明，精神反晦，此编纪之不可不详。"由于年代久远，人事恍惚，时空岁月的消磨，文化环境的差异，古籍的整理研究对文本真实和写作意图的探寻，往往只能

停留在"近似"的层面，而它引起的讨论却是绝对的。所以宋代藏书家宋敏求就说"校书如扫尘，随扫随有"，明代历史学家李维桢也说"校书如扫落叶，旋扫旋生"，正以比喻古籍文本复原的不易。至于它的考订注释、确定它的写作时间和创作本事，还原作家创作意图或阐释作品意义，则又关乎整理者和研究者的视野格局、思想见识、文学素养和情趣品味，其中自然有个性和创造的成分，其难度绝不亚于研究著作。

在宋代，儒家经典的阐释遵循着由训诂而至本义的程序，文人别集的整理亦是以求本事、释典故、明意旨为主要内容，其共同之处都是以理性和常识为基点。发展至清代，古籍整理学尤尚编年，杨伦《杜诗镜铨》卷首《凡例》指出："诗以编年为善，可以考年力之老壮，交游之聚散，世道之兴衰。"张綖《杜工部诗通》卷一说："观杜诗固必先考编年，据事求情，而后其意可见。然编年非公自订，不过后人因诗意而附之耳。夫史传编年，已有失其真而不可尽信者，又况数百年之后，徒因诗意以求合史传之年耶？"诗之编年已如此之难，词之编年更可想见。这本书的完成，便让我深有体会：作品编年虽多有迹可循，但有时一篇未妥，则上下抽翻十数篇，也难以解决问题；尤其那些托物假象，兴会适然之作，不需带有明确的意图，也不必承载具体的意义，无"本事""本意"可循，因而系年无据，即便考订兼旬，也难以解决问题，便只好写上"作年不可确知，姑系于某年"，或者直接付诸阙如了。

本书的主要工作，一是通过校勘尽量恢复了《蒳烟亭词》的文本原貌，二是注释了文本中的古人、古事、古语，以及部分词本事和词本意，三是为大部分作品编年。然而文学古籍的整理研究，即便"知人论世"的方法使得作者的心境和文本的语境有了客观依据，文字、音韵、训诂等专门学问的讨论也从语言层面划定了意义阐释的有效界限，并且最大限度恢复了原始文本，但它最终仍需以理解与阐释文本为目的：一是追寻作者之"意"

或作品之"义",二是把握文本之所以成为文学的最本质的东西——"味"。

《葑烟亭词》的作者黎兆勋,是晚清黔北"沙滩文化"的代表人物,在世时曾与郑珍、莫友芝并称"黔南三杰",其人"倜傥有大志,不屑为乡曲谀儒",颇有几分清狂之气。然而科举蹭蹬,仕途不顺,作品流播也不广,去世之后其声名更是被从弟黎庶昌所掩盖。不过他在当时是黔中才华卓著、洞悉古今治乱、非仅以风雅自居之人,晚清名臣许乃普、唐树义、胡林翼、承龄及国士王柏心等都对他颇为推重。黎兆勋有抱负,有干才,也"博极群书,尚友古人",有知识,懂历史,他虽与郑珍、莫友芝一起学作词,却并不像郑、莫二人好以学问为词,他的词更重身世、才情和气韵,故其词之"味"常超出知识和历史之外,所谓"捧心者难言""至音者难说",往往不太容易找到其词文本言外之意的破解密码。

庄子说:"人生天地之间,若白驹之过隙,忽然而已。"的确是沉痛语!这"忽然"之间,博士毕业已快七年,韶华虚度,年届不惑,诸事无成。仅这本小书的完成,就断断续续耗了五六年时间,以人生有限之生命和精力,能写几本这样的小书呢?可见知识、认识、见识在生命面前是多么苍白无力!然而我仍然希望这本小书能为一般读者所理解和欣赏,也希望读者通过这本小书能更全面、深入地发掘黎兆勋在这些小词中的秉性学养、才情志趣和慧心悟性。同时,因才识学力有限,我也将一如既往地欢迎学界朋友们不吝批评指正,以便将"沙滩文化"代表作家黎兆勋作品的整理研究推向新的高度。

在本书即将付梓之际,特别感谢刘海涛教授、龙先绪先生惠赐版本资料,感谢导师张震英、莫道才、吕华明、程安庸先生的传道、授业和解惑,感谢贵阳学院孙德高教授对我事业上的勉励与扶持,感谢贵阳学院文化传媒学院及泰国研究中心诸位同事的关心帮助!感谢父母和亲友的支持!感谢中国国家图书馆、贵州省图书馆、贵阳学院图书馆在本书

文本校勘过程中提供的方便和帮助！西南交通大学出版社李晓辉兄和责编李欣老师为本书的编辑出版付出了艰辛的劳动，在此一并致以感谢！

本书的出版受到"2016年贵阳学院专业综合改革试点项目——汉语言文学"专项资金资助，在此表示衷心感谢！

向有强
2023年4月28日记于贵阳鱼梁河畔